Mord mit Schokoguss

Jutta Mehler, Jahrgang 1949, hängte frühzeitig das Jurastudium an den Nagel und zog wieder aufs Land, nach Niederbayern, wo sie während ihrer Kindheit gelebt hatte. Seit die beiden Töchter und der Sohn erwachsen sind, schreibt Jutta Mehler Romane und Erzählungen, die vorwiegend auf authentischen Lebensgeschichten basieren, sowie Kriminalromane.

Dieses Buch ist ein Roman. Handlungen und Personen – ausgenommen Alois Schraufstetter und Erwin Wurzer – sind frei erfunden. Ähnlichkeiten mit anderen lebenden oder toten Personen sind rein zufällig und nicht gewollt.

JUTTA MEHLER

Mord mit Schokoguss

KRIMINALROMAN

emons:

Bibliografische Information der Deutschen Nationalbibliothek
Die Deutsche Nationalbibliothek verzeichnet diese Publikation in der Deutschen Nationalbibliografie; detaillierte bibliografische Daten sind im Internet über http://dnb.d-nb.de abrufbar.

FSC
www.fsc.org
MIX
Papier aus verantwortungsvollen Quellen
FSC® C083411

Umschlagmotiv: mauritius images/foodcollection/
Umschlaggestaltung: Tobias Doetsch
Gestaltung Innenteil: César Satz & Grafik GmbH, Köln
Druck und Bindung: CPI – Clausen & Bosse, Leck
Printed in Germany 2016
ISBN 978-3-95451-998-9
Originalausgabe

Dieser Roman wurde vermittelt durch die Aulo Literaturagentur.

Für Künzing und die Künzinger

1

Mittwoch, der 21. Januar, in einem Café in Künzing

Alarmierend. Bedrohlich. Unheilschwanger.

Ich sollte absagen, dachte Thekla, kaltblütig absagen. Krankheit vorschützen, von der Bildfläche verschwinden, untertauchen.

Sie musste keine Hellseherin sein, um zu ahnen, was es bedeutete, dass Hilde das wöchentliche Treffen im Straubinger Café Krönner nach Künzing verlegt hatte.

»Backstuben-Bistro Riesinger mit Panoramablick in die gläserne Backstube«, murmelte Thekla und versuchte, den Schauder der Erinnerung an eine frühere Mordermittlung abzuschütteln, den das Wort »Backstube« hervorrief. »Mit Drive-in-Schalter«, fügte sie belustigt hinzu.

Drive-in. Wie mochten die Steinzeitmenschen es genannt haben, wenn sie im heutigen Künzing haltgemacht hatten, um mit den Bewohnern einer Höhle am Wegrand ein Tauschgeschäft zu machen? Denn das hatten sie definitiv. Irgendwann war sogar eine ganze Horde hier sesshaft geworden.

Vor fünftausend Jahren ungefähr, behaupteten die Archäologen und legten scharfkantige Steine als Beweis vor, die angeblich als Klingen, Hobel oder Harke gedient hatten. Ja, Künzing blickte auf eine lange, lebhafte Vergangenheit zurück und steckte voller Überbleibsel davon. Deshalb war der Ort, der aus dem römischen Kastell »Quintana« entstanden war, durchaus einen Besuch wert.

Aber Hildes Abweichung vom Gewohnten verhieß gar nichts Gutes.

Seit Jahrzehnten trafen sich Thekla, Hilde und Wally bei Krönner in Straubing zum Kaffeekränzchen, und jedes Mal, wenn Hilde etwas anderes arrangiert hatte, war es brenzlig geworden, manchmal sogar akut lebensgefährlich.

Als sie erwähnt hatte, dass Kreisbrandrat Alois Schraufstetter in Künzing mit von der Partie sein würde, gab es keinen Zweifel mehr, woher der Wind wehte und was er mitbringen würde: den Gestank von Tod und Verbrechen.

Thekla wollte nicht damit behelligt werden.

Sie wollte nie wieder in fremden Wohnungen herumschnüffeln, nie wieder Leute aushorchen und sich nie wieder in das Hirn eines Mörders versetzen müssen, um eine Ahnung davon zu bekommen, was es ausgebrütet hatte.

Dem Treffen in Künzing fernzubleiben würde jedoch bedeuten, alles aufzukündigen, was sie, Hilde und Wally seit gut einem halben Jahrhundert verband. Zum einen. Zum andern würde sie als Feigling dastehen, als Drückebergerin und als Abtrünnige.

Könnte sie da Hilde und Wally je wieder in die Augen sehen? Bestimmt nicht. Wohl nicht einmal sich selbst.

Das war die eine Seite der Medaille. Die andere war viel schlimmer: Sollte Hilde tatsächlich mit einem Mordfall aufwarten, und Thekla würde bei den Ermittlungen mitmachen, dann könnte sie Heinrich nicht mehr in die Augen sehen und sich selbst dann am allerwenigsten.

So oder so, sie steckte in der Klemme. Um zu erfahren, in welcher genau und wie tief, musste sie nach Künzing fahren.

Thekla entschied, der Landstraße gegenüber der chronisch verstopften A 3 den Vorzug zu geben, wofür sie allerdings doppelte Fahrzeit einplanen musste.

Trotzdem. Lieber, als von übermüdeten, unter Zeitdruck stehenden Lkw-Fahrern in die Zange genommen zu werden, wollte sie auf kurvigen Sträßchen nach Deggendorf gondeln und von dort an der Donau entlang nach Hengersberg und Winzer, wo sie den Fluss überqueren, Osterhofen passieren und wenig später in Künzing ankommen würde.

Musste man sich in Künzing Sorgen um einen Parkplatz machen? Wohl nicht.

Der Einwohnerzahl nach zu urteilen war der Ort seit der

Steinzeit nicht nennenswert gewachsen. Ein friedvolles Dörfchen in der Donauwaldregion, das zwar aufgrund seiner früheren Bedeutung als römisches Kastell in der Gegend eine gewisse Berühmtheit erlangt, aber dennoch nichts von seiner Beschaulichkeit verloren hatte.

Als Thekla kurz hinter Osterhofen in die B 8 einbog, war bereits abzusehen, dass sie zu spät kommen würde. In Deggendorf-Deggenau hatte es (wie so oft) Verkehrsstockungen gegeben, und auf Höhe Hengersberg hatte sie lange Zeit nicht gewagt, einen Tankwagen zu überholen.

Als Thekla das Ortsschild von Künzing erreichte, war die vereinbarte Zeit um fast eine Viertelstunde überschritten.

Zum Glück lag das Backstuben-Bistro Riesinger direkt an der Durchgangsstraße und besaß einen weitläufigen Parkplatz, sodass es sie bloß eine Minute kostete, den Wagen abzustellen und zum Eingang zu eilen.

Noch bevor der Türflügel hinter ihr zugefallen war, hatte sie das Trio an einem Ecktisch erspäht.

Thekla blieb stehen und tat, als würde sie sich suchend umsehen, weil sie ein wenig Zeit benötigte, um das Bild zu verdauen, das sich ihr bot.

Ali – hatte er schon wieder an Gewicht zugelegt? – saß, eingeklemmt wie eine schöne Scheibe Leberkäs in zwei Semmelhälften, zwischen Hilde und Wally, die ihm dermaßen auf den Pelz gerückt waren, dass ihm ganz schön heiß geworden zu sein schien. Die Wangen brannten, die Nasenspitze glühte, die Stirn glänzte fiebrig.

Man sollte die Feuerwehr rufen, dachte Thekla amüsiert.

Keiner der drei hatte ihre Ankunft bemerkt, was nicht verwunderte, denn Hilde und Wally wetteiferten um Alis Aufmerksamkeit.

Thekla trat hinter einen Garderobenständer und schälte sich in Zeitlupe aus ihrer Jacke, wobei sie den Tisch im Auge behielt.

Wally, die in ihrer Ehe unter einem Defizit an Nähe litt (Sepp Maibier knauserte zwar nicht mit finanziellen Zuwendungen, aber rigoros mit Herzenswärme), hatte sich bei Ali eingehakt, sodass es ihm unmöglich war, nach seiner Kaffeetasse zu greifen. Sie klimperte mit den Augenlidern wie Daisy Duck und schmiegte von Zeit zu Zeit den Kopf an seine Schulter. Früher wäre Wally auch ausstaffiert gewesen wie Daisy Duck, aber seit sie sich eine Stilberaterin leistete, war sie mit dezenter Eleganz gekleidet und trug ein Make-up, das nachgerade Wunder wirkte. Thekla fragte sich, wie weit Alis Resistenz gegen den Reiz des Weiblichen reichte.

Auch Hilde, zwar knochig und hager wie eh und je, hatte im vergangenen Jahr ihren Modestil gründlich geändert. Die strengen erdfarbenen Kostüme und Hosenanzüge waren kessen Blusen und flotten Jacken gewichen. An diesem Nachmittag trug sie Mohnrot, eine Farbe, die ihr fraglos schmeichelte.

Das neue Outfit machte sie jünger und lebendiger. Das – und Alis Gesellschaft.

Hilde hielt sein Handgelenk umklammert und redete hingebungsvoll auf ihn ein.

Aber es ist nicht, wonach es aussieht, dachte Thekla.

Hilde – das wusste sie todsicher – war nicht im Mindesten an dem durchaus stattlichen Kreisbrandrat als Mann interessiert. Wenn Ali ein Ameisenbär gewesen wäre, hätte sie ihn ebenso umschmeichelt, vorausgesetzt, dieser Ameisenbär hätte, wie Ali es tat, seine außergewöhnliche Nase dazu verwendet, unerkannte Verbrechen aufzuspüren.

Damit verging Thekla das Witzeln.

Alis Anwesenheit bei dem heutigen Kaffeekränzchen bedeutete ohne Frage, dass eine Mordermittlung in der Luft lag.

Sie tat einen Seufzer. Die Aussicht auf das, was bevorstand, deprimierte sie. Auf einmal fühlte sie sich matt.

Mit schleppenden Schritten trat sie an den Tisch.

Ali machte Anstalten, zur Begrüßung aufzustehen, aber Wally hing wie ein Zentnersack an ihm, sodass er nur drei Zentimeter hochkam, bevor er wieder auf den Sitz zurückfiel.

Dass Hilde ihn losließ, erlaubte ihm wenigstens, die Hand auszustrecken. Es war ihm jedoch sichtlich peinlich, sitzen zu bleiben, als Thekla sie ergriff.

Wally bedachte ihn mit einem schmalzig-teilnahmsvollen Augenaufschlag, während sie zu Thekla sagte: »Alis Jugendliebe ist ermordet worden. Ist das nicht entsetzlich, Thekla? Der arme, arme Ali.«

Es war also tatsächlich wahr. Sie sollte erneut mit Mord und Totschlag konfrontiert werden. Und Ali war auch noch äußerst persönlich involviert. Thekla sah ihn prüfend an. Ali ging straff auf die sechzig zu und war – dem Alter seiner Kinder nach zu urteilen – seit annähernd vierzig Jahren verheiratet; glücklich, wie man reden hörte. Die Zeit seiner Jugendliebe musste demnach etliche Jahrzehnte zurückliegen.

»An ihrem siebzigsten Geburtstag. Ist das nicht entsetzlich?«, sagte Wally.

Thekla kapitulierte. Man würde ihr eine plausible Erklärung für all das geben müssen.

Sie musste nicht lange warten. Hilde nahm die Sache in die Hand.

Sie wies auf den unbesetzten vierten Stuhl am Tisch. »Hock dich endlich hin und hör zu.«

Als Thekla der Aufforderung gerade nachkommen wollte, zog Hilde ihr unversehens den Stuhl unterm Hintern weg. »Bevor du dich setzt, musst du dich noch mit Kaffee und Kuchen versorgen. Selbstbedienung.«

Wally machte kugelrunde Krötenaugen. »Speerspitzen, Thekla. Du musst eine von den Speerspitzen probieren. Sie sind …«

… entsetzlich?

»… vorzüglich. Mürbeteig mit Zitronencreme und Schokoguss. Und aussehen tun die leckeren Teilchen wie das vordere Ende von einem Speer der römischen Legion.«

Speerspitzen. Aus Mürbeteig. Aha.

Thekla stiefelte zur Theke. Da ihr Lieblingsgebäck, »Agnes-Bernauer-Torte«, nicht zu haben sein würde, weil Krönner in

Straubing das Rezept dafür so geheim hielt wie die Nato ihre Verteidigungspläne, konnte sie ebenso gut eine Speerspitze aus Mürbeteig essen.

»So, jetzt kann es losgehen«, sagte Hilde, als Thekla mit ihrem Milchkaffee und dem Kuchenteller an den Tisch zurückkam. Sie rammte ihr den Stuhl in die Kniekehlen, sodass Thekla recht unsanft auf der Sitzfläche landete, der Kaffee überschwappte und die Speerspitze fast vom Teller rutschte. Ungerührt fuhr Hilde fort: »Das Opfer heißt Anne Ungerer, war wie gesagt siebzig Jahre alt, pensionierte Lehrerin, verwitwet. Vor etwa fünfundvierzig Jahren war Ali unsterblich in sie verliebt.«

»Nicht nur ich«, warf Ali ein. »Alle Burschen im Sommerlager.«

Hilde schien ihm die Zwischenbemerkung zu verargen, denn ihre Stimme klang deutlich ungehalten, als sie erläuterte: »Anne Ungerer gehörte zum Betreuungsteam eines Ferienlagers, an dem Ali seinerzeit teilgenommen hat.«

»Die Geschichte ist sooo romantisch«, seufzte Wally.

Hilde schoss einen ärgerlichen Blick auf sie ab. »Und schnell erzählt. Alis unsterbliche Liebe zur hübschen Betreuerin überlebte, wie man sich denken kann, nicht einmal den Herbst. Aus den Augen, aus dem Sinn, wie es so schön heißt. Jeder ging seines Weges, und irgendwann – viele Jahre später – war Anne Ungerer mit einem Börsenmakler verheiratet und Ali mit seiner Sieglinde.«

»Aber eines Tages sind sie unvermutet wieder zusammengetroffen«, rief Wally aus. »Ist das nicht …«

… entsetzlich?

»… wunderbar, Thekla?«

Thekla schob eine Gabel voll Zitronencreme in den Mund und nickte gleichgültig. Wen interessierte schon Alis jugendliche Schwärmerei für eine Erzieherin von vor über vierzig Jahren? Dass sich die beiden über kurz oder lang wieder einmal begegnen würden, war vorhersehbar gewesen, sofern sie in der Region geblieben waren.

»Ali und Anne«, sagte Hilde in strengem Ton, »sind wieder zusammengetroffen, als Alis Tochter eingeschult wurde –« Erbost stieß sie einen Luftschwall aus, weil sie erneut unterbrochen wurde.

»Anne ist an der Grundschule die beliebteste Lehrerin gewesen«, glaubte Ali einfügen zu müssen.

Hilde wartete einen Moment lang ab, ob er noch etwas hinzusetzen würde, als aber nichts mehr kam, fuhr sie fort: »Alis Tochter bekam Anne als Klassenlehrerin, und Ali wurde Elternbeiratsvorsitzender. Damit war der Kontakt wieder hergestellt.«

»Und ist seither nicht mehr abgerissen«, übernahm Ali. »Obwohl Anne später nach Vilshofen gezogen ist, hat sie sich noch regelmäßig bei uns im Salon die Haare machen lassen.« Er interpretierte Theklas Augenverdrehen richtig. »Nicht wegen mir. Anne und Sieglinde haben sich sehr gut verstanden. Als Annes Mann vor ein paar Jahren gestorben ist, hätte sich Sieglinde gern mehr um Anne gekümmert. Aber ihr könnt euch ja denken, dass das wegen der vielen Arbeit im Salon nicht ging. Nur ein einziges Mal haben sie zusammen was unternommen. Eine Theaterfahrt nach Pilsen. ›Gräfin Mariza‹.«

»Gräfin Mariza«, hauchte Wally hingerissen.

»Und jetzt ist Anne tot«, sagte Ali.

Thekla hatte ihre Speerspitze aufgegessen. Sie trank einen Schluck Kaffee, dann stellte sie die Frage, die endlich klären sollte, warum sie alle hier am Tisch saßen. Auch wenn sie es im Grunde bereits wusste, sie musste völlige Gewissheit haben. »Und du glaubst, sie ist ermordet worden?«

Ali nickte.

Thekla zog eine Augenbraue hoch. »Das scheint aber außer dir niemandem in den Sinn gekommen zu sein, sehe ich das richtig?«

Ali hatte sich im Laufe des Gesprächs aus Wallys Umklammerung befreien können. Nun griff er nach seiner Tasse und trank sie in einem Zug aus, als befürchtete er, gleich wieder an Wallys Busen genagelt zu werden. Nachdem er die Tasse abgesetzt hatte, sagte er: »Glaub mir, Thekla. Ich habe mir die Sache immer wieder durch den Kopf gehen lassen. Drei Wochen lang. Dann habe ich es nicht mehr ausgehalten und mich entschlossen, euch um Hilfe zu bitten.« Er sah sie verständnisheischend an, und ihr blieb nichts anderes übrig, als ihm zuzunicken.

Hörbar erleichtert sprach er weiter: »Das letzte Mal, als Anne bei uns zu Besuch gewesen ist, war sie so komisch.« Als wäre das Antwort genug, verstummte er wieder.

Thekla sah sich gezwungen, nachzuhaken. »Wie komisch?«

Ali schien unschlüssig. »Bedrückt, verängstigt, schockiert. Irgendwas in der Richtung. Natürlich haben wir sie gefragt, was los ist, haben aber nicht wirklich etwas aus ihr herausbekommen. Nur Andeutungen wie ›Ich kann immer noch nicht glauben, dass ich mich so furchtbar täuschen konnte‹ und ›Ich hätte mir das alles gründlicher überlegen sollen‹.«

»Was kann sie damit bloß gemeint haben?«, fragte Hilde.

Ali trommelte mit den Fingerspitzen auf die Tischplatte und sagte im Rhythmus der Anschläge: »Ich – weiß – es – nicht.« Er ließ seine Finger wieder zur Ruhe kommen. »Wenn ich nur den Hauch einer Ahnung gehabt hätte, was passieren würde, hätte ich jede Einzelheit aus ihr herausgequetscht. Notfalls mit Gewalt.«

»Was ist dann passiert?«, fragte Thekla.

Alis Blick wurde starr, als hätte er eine Vision. »Der Vilshofener Seniorenclub hat vor drei Wochen einen Ausflug unter dem Motto ›Die Römer in Künzing‹ organisiert – Rundgang auf dem Themenweg, Mittagessen im Römerhof, Führung im Museum. In einem der Ausstellungsräume ist Anne zusammengebrochen. Sie hat sich über eine Vitrine mit Gewandfibeln gebeugt, weil sie sich den Schmuck genau anschauen wollte, und auf einmal ist ihr Kopf auf der Glasplatte aufgeschlagen. Die neben ihr haben gemeint, dass sie sich gleich wieder aufrichtet. Aber Anne ist in die Knie gesunken und dann ganz zusammengesackt.«

Ali sah in die Runde, als rechnete er mit Zwischenfragen, begegnete jedoch nur erwartungsvollen Blicken.

»Daraufhin hat man natürlich versucht, sie wieder zu Bewusstsein zu bringen, hat auf sie eingeredet … bis jemand von der Museumsleitung endlich die Rettung alarmiert hat.« Ali rieb sich über die Augen. »Da war Anne vermutlich schon tot. Der Notarzt, der irgendwann kam, hat anscheinend gar nicht mehr versucht, sie zu reanimieren.«

Als Ali in Schweigen verfiel, legte ihm Hilde die Hand auf den Arm. »Was hast du von Annes Bekannten aus dem Seniorenclub noch erfahren? Bei denen hast du dich erkundigt, oder?«

Ali nickte. »Der Notarzt hat Annes Tod bescheinigt und anscheinend jemanden vom Bestattungsunternehmen bestellt. Die Museumsleitung hat dafür gesorgt, dass Anne in einem Nebenraum aufgebahrt wurde …«

Erneut verstummte er, woraufhin Hilde wieder helfend eingriff. »Für die amtliche Totenschau hat man vermutlich einen Arzt aus der Umgebung kommen lassen, der …« Sie machte eine Pause und sah Ali ermunternd an. Er gab sich einen Ruck.

»Der hat festgestellt, dass Anne an akutem Herzversagen gestorben ist.«

»Was ihm keiner abgenommen hat«, sagte Hilde.

Ali wirkte auf einmal müde. »Ein paar von den Teilnehmern haben ihn später darauf hingewiesen, dass Anne nie über Herzbeschwerden geklagt habe. Aber er hat ihnen erklärt, akutes Herzversagen könne ohne Vorwarnung auftreten. Er hat ihnen Udo Jürgens als Beispiel genannt. Plötzlicher Herztod. Noch Minuten zuvor nicht das kleinste Anzeichen für eine Krankheit.«

»Und bei Anne Ungerer war das genauso?«, fragte Thekla.

Ali bejahte. »Allerdings hat sie der alten Dame, die neben ihr im Bus saß, wohl erzählt, dass sie irgendwie alles mit einem gelben Schimmer überzogen sehen würde. Kündigt sich so ein plötzlicher Herztod an?«

Darauf wusste Thekla keine Antwort.

Nach kurzem Schweigen sagte sie: »Woran soll Anne Ungerer eurer Meinung nach denn gestorben sein? Meint ihr, sie hatte eine Speerspitze im Rücken, die sowohl der Notarzt als auch der andere Doktor übersehen haben?«

Hilde funkelte sie wütend an. »Ali hätte uns nicht hergebeten, wenn er nicht gute Gründe dafür hätte.« Sie wandte sich ihm zu und fuhr in begütigendem Ton fort: »Thekla meint es nicht so, sie war immer schon gern schnippisch. Sag, Ali, warum glaubst du nicht, dass Anne an Herzversagen gestorben ist?«

Ali straffte sich. »Weil sie ganz sicher kein schwaches Herz hatte. Dafür war sie viel zu gut in Form. Von Bodenmais auf den Großen Arber in gerade mal zwei Stunden. So fit ist man nicht, wenn das Herz Sperenzchen macht. Außerdem hat Anne sich mustergültig gesundheitsbewusst ernährt.«

»Trotzdem kann –«, wollte Thekla einwenden, aber Ali fiel ihr ins Wort.

»Sicher. Es ist aber nicht nur Annes hervorragende körperliche Verfassung, die gegen einen natürlichen Tod spricht.«

»Denkt an die Besorgnis, die Anne neuerdings an den Tag gelegt hat«, meinte Hilde erläutern zu müssen.

»Das und die Tatsache, dass Anne einen Haufen Geld hinterlässt«, sagte Ali.

»Womit wir beim Motiv gelandet wären«, konstatierte Thekla mäßig interessiert.

Aber wie, fragte sie sich dann doch, kann eine einfache Grundschullehrerin einen Haufen Geld hinterlassen? Hatte sie eine Erbschaft gemacht? War Alis Jugendliebe mit jemandem wie Bill Gates oder Warren Buffett verheiratet gewesen?

Als hätte Ali ihre Gedanken gelesen, sagte er: »Annes Mann Wolfgang Ungerer hat als Broker an der Börse ein ansehnliches Vermögen gemacht.«

»Also Mord aus Habgier«, folgerte Hilde, als bräuchte es keine weiteren Erkenntnisse, um unanfechtbar zu diesem Resultat zu gelangen.

Wally hielt sich die Hand vor den Mund, wie um einen Aufschrei zu unterdrücken. Ihre Augen waren weit aufgerissen und traten hervor wie kleine Bälle aus Glas.

Wenn sie dieses Krötengesicht macht, sieht sie wieder genauso aus wie vor ihrer Verwandlung zum Model, dachte Thekla.

Wally ließ die Hand sinken und gab ein Keuchen von sich. »Oh Ali, das ist ja entsetzlich.«

Thekla achtete nicht weiter auf sie, weil sich in ihrem Kopf gerade irgendetwas Gehör verschaffen wollte. Sie blendete die Geräusche um sich herum aus und konzentrierte sich darauf, den Gedanken einzufangen, der da rumorte.

Anne Ungerer war mit einem Broker verheiratet gewesen. Einem Wolfgang Ungerer. W-olfgang U-ngerer. W.U. Wu.

Unbewusst sagte sie es laut. »Wu. Annes Mann war Wu.«

»Ein Chinese?«, fragte Wally.

Thekla hob die rechte Hand mit ausgestrecktem Zeigefinger. »Heinrichs Studienfreund.« Es kam ihr gar nicht in den Sinn, dass Wallys Frage damit nicht beantwortet war.

»Heinrichs Studienfreund«, wiederholte Hilde. »Bist du sicher?«

»Wolfgang Ungerer, Börsenmakler, aufgewachsen im Landkreis Rosenheim, später wohnhaft in München, irgendwann nach Niederbayern gezogen«, betete Thekla herunter. »Heinrich hat oft von ihm gesprochen. Von gemeinsamen Bergtouren, von gemeinsamen Besäufnissen und von Wus sagenhaftem Talent, Geld zu vermehren, wovon auch Heinrich profitiert hat. Nicht alle Börsengeschäfte haben satten Gewinn eingefahren, die meisten aber schon.«

»Er ist es«, sagte Ali. »Anne hat mal erwähnt, dass ihr Mann aus Oberbayern stammt.«

Natürlich ist er es, dachte Thekla. Es wird ihn wohl kaum doppelt geben – gegeben haben, genau gesagt.

»Hat Heinrich auch Anne gekannt?«, fragte Hilde.

»Gekannt schon«, erklärte Thekla. »Aber er sagt, nach Wus Heirat haben sie sich immer seltener getroffen, und irgendwann ist der Kontakt ganz abgerissen. Nicht, dass er Wus Frau nicht sympathisch gefunden hätte, aber es war halt alles nicht mehr so wie zuvor.«

Sie fragte sich, ob Heinrich wusste, dass Wu seit Jahren tot war. Und was würde er sagen, wenn er erfuhr, dass Ali Schraufstetter glaubte, Wus Frau sei ermordet worden? Würde er der Sache nachgehen wollen? Würde auch er einen Mord aus Habgier in Betracht ziehen?

Dieser Gedankengang gab ihr die nächste Frage ein. »Wer erbt denn das Ungerer'sche Vermögen? Die Kinder?«

»Sie hatten keine«, antwortete Ali. »Aber Anne hat hin und wieder einen Neffen erwähnt. Könnte sein, dass der alles erbt.«

»Wie heißt er? Wo wohnt er? Ist er der einzige Verwandte?« Hildes Stimme klang nach Gefangenenappell und Kasernenhof.

»Das müssen wir alles herausfinden«, sagte Ali sanft.

Und noch viel mehr, dachte Thekla. Nur weil einer ein Vermögen erbt, muss er nicht zum Mörder geworden sein.

»Da wäre allerdings noch was«, sagte Ali. »Werner Obermeier, einer der Senioren, mit denen ich mich unterhalten habe, hat mir erzählt, dass er neulich mit seiner Tochter in einem Einrichtungshaus gewesen ist, um sich Stockbetten für seine beiden Enkel anzuschauen. Und wie er einen der Mitarbeiter was fragen will, sieht er Anne an einem der Beratungstische sitzen. Während er wartet, dass er drankommt, kriegt er mit, dass sie etwas bestellt.« Ali schüttelte den Kopf, als wollte er das nun Folgende im Vorhinein für unglaubwürdig erklären. »Und zwar angeblich ein komplettes Kinderzimmer.«

»Kann es sein, dass dein Jugendschwarm im Oberstübchen nicht mehr ganz richtig war?«, fragte Hilde.

Ali warf ihr einen strengen Blick zu. »Anne war völlig klar im Kopf. Das kannst du mir glauben.«

»Und dieser Obermeier?«, hakte Hilde nach.

»Hat nicht den Eindruck gemacht, als würde er was zusammenphantasieren«, antwortete Ali. »Getäuscht kann er sich auch nicht haben, weil seine Tochter ebenfalls mitgekriegt hat, dass Anne Ungerer eine Kinderzimmereinrichtung für gut achttausend Euro bestellt hat.«

»Dafür kriegt man was Hübsches«, grummelte Hilde.

»Ja«, stimmte ihr Ali zu. »Obermeiers Tochter hat sich allerdings ein wenig anders ausgedrückt. Anscheinend ist sie regelrecht ausgeflippt, weil sie sich selbst nur ein einfaches Etagenbett leisten kann.«

»Anne Ungerer hat also ein Kinderzimmer bestellt«, sagte Thekla, um zum Ausgangspunkt zurückzukehren. »Ein Geschenk?«

»Für achttausend Euro?« Hildes Tonfall war skeptisch. »Für wen denn?«

»Das ist es ja gerade«, antwortete Ali. »Sie hat nie ein Kind erwähnt.«

»Du glaubst aber, das hätte sie getan?«

»Ich bin mir sicher, es wäre mal zur Sprache gekommen, wenn sie in der Verwandtschaft oder im Bekanntenkreis jemanden gehabt hätte, dem sie so ein ungewöhnliches Geschenk hätte machen wollen.«

»Hast du nicht gesagt, dass es einen Neffen gibt?«, erkundigte sich Thekla.

Ali nickte. »Anne hat ihn immer wohlwollend erwähnt. Aber warum sollte sie ihm ein Kinderzimmer schenken? Mir kam es nicht so vor, als hätte er Familie.«

Thekla bemerkte, wie Hilde sich aufrichtete, um die Aufmerksamkeit auf sich zu lenken. »Meint ihr, wir sollten den Neffen gleich mal unter die Lupe nehmen?«

Sie kann es kaum erwarten, dachte Thekla. Endlich wieder eine Mordermittlung, endlich wieder auf Spurensuche gehen, herumschnüffeln, auskundschaften.

Annes und Wus Umfeld würde in allen Einzelheiten durchleuchtet werden.

Erneut fragte sich Thekla, was Heinrich dazu sagen würde. Würde er die Ermittlungen gutheißen? Würde er selbst mitmachen wollen? Nein, das konnte er wohl schlecht. Dazu war er viel zu sehr mit dem Hausbau beschäftigt.

»Thekla? Hörst du überhaupt zu?« Hildes Stimme klang scharf.

»Ali schlägt vor, dass wir uns zuerst einmal das Museum anschauen sollen«, sagte Wally, bevor Hilde ihrem Groll über Theklas Unaufmerksamkeit Luft machen konnte. »Damit wir uns ein Bild machen können von …« Sie stockte und setzte dann neu an. »Ali meint, wir sollten die Angestellten ein bisschen ausfragen. Ob ihnen was aufgefallen ist, ob Anne Ungerer irgendwie …« Wieder wusste sie nicht weiter.

Hilde sprang ein. »Es kann ja nicht schaden, etwas für unsere Bildung zu tun. Das Quintana-Museum ist zwar nicht gerade weltberühmt, aber es hat eine sehr ansprechende Abteilung für Fundstücke aus den Glanzzeiten des Imperium Romanum. Bewacht werden sie von einem Centurio in Lebensgröße. Der wird dir – vor allem aber Wally – gefallen.«

Thekla fragte sich, woher Hilde das alles wusste. Sie musste sich im Internet schlaugemacht haben.

»Gegen einen Museumsbesuch wird dein Heinrich wohl nichts einzuwenden haben«, fügte Hilde mokant hinzu.

Heinrich. Wie sollte sie sich ihm gegenüber verhalten? Die Erinnerung daran, dass er bei der Mörderjagd im Dogafall am meisten zu leiden gehabt hatte, zog wie eine frostige Brise durch Theklas Gemüt.

Sie fuhr sich unwillig über die Stirn, als dahinter der Gedanke keimte, Heinrich über alles im Dunkeln zu lassen. Doch diese Eingebung ließ sich nicht mit einer bloßen Geste vertreiben. Im Gegenteil, sie flüsterte, dass Heinrich im Moment genug um die Ohren habe; dass er gar nicht merken würde, wenn seine Frau dieser oder jener Spur nachging, um ihren Teil zur Klärung des Falles beizutragen. Dieses Falles, der womöglich gar keiner war. Oder doch? Ali hatte ja früher schon bewiesen, dass er einen Riecher für unentdeckte Verbrechen hatte.

»Ist Heinrich zurzeit nicht vollauf mit eurem Bauprojekt beschäftigt?«, fragte Hilde, als hätte sie Theklas Gedanken lesen können. »Da müssten sich die Zügel doch gelockert haben.« Sie grinste anzüglich.

Thekla schluckte die scharfe Entgegnung hinunter, die ihr auf der Zunge lag. Wozu sich zanken? Hilde würde sich nie ändern. Thekla fiel spontan eine ganze Reihe von Adjektiven ein, die man ihr mit Fug und Recht zuordnen konnte: hämisch, verletzend, boshaft, gehässig …

Ihr Schweigen schien beredt genug zu sein, denn Wally sagte zartfühlend: »Ist der Bauplan für euer neues Häuschen schon fertig?«

Thekla nickte. »Fast.«

Die Ereignisse der vergangenen Wochen hatten sie derart überrollt, dass ihr zeitweilig gar nicht richtig bewusst gewesen war, was vor sich ging.

Sie und Heinrich hatten erst wenige Monate zusammen in seinem Haus in Moosbach am Weidenweg gewohnt, als bekannt wurde, dass der Acker nebenan als Gewerbegebiet ausgewiesen werden sollte. Thekla hatte Heinrich noch nie so zornig erlebt.

»Wir verkaufen und bauen anderswo neu«, hatte er gerufen. »Oder möchtest du die nächsten zwei Jahre eine Riesenbaustelle vor der Terrasse haben und dann für den Rest deines Lebens in der Nachbarschaft eines Betriebs wohnen? Einer Geflügelfarm womöglich? Weißt du, wie eine Geflügelfarm stinkt? Und wie viel Fliegenschwärme sie jede Minute entlässt?«

Ja, Thekla wusste es; und nein, neben einer Geflügelfarm, wie man sie aus Tabertshausen oder Mariaposching kannte, wollte sie nicht wohnen. Sie glaubte zwar nicht, dass derart nahe am Ort Moosbach so eine Anlage genehmigt werden würde, aber auch ein Sägewerk oder eine Autolackiererei in nächster Nähe fand sie wenig wünschenswert. Deshalb hatte sie Heinrichs spontaner Entscheidung bedenkenlos zugestimmt.

Ab dann ging alles Schlag auf Schlag.

Innerhalb von zwei Wochen war das Häuschen am Weidenweg verkauft und ein neues Baugrundstück erworben.

Bei der Wahl der neuen Heimat hatten sie nicht lange grübeln müssen. Obwohl Italien und Spanien mit Wärme und viel Sonnenschein lockten, wollten sie einen solchen Schritt nicht wagen und lieber im vertrauten Niederbayern bleiben. Thekla hatte als neues Zuhause Eging am See vorgeschlagen, einen kleinen Marktflecken am Rand der Bayerwaldberge, der alles bot, was zwei Pensionäre benötigten: Apotheke, Arzt, Zahnarzt, Supermarkt und sogar eine Therme. Der See mit Badestrand und einem etliche Kilometer langen Rundweg machte den Ort in Theklas Augen zusätzlich attraktiv.

Heinrich hatte ihr beigepflichtet und war umgehend aktiv geworden. Inzwischen gehörte ihnen ein Grundstück im Fasanenfeld. Ein Architekt war mit der Planung des Häuschens beschäftigt.

Heinrich kümmerte sich um die Finanzierung und um all die Dinge, um die man sich eben kümmern musste, selbst wenn man sich für ein Haus aus Fertigbauteilen entschieden hatte. Heinrich hatte tatsächlich eine Menge zu tun.

»Du kommst gar nicht mit ins Museum?« Wallys Stimme klang so enttäuscht, als hätte die Hasenfamilie aus Keramik, die seit Jahren ihren Vorgarten zierte, das Weite gesucht.

Ali schüttelte den Kopf. »Ich bin sowieso zu spät dran.« Er warf einen Blick auf seine Armbanduhr. »Meine Güte, ich muss wirklich schleunigst zurück nach Deggendorf. Die Sitzung im Rathaus wird schon ohne mich angefangen haben.«

»Keilst du dich heute wieder mit dem Oberbürgermeister?«, fragte Hilde mit einem Zucken um die Mundwinkel.

Auch Thekla musste schmunzeln. Ali sah sich im Stadtrat und allen anderen kommunalen Gremien als Sprachrohr der Bürger, als Botschafter, der sich von niemandem den Mund verbieten ließ.

Thekla hegte keinen Zweifel, dass er dank dieser Renitenz in Hildes Wertschätzung weiter und weiter stieg. Sie musste großen Gefallen an Alis politischen Auftritten finden.

Anscheinend gab es auch derzeit wieder Querelen. Thekla

interessierte sich zwar nicht sonderlich für die Angelegenheiten der Stadt Deggendorf, hatte jedoch einigen Zeitungsberichten entnommen, dass die Wellen wegen eines Bauprojekts namens »Karl-Turm« ziemlich hochschlugen. Verschandelte das Gebäude Deggendorfs Silhouette, ja oder nein? Thekla wusste nicht einmal, wo es hingebaut werden sollte. Hilde hatte wohl nicht ganz unrecht, wenn sie behauptete, Thekla zeige sich gesellschaftspolitisch so unbeteiligt wie ein Teebeutel.

2

Am selben Tag im Museum Quintana

Das Museum Quintana befand sich in einem modernen, recht funktionellen zweistöckigen Gebäude. Thekla war überrascht, wie zweckmäßig und nüchtern die Eingangshalle wirkte. Museen stellte sie sich immer bejahrt, verstaubt, pompös vor.

Aus der oberen Etage, in die eine freitragende Treppe führte, konnte man Kinderstimmen sowie das Tippeln von zahllosen Füßen hören. Unten in der Halle waren die Garderobenhaken mit Kinderanoraks und Rucksäcken zugepflastert.

»Eine Schulklasse«, sagte die Dame an der Kasse entschuldigend. »Aber die ist in ein paar Minuten weg. Frau Dr. Bosch-Salman ist mit ihrer Führung fast durch. Dann wird es wieder still bei uns.« Als sie von Thekla einen fragenden Blick auffing, fügte sie hinzu: »Frau Dr. Bosch-Salman ist unsere Museumsleiterin.«

Thekla sah sich nach dem Centurio um, den Hilde erwähnt hatte, und entdeckte ihn oben am Ende der Treppe. Er wirkte tatsächlich lebensecht und ließ sie an Madame Tussauds Wachsfigurenkabinett denken, das sie in London einmal besucht hatte. Sie konnte sich allerdings nicht erinnern, damals dort römische Legionäre gesehen zu haben.

Der Geräuschpegel senkte sich plötzlich, sodass die Erklärungen der Museumsleiterin auf einmal recht gut zu verstehen waren: »… dem ihr hier gegenübersteht, war ein römischer Offizier. Er hat eine Truppe von achtzig bis hundert Soldaten befehligt. In Künzing sind insgesamt rund fünfhundert von ihnen stationiert gewesen. Hundert Reiter und vierhundert Infanteristen. Was sind Infanteristen? – Richtig, Fußsoldaten. Es handelte sich hauptsächlich um Hilfstruppen, die aus der hiesigen Gegend, aus Spanien oder Bulgarien oder aus sonst einem eroberten Gebiet der Römer stammten. Wie ihr sehen könnt, ist ein Centurio …«

Wally eilte bereits die Treppe hinauf. »Und wenn er echt ist?«

Hilde stieß ein Prusten aus.

Wally ließ sich nicht beirren. »Man könnte ihn für echt halten.« Sie seufzte leise. »Ein stattlicher Kerl.« Aus dem Seufzer wurde ein verlegenes Kichern. »Ein Herzensbrecher.«

Thekla musste ihr recht geben. Die Figur stand respekteinflößend und doch mit einer gewissen Lässigkeit da.

James Bond im römischen Militärdienst, dachte sie und hätte beinahe selbst gekichert.

Als sie das Ende der Treppe erreicht hatte, befand sich die Figur ihr direkt gegenüber, und Thekla erfasste erst jetzt, wie groß und eindrucksvoll sie tatsächlich war.

Der Centurio trug einen silberfarbenen Helm mit einem gewaltigen Helmbusch. Der gehämmerte Wangenschutz verdeckte die untere Hälfte des Gesichts fast vollständig, gab ihm einen hoheitsvollen, respekteinflößenden Ausdruck.

Während Thekla die Figur musterte, drang eine Kinderstimme an ihr Ohr: »Er hat ein Halstuch um!«

»Und zwar sowohl im Winter als auch im Sommer«, sagte die Museumsleiterin. »Warum im Sommer?«

Die Schüler begannen durcheinanderzurufen.

Thekla trat ein paar Schritte zur Seite, weil immer mehr Kinder herandrängten und wie Springmäuse um den Centurio herumhopsten. Sie fragte sich, von welcher Schule und aus welcher Klasse sie wohl kamen. Es war jedoch aussichtslos, über den Jahrgang zu spekulieren, denn manche Jungen wirkten wie Siebenjährige, während ein paar Mädchen bereits in der Pubertät zu sein schienen.

»Im Sommer fängt das Halstuch den Schweiß auf«, sagte die Museumsleiterin. Thekla konnte nur braune Locken mit ein paar grauen Strähnen darin von ihr sehen, weil so viele Kinder sie umringten.

»Warum hat er kein Kettenhemd an?«, wollte einer der Jungen wissen.

»Unser Centurio trägt einen Schuppenpanzer«, antwortete die Museumsleiterin geduldig. »Schuppenpanzer und Kettenhemd waren in der römischen Legion gleichermaßen …«

Thekla spürte, wie sie am Ärmel gezupft wurde, sah auf und bemerkte, dass Hilde ihr Zeichen machte, in den angrenzenden Raum zu gehen.

Sie nickte Hilde zwar zu, hob aber gleichzeitig die Hand, um zu signalisieren, dass sie noch einen Augenblick verweilen wolle.

»Und was trägt er unter der Rüstung?«, fragte die Museumsleiterin.

»Ein Kleid.«

»Ein langes T-Shirt.«

»Ein Nachthemd.« Die Antwort wurde von einem Schwall Gelächter begleitet.

»Ein Untergewand, die Tunica«, berichtigte Frau Dr. Bosch-Salman. »Und über der linken Schulter unseres Centurios hängt sein roter Militärmantel, der ihm als Regen- und Kälteschutz, in der Nacht aber auch als Unterlage oder Zudecke dient. Der Mantel ist aus einem ungesäumten Stück Stoff und wird am Hals mit einer Fibel festgehalten.«

»Warum ist der Schuppenpanzer so kurz?«, fragte ein Mädchen, das aussah wie vierzehn, und begleitet von Gekicher fügte es hinzu: »Die empfindlichste Stelle ist überhaupt nicht geschützt.«

Mit stoischer Ruhe antwortete die Museumsleiterin: »Lederstreifen schützen den Unterleib, lederne Hosen die Beine. Zudem trägt der Centurio noch metallene Beinschienen. Seine Lederschuhe sind mit zweiundsiebzig Nägeln beschlagen …«

»Ist er nicht wunderbar?«

Thekla schaute sich um und entdeckte Wally neben sich.

»Und was für ein prächtiges Schwert er hat.« Sie himmelte den Centurio sichtlich an.

Theklas Blick glitt zur Wachsfigur zurück und registrierte eine ziselierte Schwertscheide an einem Riemen.

Die Traube um den Centurio lichtete sich allmählich, und Thekla beobachtete, wie Wally sich näher an ihn heranpirschte. Sie schenkte ihm ein ausgiebiges Daisy-Duck-Wimpernklimpern, strich ihm sanft über den unbedeckten rechten Unterarm und versuchte, eine Falte im Mantel zurechtzuzupfen, was ihr nicht gelang, weil sie irgendwie festgeklebt war. Nachdem sie ihn genügend angeschmachtet hatte, ließ sie es sich nicht nehmen, einen Helm aus der neben dem Centurio stehenden Requisitenkiste aufzusetzen, doch als sie auch ein Kettenhemd überstreifen wollte, stellte sich heraus, dass es ihr zu eng war.

Thekla wandte sich taktvoll ab.

Hilde war nirgends zu entdecken.

Womöglich spuckte sie nebenan bereits Gift und Galle, weil weder Thekla noch Wally der Aufforderung, ihr zu folgen, nachgekommen waren. Auf der Suche nach ihr kam Thekla an Vitrinen mit Münzen, Gewandfibeln, Klingen und Speerspitzen vorbei, bis sie an einen schmalen Durchgang gelangte. Sie betrat ihn und fand sich in einem kleinen abgedunkelten Raum wieder.

»Das Mithrasheiligtum«, raunte eine Stimme dumpf.

Thekla zuckte zusammen.

»Mithras galt als Schöpfer des Universums. Schau.«

Theklas Augen, nun halbwegs angepasst, erkannten Hildes Umriss.

Hilde deutete an die gewölbte Decke, an der winzige Sterne leuchteten. Sie gaben dem Raum das Dämmerlicht.

»Wo seid ihr denn?« Wally hörte sich merklich furchtsam an.

Eilig trat Thekla aus dem Mithräum in den Ausstellungssaal, wo Wally einsam neben einer Vitrine mit antiken Stichwaffen stand und dreinsah, als wollte sie zum Centurio zurückrennen und sich schutzsuchend an ihn klammern.

Als sie auf Wally zuging, vernahm sie von unten neuerlich Gesprächsfetzen und Fußgetrappel. Doch diesmal handelte es sich nicht um Kinderstimmen, und die Schritte hörten sich gemessen an.

Im nächsten Augenblick kamen die neuen Besucher die Treppe herauf und verteilten sich um die Schaukästen. Vor der Vitrine mit den Münzen versammelte sich ein ganzer Pulk.

»Sesterzen«, hörte Thekla einen groß gewachsenen Herrn um die fünfzig sagen. »Unter Cäsar betrug der Jahressold für einen einfachen Legionär ungefähr neunhundert Sesterzen, das entsprach etwa zweihundert Denar. Einem Centurio ist gut das Fünffache ausgezahlt worden.«

Aha, dachte Thekla, da spricht ein Mann vom Fach. Sie fragte sich, welchem Verein die Leute wohl angehörten. Oder handelte es sich um eine bunt zusammengewürfelte Gruppe, unterwegs mit Studiosus-Reisen?

»Kommt mit runter, bevor man uns hier zu Brei quetscht.« Hilde, die zu Thekla und Wally getreten war, deutete mit dem Daumen auf die Treppe. Als sie hinunterstiegen, sagte sie an Thekla gewandt: »Hast du dir die Stelle bei den Gewandfibeln angesehen, wo Anne Ungerer zusammengebrochen ist?«

»Wozu denn?«, fragte Thekla. »Der Zwischenfall ist schon drei Wochen her, was soll es da noch zu sehen geben?«

Wally machte ein tiefsinniges Krötengesicht. »Vielleicht hat Anne etwas in die Wand geritzt.«

Hilde ließ ein missbilligendes Schnauben hören. »Wir sind hier nicht in einem Edgar-Wallace-Film, Wally.«

»Richtig«, sagte Thekla trocken. »Und deshalb glaube ich auch nicht daran, dass Anne Ungerer ermordet worden ist. Wie denn? Alis Schilderung nach stand sie gemeinsam mit ein paar anderen aus der Seniorengruppe an der Vitrine, als sie ohne ersichtlichen Grund zusammengebrochen ist. Sie ist weder erschlagen noch erstochen noch erschossen worden. Der Arzt, der den Totenschein ausgestellt hat, konnte keine andere Todesursache ausfindig machen als akutes Herzversagen. Wie hätte man ihr das denn zufügen sollen?«

Hilde war am Fuß der Treppe stehen geblieben und wandte sich Thekla mit einem scharfen Ruck zu. »Gift! Denk doch mal an Gift. Dazu müsste dir als Apothekerhilfskraft doch spontan was einfallen.«

Digitalis, dachte Thekla unwillkürlich und sprach es nach kurzem Überlegen laut aus.

»Na bitte«, sagte Hilde. »Sogar mir als Laien ist bekannt, wie das Zeug wirkt. Tödlich nämlich, wenn man zu viel davon erwischt.«

Hilde hat recht, dachte Thekla. Überdosiert eingenommen können Herzglykoside zu Kammerflimmern und damit zu Herzstillstand führen.

Das kam gar nicht so selten vor, weil diese Mittel nur in einem sehr kleinen Bereich wirksam waren. Schnell war die Dosis zu gering und fast noch schneller zu groß.

Aber auf Anne Ungerer traf die Problematik ja überhaupt nicht zu. Ali hatte gesagt, sie sei gesund gewesen, was doch bedeutete, dass sie keine Medikamente hatte einnehmen müssen, am allerwenigsten ein Herzmittel.

Darauf machte Thekla Hilde nun aufmerksam, erntete jedoch nur ein verächtliches Prusten.

»Habe ich vielleicht behauptet, sie hätte das Mittel freiwillig geschluckt? Habe ich nicht.« Hilde stach ihren Zeigefinger in Theklas Richtung. »Wie gehen Giftmörder denn vor?«

»Das weiß man doch«, mischte sich Wally ein, die mit etwas verwirrter Miene zugehört hatte. »Sie mischen das Gift in Likör oder Wein, wie in ›Arsen und Spitzenhäubchen‹ mit Cary Grant, erinnert ihr euch? Was für ein herrlicher Film.«

»Aus den Fünfzigern, Herrgott noch mal«, murmelte Hilde kaum hörbar. Dann schenkte sie Wally ein Lächeln und sagte beipflichtend: »Sehr richtig. Ein Giftmörder verabreicht seinem Opfer den Giftstoff fein aufbereitet, in einem Getränk, einer Praline, einer –«

»Und wer hätte das tun sollen?«, unterbrach Thekla sie. »Wer von den Senioren, mit denen Anne Ungerer unterwegs war, hätte einen Grund gehabt, sie zu ermorden?

»Alle? Einer oder gar keiner?«, antwortete Hilde. »Was wissen wir denn schon?«

»Und wo hätte er Digitalis herbekommen sollen? Die Präparate, in denen es verarbeitet ist, sind samt und sonders verschreibungspflichtig, da kommt man nicht so einfach ran.« Mit einer Handbewegung hinderte sie Hilde daran, ihr ins Wort zu fallen. »Und stellt euch mal das Risiko vor. Wie hätte er denn sichergehen können, dass Anne die vergifteten Pralinen – oder was auch immer – tatsächlich selbst verzehrt?« Sie rieb sich über die Stirn. »Ich weiß nicht recht. Diese Mordtheorie ist ein bisschen sehr weit hergeholt. Mag sein, dass Ali sich diesmal irrt.«

Zu Theklas Erstaunen nickte Hilde. »Mag durchaus sein. Bestreitet er ja auch gar nicht. Ich übrigens auch nicht.« Sie packte Thekla am Arm. »Und jetzt werden wir uns daranmachen, Beweise zu finden. Für die Mordtheorie, gegen die Mordtheorie – wie es halt kommt.«

Thekla stöhnte auf.

Hilde ließ sie jäh los. »Entschuldige. Ich wollte dir nicht wehtun.« Sie steuerte auf den Ausgang zu. Aber Wallys Stimme hielt sie zurück.

»Oh nein, Hilde, du willst doch nicht schon gehen? Jetzt, wo wir schon hier sind, müssen wir uns auch alles anschauen. Alles, was von der Steinzeit und der Bronzezeit geblieben ist, von der Eisenzeit, von den Kelten, von den Bajuwaren …«

Als Thekla ihr einen überraschten Blick zuwarf, bemerkte sie, dass Wally ein Faltblatt in der Hand hatte, von dem sie ablas.

Sie schaute soeben auf. »… und am Schluss besuchen wir noch den heiligen Severin ganz oben auf der Galerie.«

Hilde zuckte die Schultern. »Auf ein Viertel- oder halbes Stündchen soll es uns nicht ankommen.« Sie wandte sich der Treppe zu und stieg sie hinunter.

Im Untergeschoss blieben Thekla, Hilde und Wally verblüfft vor dem Modell einer jungsteinzeitlichen Kreisgrabenanlage stehen.

»Beeindruckend«, sagte Thekla aufrichtig.

Wally starrte auf die beiden Palisadenringe aus Holzstämmen, die von zwei Gräben umgeben waren. Vier Toröffnungen ermöglichten den Zugang ins Innere. »Wofür unsere Vorfahren in der Steinzeit wohl so etwas gebaut haben?«

»Neuerdings glaubt man, es handelt sich um astronomische Beobachtungszentren, regelrechte Kalenderbauten«, sagte eine Stimme hinter ihnen. Sie gehörte zweifelsfrei der Museumsleiterin, die den Schulkindern die Ausrüstung des Centurios erklärt hatte.

Als Thekla sich umwandte, sah sie sich einer adrett gekleideten Frau Ende vierzig gegenüber.

»Hat man Ihnen an der Kasse nicht gesagt, dass wir unseren Besuchern Audioguides zur Verfügung stellen?«, fragte sie.

Bevor Thekla zugeben konnte, dass sie das Angebot abgelehnt hatten, sagte Hilde: »Sind Sie die Chefin hier?«

Die Frau nickte schmunzelnd. »Elvira Bosch-Salman. Ich bin die Museumsleiterin. Kann ich etwas für Sie tun?«

»Anne Ungerer ist in Ihren Räumen gestorben«, antwortete Hilde ohne Umschweife.

Die Miene der Museumsleiterin wurde ernst und sichtlich pikiert. »Ein tragischer Todesfall. Waren Sie Freundinnen der Verstorbenen?«

»Wir sind es kürzlich geworden«, antwortete Hilde.

Thekla bewunderte sie für diesen Schachzug. Hilde hatte eine glatte Lüge vermieden und dennoch ihr Interesse an Anne Ungerer überzeugend begründet.

Elvira Bosch-Salman machte eine bedauernde Geste. »Wir haben sofort nach ihrem Zusammenbruch den Notarzt verständigt. Als er eintraf, war sie jedoch bereits tot.«

»Und vorher – vor dem Zusammenbruch, meine ich –, ist da an Frau Ungerer irgendetwas auffällig gewesen?«, fragte Hilde. »Man sollte doch meinen, dass sich so ein Herzanfall auf die eine oder andere Weise ankündigt.«

»Ja, das sollte man«, pflichtete ihr die Museumsleiterin bei. »Aber in diesem Fall war es offenbar nicht so. Die anderen Teilnehmer an der Führung haben übereinstimmend gesagt, dass ihr nichts anzumerken war. Frau Ungerer wollte wohl sogar gerade noch eine Bemerkung machen, als sie unversehens vornüberkippte. Das lässt sich auch auf den Videobändern recht gut erkennen.«

»Hier wird alles videoüberwacht?«, fragte Hilde erregt.

»Selbstverständlich«, bestätigte ihr Elvira Bosch-Salman. »Zur Sicherheit unserer Exponate und unserer Besucher.«

»Beschreiben Sie uns Annes letzte Minuten«, verlangte Hilde.

Elvira Bosch-Salman wirkte peinlich berührt, tat ihr jedoch den Gefallen. »Soweit auf dem Band zu erkennen ist, stand Frau Ungerer mit einer Dame und zwei Herren aus ihrer Gruppe vor der Vitrine mit den Gewandfibeln. Sie haben sich unterhalten –«

»Worüber?«, unterbrach Hilde sie scharf.

Elvira Bosch-Salman sah sie verdattert an, antwortete jedoch geduldig. »Die Kameras zeichnen nur Bilder auf. Aber es ist ziemlich eindeutig, dass sich das Gespräch um die Ausstellungsstücke gedreht hat.«

»Wer stand mit Anne vor der Vitrine? Haben Sie die Namen der drei Personen?«

Elvira Bosch-Salman schien von Hildes Verhörmethoden endgültig genug zu haben. Sie nickte, presste jedoch die Lippen zusammen.

Da sagte Wally: »Bitte, Frau Dr. Bosch-Salman. Wir möchten so gern mit den Menschen reden, die als Letzte mit Anne ...« Sie wusste nicht recht weiter.

Ihr freundlicher Ton hatte jedoch genügt, die Museumsleiterin umzustimmen. Offenbar besaß sie eine Liste der Teilnehmer des Seniorenausflugs und nannte nun drei Namen. »Auf dem Band kann man sehen, dass der größere der beiden Herren, Werner Obermeier muss das gewesen sein, selbst zu Boden gestürzt ist, als er versucht hat, Frau Ungerer festzuhalten.«

»Herr Obermeier hat versucht, sie festzuhalten ...«, wiederholte Hilde, und Thekla konnte an ihrer Miene ablesen, was sie dachte.

Hatte er ihr dabei eine tödliche Injektion verpasst?

Thekla musste zugeben, dass so etwas nicht auszuschließen war. Den winzigen Einstich einer Nadel hätten sowohl der Notarzt als auch der Arzt, der später den endgültigen Totenschein ausstellte, leicht übersehen können.

So betrachtet schien der Mordplan recht einfach. Der Täter konnte Anne Ungerer – im Bus beispielsweise – eine präparierte Praline angeboten haben, die sie ein bisschen schwindelig machte. Danach behielt er Anne im Auge, bis sie irgendwann einmal strauchelte, um sofort zur Stelle zu sein und sie zu stützen, was ihm Gelegenheit gab, ihr die tödliche Spritze zu setzen.

»Und wer hat die Rettung alarmiert?«, fragte Hilde.

Thekla blendete die Stimme der Museumsleiterin aus und folgte ihren eigenen Gedanken. Wie viel später der Notarzt wohl eingetroffen war? Zwanzig Minuten? Eine halbe Stunde? Mehr? Künzing war ja nicht gerade ein Dreh- und Angelpunkt. Aber selbst wenn er sofort zur Stelle gewesen wäre, hätte er dann Alis Jugendschwarm noch retten können?

Mittlerweile war die neue Besuchergruppe von oben ins Untergeschoss gesickert.

»Bei Ihnen herrscht ja lebhafter Andrang«, sagte Hilde.

Elvira Bosch-Salman faltete die Hände wie zum Gebet. »Ich wünschte, das wäre jeden Tag so. Zwei Schulklassen, eine Abordnung vom niederbayerischen Lehrerverband, ein paar Leute aus der Gegend. Aber leider haben wir manchmal Tage …« Sie wurde vom Klingeln ihres Handys unterbrochen, entschuldigte sich und eilte davon.

»Werner Obermeier«, sagte Hilde. »Den knöpfen wir uns als Erstes vor. Aber das hier hätten wir uns eigentlich sparen können.«

Thekla war nicht ganz klar, ob sie das Gespräch mit Frau Dr. Bosch-Salman oder den Besuch im Museum meinte. Aber nun waren sie schon mal hier und konnten, wie Wally zuvor angeregt hatte, auch noch die übrigen Ausstellungsräume besichtigen.

Wally setzte ohnehin bereits zu Widerspruch an. »Aber Hilde, das darfst du nicht sagen. Ich hätte wirklich nicht gedacht, dass alles so interessant ist. Schau, was sie in der Steinzeit schon für schöne Töpferwaren gemacht haben.« Sie trat an ein riesiges kugelförmiges Gefäß heran, das als Vorratsbehälter gedient haben mochte, und betrachtete die eingeritzten Muster.

Hilde zog ein Gesicht, folgte ihr jedoch nach kurzem Zögern.

Im Untergeschoss gab es mehrere Räume, deren einzige Lichtquelle die erleuchteten Schaukästen mit den Exponaten waren. Ungenutzte Ecken und Nischen blieben im Dunkel.

An Vitrinen, in denen Werkzeuge aus Feuerstein und Knochen ausgestellt wurden, und am Modell eines jungsteinzeitlichen Langhauses vorbei schritten Thekla, Hilde und Wally von Raum zu Raum, betrachteten gut und weniger gut erhaltene Relikte der Altvorderen, bestaunten Teile eines antiken Pferdegeschirrs und metallisch glänzende Ringe, die aussahen wie Donuts. Sie waren mit »Latènezeitliche Tonkernringe« beschriftet. Thekla fragte sich gerade, wozu sie wohl gedient hatten, als sie den Aufschrei hörte.

»Himmelmutter!«

Obwohl die Stimme wegen der Panik, die darin mitschwang, kaum zu erkennen war, gab es keinen Zweifel, wer den Schrei ausgestoßen hatte.

Niemand anders als Wally würde lauthals »Himmelmutter« rufen.

Wally war, offenbar magisch angezogen von einem schwachen Glimmen aus dem dunklen Raum nebenan, dorthin vorausgegangen.

Als ein zweites grauenerfülltes »Himmelmutter« ertönte, stürzten ihr Hilde und Thekla hinterher.

Sie erreichten Wally, die am Boden kniete, fast gleichzeitig mit dem groß gewachsenen Herrn mittleren Alters, der sich so gut mit der Besoldung römischer Legionäre auskannte. Er bückte sich bereits zu Wally hinunter, wobei er sie nahezu verdeckte, sodass Thekla, die hinter Hilde zu stehen gekommen war, nicht erkennen konnte, was ihr zugestoßen war.

Was konnte die arme Wally nur so erschreckt haben?

Unwillkürlich warf Thekla einen Blick in die Runde, sah schemenhaft weitere Museumsbesucher herbeieilen und begriff nun auch, warum der Raum gar so finster schien.

Die Ecke, in der sie sich befanden, wurde von einem riesigen Ofen aus Lehm fast ganz ausgefüllt, der Thekla an ein gelandetes Raumschiff aus »Star Wars« oder der »Enterprise«-Serie erinnerte: Ein etwa kniehoher, wie ein riesiges Rad geformter Sockel trug eine runde Kuppel, die eine Öffnung von etwa fünfzig Zentimeter Durchmesser aufwies, darunter gab es zwei weitere kleinere Öffnungen. In allen dreien glomm nur ein schwaches Lichtlein. Theklas Blick machte sich automatisch auf die Suche nach einer Bestimmungstafel und fand sie rechts an der Wand. »Rekonstruktion eines keltischen Töpferofens«.

»Kommen Sie, ich helfe Ihnen. Sie müssen aufstehen. Ich bringe Sie hier weg.« Die Stimme holte Thekla ins momentane Geschehen zurück. Eilig versuchte sie, näher an Wally heranzukommen, wurde jedoch zur Seite gestoßen.

Im selben Augenblick hörte sie jemanden rufen: »Hier ist ja überall Blut. Lebt er noch?«

Inzwischen hatte sich der Raum mit mehr und mehr Menschen gefüllt, die Thekla immer weiter abdrängten, bis sie sich in der Nähe des Treppenaufgangs wiederfand, wo sie beinahe von der vorbeistürmenden Museumsleiterin überrannt wurde.

Sie stieg ein paar Stufen hinauf, weil sie hoffe, von weiter oben erkennen zu können, was bei dem keltischen Töpferofen vorging, sah sich jedoch enttäuscht. Was sollte sie tun? Hinunter zu Hilde und Wally und dem Ort des wie auch immer gearteten Geschehens konnte sie nicht, weil eine Menschentraube ihr den Weg versperrte. Hinauf wollte sie nicht, denn was hätte sie oben im Eingangsbereich ausrichten sollen? Arzt oder Polizei alarmieren? Darum würde sich die Museumsleiterin kümmern, wenn sie es nicht schon getan hatte.

Letztendlich begab sich Thekla dann doch hinauf in die Eingangshalle, ging dort eine Zeit lang rastlos auf und ab, setzte sich auf einen Stuhl, stand wieder auf, lief hin und her, bis ein Notarzt und die Polizei eintrafen.

Kurz darauf füllte sich die Halle mit laut diskutierenden Museumsbesuchern, die aus dem Untergeschoss quollen. Zwei Polizisten geleiteten sie in den hinteren Bereich des Raumes, den sie dann abriegelten, indem sie ein Seil spannten. Die Absperrung sorgte dafür, dass der Abschnitt zwischen Treppe und Ausgang frei zugänglich blieb. Einer der Polizisten machte sich daran, die Personalien der Besucher aufzunehmen.

Thekla entdeckte Hilde am anderen Ende des Raumes und wollte zu ihr hinübergehen, musste jedoch abrupt stehen bleiben. Eine dickleibige, keuchende Frau kreuzte am Arm eines älteren Herrn ihren Weg, und Thekla hörte ihn sagen: »Dort in der Ecke stehen Stühle, sehen Sie? Da können Sie sich hinsetzen. Es sind nur ein paar Schritte. Wir sind gleich da. Stützen Sie sich nur ruhig auf mich.«

»Danke, Herr Obermeier«, keuchte die Frau. »Danke. Ohne Sie wüsste ich mir gar nicht zu helfen.«

Thekla starrte ihnen nach. Obermeier. *Der* Obermeier etwa, der sich in Anne Ungerers nächster Nähe befunden hatte, als sie zusammengebrochen war?

Das Alter kommt hin, dachte sie. Fragt sich, wie viele ältere Herren mit Namen Obermeier es gibt.

Viele, war die zwingende Antwort, denn dieser hier konnte ebenso gut aus einem Ort in Mecklenburg-Vorpommern angereist sein wie aus Vilshofen stammen.

Was nicht ausschloss, dass es sich nicht doch um ebenjenen Obermeier handelte.

Spontan entschied Thekla, es herauszufinden.

Sie folgte dem Paar zu den Stühlen, wartete ab, bis sich die dicke Frau auf einen davon gesetzt hatte und stöhnend das Kinn auf die Brust sinken ließ.

Obermeier war stehen geblieben und bedachte sie mit besorgten Blicken.

Thekla setzte ihr charmantestes Lächeln auf und sprach ihn an.

»Haben wir uns nicht erst neulich hier getroffen? Kommen Sie etwa auch öfter mal her?«

Obermeier wirkte zuerst überrascht, dann verlegen. »Ich bedaure, aber ich kann mich nicht erinnern, dass …« Seine Stimme versandete.

»Aber ich«, sagte Thekla. »Ich erinnere mich gut an Sie. Sie haben versucht, dieser Dame aus der Seniorengruppe zu helfen, die – drei oder vier Wochen müsste es her sein – vor einer der Vitrinen zusammengebrochen ist.

Obermeier nickte. »Eine schreckliche Geschichte.« Er verstummte und machte keine Anstalten, weitere Details preiszugeben.

»Die Dame ist verstorben, heißt es«, legte Thekla nach und fügte angesichts Obermeiers traurigen Blicks hinzu: »Sie war doch nicht etwa eine gute Bekannte von Ihnen?«

»In gewisser Weise schon«, erwiderte Obermeier darauf kryptisch.

»Sagen Sie doch, dass es ein Kreuz war mit ihr«, ließ sich die Dicke plötzlich vernehmen, die offenbar inzwischen zu Atem gekommen war.

Thekla sah Obermeier aufmunternd an.

»Nun ja …«, begann er und verstummte wieder.

Die Dicke richtete sich auf und stach einen ungemein fleischigen Zeigefinger in Obermeiers Richtung. »Die Ungerer hat Ihrer Flora doch alles versaut. Hat sich ständig in Sachen eingemischt, die sie gar nichts angingen. Erzählen Sie es doch der Dame, erzählen Sie.« Damit ließ sie das Kinn wieder auf die Brust sinken und schien einzunicken.

Obermeier war deutlich anzusehen, wie peinlich ihm die Situation war, aber Thekla konnte ihn jetzt nicht mehr vom Haken lassen.

Aus den Augenwinkeln sah sie, wie Hilde ihr winkte und wie Wally von einem Sanitäter zum Ausgang geführt wurde. Hilde kam heran, trat hinter Thekla, schien ihre Situation jedoch richtig einzuschätzen und hielt sich klugerweise zurück.

Mit sanfter Stimme sagte Thekla zu Obermeier: »Flora ist Ihre Tochter?«

»Flora ist von Anfang an ein schwieriges Kind gewesen«, antwortete er mit einem leisen Seufzer, »deshalb darf man nicht Anne Ungerer die Schuld an allem geben.«

»Von einer Lehrerin kann man aber wohl ein Mindestmaß an pädagogischen und psychologischen Kenntnissen verlangen, oder?«, mischte sich die Dicke wieder ein. Offenbar war sie doch nicht eingeschlafen. Sie sprach so laut, dass die Umstehenden aufmerksam wurden. »Flora hat mir genau erzählt, wie die alte Hexe sie während der Schulzeit traktiert hat. Wie sie ihr auch danach noch das Leben zur Hölle gemacht und letzthin ganz zerstört hat.« Sie musste Atem holen, bevor sie sich – etwas gedämpfter allerdings – an Thekla wandte: »Flora ist ein Engel. Sie kauft für mich ein, müssen Sie wissen. Ich kann ja kaum laufen, geschweige denn eine schwere Tasche tragen.« Wieder zu Kräften gekommen forderte sie Obermeier erneut lautstark auf: »Erzählen Sie es der Dame. Erzählen Sie, wie die alte Hexe der armen Flora mitgespielt hat. Wie sie dafür gesorgt hat, dass ihr das Kind weggenommen wurde.«

Obermeier fuhr sich mit beiden Händen übers Gesicht. »Das ist doch eine alte Geschichte. Wozu sie aufwärmen?«

Zu Theklas Enttäuschung ließ die Dicke das Thema tatsächlich fallen und rief stattdessen einem Polizisten, der gerade in ihre Nähe kam, zu: »Was ist denn eigentlich los? Warum haben Sie uns hier zusammengetrieben wie eine Viehherde?«

Thekla achtete nicht auf die Antwort des Polizisten. Sie hatte sich zu Hilde umgedreht. »Was ist denn passiert? Wie geht es Wally?«

»Der Mann, den Wally vor dem Töpferofen auf dem Fußboden gefunden hat, ist ermordet worden«, sagte Hilde. »Erstochen, heißt es.«

Thekla atmete hörbar aus. Wally selbst war also nichts geschehen. Aber sie hatte einen Toten gefunden. Einen Ermordeten.

Thekla brauchte eine Weile, um die Information zu verdauen. Dann sagte sie sich, dass Wally ausgiebig verhört werden würde. Und sie würde außer sich sein. Geschockt.

Sie sah Hilde angespannt an. »Bist du schon befragt worden?«

Hilde nickte. »Aber was konnte ich denen schon sa–« Sie wurde von einem der Polizeibeamten unterbrochen, der Thekla mitzukommen bat.

Als sie ihm folgte, merkte Thekla, dass sich kaum mehr Besucher in der Halle aufhielten. Auch Obermeier und die Dicke waren verschwunden.

Der Polizist führte sie in einen Büroraum, fragte sie zuerst nach ihren Personalien, dann danach, wo im Museum sie sich in den vergangenen zwei Stunden aufgehalten habe, und zum Schluss, ob ihr etwas Ungewöhnliches aufgefallen sei.

Thekla beantwortete alles nach bestem Wissen und Gewissen, auch die letzte Frage des Beamten, diejenige nach dem Ungewöhnlichen. »Nein«, sagte sie wahrheitsgemäß und schüttelte bekräftigend den Kopf. Damit war das Verhör beendet.

Sie konnte gehen. Und erst jetzt wurde ihr mit aller Deutlichkeit bewusst, dass an diesem Nachmittag, während sie, Hilde und Wally die Ausstellungsstücke bewundert hatten, im Museum Quintana tatsächlich ein Mord begangen worden war.

Stand die Tat mit Anne Ungerers Tod in Zusammenhang?

Schwer vorstellbar, fand Thekla. Ein Giftanschlag – wenn es denn einer war – und eine Messerattacke wiesen nicht unbedingt auf ein und dieselbe Person als Täter hin.

Sie fragte sich, wie Hilde über die Sache dachte.

Bestimmt würde sie es bald zu hören bekommen. Eines aber war sicher: Hilde würde nun nicht mehr aufgeben, bis *beide* Fälle geklärt waren.

Hilde wartete in der Eingangshalle auf sie. »Wir müssen nach Wally sehen.«

»Wo man sie wohl hingebracht hat?«, sagte Thekla halb zu sich selbst.

Hilde deutete auf den Parkplatz hinaus, der inzwischen voll belegt war. Einsatzfahrzeuge, Krankenwagen, Leichentransport, mehrere Kombiwägen. »Zum Sanka, nehme ich an. Ich wette, sie steht kurz vorm Nervenzusammenbruch. Womöglich muss man sie ins künstliche Koma versetzen.«

Thekla warf ihr einen vorwurfsvollen Blick zu. »Musst du ständig auf ihr herumhacken? Jeder, der über einen Toten in einer Blutlache gestolpert wäre, würde außer sich sein. Jeder mit ein bisschen Sensibilität im Leib«, fügte sie mit gesenkter Stimme hinzu.

Hilde zog ein Gesicht. »Wem sie abgeht, kann sich glücklich schätzen.«

Thekla gab sich geschlagen. Nichts zu machen.

Sie öffnete die Tür und ließ Hilde vorgehen. Der Krankenwagen stand etwas abseits der anderen geparkten Fahrzeuge am Rand einer Grünfläche, auf der sich Überreste einer römischen Therme befanden.

Wally spielte mit einem der Sanitäter Karten.

Sie wirkte ruhig und entspannt, fast fröhlich.

»Gedopt«, raunte Hilde in Theklas Ohr. »Was hab ich gesagt?«

Der Sanitäter bestätigte, dass man Wally etwas zur Beruhigung verabreicht hatte. »Das Mittel macht schnell müde. Man merkt es Frau Maibier schon an.«

»Können wir sie mitnehmen?«, fragte Hilde. »Wir sind Freundinnen und sind zusammen hergekommen.«

»Hilde bringt mich nach Hause«, sagte Wally.

Der Sanitäter schien erleichtert. »Dann kann ich Sie ja entlassen.« Er half Wally beim Aussteigen.

»Bist du schon von der Polizei befragt worden?«, erkundigte sich Thekla, als sie und Hilde mit Wally in ihrer Mitte über den Parkplatz gingen.

Wally nickte träge. »Ich habe den Polizisten erzählt, dass ich mir den riesigen Ofen aus Lehm anschauen wollte, der da in dem dunklen Raum in der Ecke steht, und dass ich den Toten bestimmt nicht gefunden hätte, wenn er nicht direkt vor dem Feuerloch …« Ihre Stimme versandete, aber nach einer kleinen Pause fuhr sie fort: »Ich hab gedacht, da liegt ein Bündel Stroh oder Reiser oder so was. Vielleicht hat man ja früher so einen Ofen mit Stroh geheizt, hab ich gedacht …«

»Du hast den Toten für einen Packen Heizmaterial gehalten?«, fragte Hilde beinahe belustigt.

Wally nickte wie in Zeitlupe. »Ja, Heizmaterial hab ich gedacht. Und dann hab ich mich gebückt, weil ich es mir anschauen wollte.«

»Da hast du feststellen müssen, dass das, was da am Boden lag, ein Mensch war«, sagte Thekla mitfühlend.

Wally presste die Hand auf den Mund, schluchzte auf – man hätte ihr eine höhere Dosis verabreichen sollen, ging es Thekla durch den Sinn – und flüsterte etwas, das Thekla erst verstand, nachdem Wally es mehrere Male wiederholt hatte. »Blut. So viel Blut.«

Es musste sich tatsächlich um eine ziemlich große Blutlache gehandelt haben, wenn sie im Dämmerlicht zu erkennen gewesen war.

»Zuerst habe ich das ganze Blut gar nicht gesehen«, sagte Wally stockend. »Nur der Geruch, der Geruch ist mir aufgefallen. Aber wie hätte ich denn …« Ihre Schultern begannen zu beben.

Thekla blieb stehen und nahm sie fest in den Arm.

Sie hatten mittlerweile die Hauptstraße erreicht, die an der Vorderfront des Museums entlangführte. Um zu ihren Autos zu gelangen, die noch bei Riesinger auf dem Parkplatz standen, würden sie ihr etliche hundert Meter weiter folgen müssen.

»Ich«, weinte Wally, »ich habe mich dann so tief hinuntergebeugt, dass ich mich mit einer Hand auf dem Boden abstützen musste. Und da, da …«

Thekla strich ihr besänftigend über den Rücken, bis sich Wally wieder beruhigt hatte.

»Hast du vom Tatort jemanden wegrennen sehen?« Hildes schneidende Stimme ließ sowohl Wally als auch Thekla zusammenzucken.

Wally sah sie verwirrt an. »Von was für einem Tatort?«

Bevor Hilde ärgerlich auffahren konnte, sagte Thekla: »Lass Wally erst einmal entspannen.«

Hilde verdrehte die Augen. »Koma, hab ich es nicht gesagt?«

Thekla öffnete gerade den Mund, um neuerlich für Wally einzutreten, musste jedoch feststellen, dass Hilde sich abgewandt hatte und neugierig die Straße hinunterblickte. Sie ließ Wally los und beugte sich vor, um nachzuschauen, was Hildes Aufmerksamkeit so unvermittelt auf sich gezogen hatte.

»Kommt mit«, sagte Hilde im selben Moment, hakte Wally wieder unter und zog sie mit sich die Straße entlang.

An der Ostseite des Museums blieb sie stehen. Hier wurde das Museumsgelände von einer breiten, gepflasterten Fußgängerallee begrenzt, die schnurgerade zur Kirche führte und offenbar das Herzstück von Künzing darstellte. Statt mit Bäumen war die Promenade mit eigenartigen Balkenkonstruktionen gesäumt, unter denen sich im Sommer Verkaufsstände befinden mochten.

Jetzt hatte sich hier eine Menschenmenge zusammengefunden, aus deren Mitte merkwürdigerweise der Kopf eines Centurios herausragte.

»Das muss ich mir mal ansehen.« Hilde löste sich von Wally und strebte auf die Versammlung zu.

»Bleib hier«, rief Thekla ihr nach. »Wir müssen uns doch um Wally kümm…« Sie brach ab, weil Hilde sie schon nicht mehr hören konnte.

Wally lehnte den Kopf an Theklas Schulter und schloss die Augen.

»Himmelherrgott, Hilde, komm zurück«, schimpfte Thekla vor sich hin. »Wir müssen Wally zum Wagen bringen. Sie schläft uns im Stehen ein.«

Wally öffnete die Augen. »Thekla. Wie oft hab ich es dir und vor allem Hilde schon gesagt? Man darf den lieben Gott nicht im Zorn anrufen.«

Thekla tätschelte ihr den Rücken. »Schon gut, Wally. Ab sofort merk ich's mir. Komm, wir gehen ein bisschen auf und ab, damit du wach bleibst.«

Sie führte Wally näher an den Menschenauflauf heran, in dem Hilde verschwunden war. Am Rand blieb sie stehen und reckte den Hals, um einen Blick auf das zu erhaschen, was ihn verursacht hatte, konnte aber nun gar nichts mehr erkennen, weil ihr zwei lange Kerle komplett die Sicht versperrten.

»Dann halt nicht«, murmelte sie, ging mit Wally wieder ein paar Schritte in die andere Richtung und hoffte, dass Hilde bald zurückkommen würde.

Als sie nach mehreren Minuten immer noch nicht aufgetaucht war, ging Thekla mit Wally am Arm langsam die Allee entlang, bis sie den Kirchplatz erreichte. Dorthin hatte sich außer einem etwas seltsam wirkenden Paar niemand verlaufen.

Der etwa dreißigjährige Mann und die einige Jahre ältere Frau standen halb verdeckt hinter dem letzten Pfosten der Balkenkonstruktion und steckten die Köpfe zusammen. Beide waren recht nachlässig und für Januar viel zu leicht bekleidet.

Gemächlich ging Thekla mit Wally am Arm in einem Bogen um das Paar herum, als sie das Wort »Videobänder« aufschnappte.

Unvermittelt blieb sie stehen und machte sich an Wallys Schal zu schaffen, der sich gelockert hatte und herunterzurutschen drohte.

»Die Bänder geben nichts her, glaub mir«, sagte der Mann.

»Woher willst du das denn wissen?«, erwiderte die Frau.

»Der Sigi hat's mir gesteckt«, bekam sie zur Antwort. »Er hat Wache geschoben, als sie das Videoband angeschaut haben. Also den Streifen halt, der kurz vor dem Leichenfund aufgenommen worden ist.«

»Und was ist da drauf?«, fragte die Frau.

Der Mann hob die Schultern. »Nix halt.«

Die Frau schüttelte ungläubig den Kopf. »Nix. Blödsinn. Irgendwas muss da ja drauf sein. Außerdem kann die Polizei noch gar nicht alle Bänder angeschaut haben. Aber ich krieg schon was raus. Wirst schon sehn, wer das Rennen um die zugkräftigste Geschichte macht.«

Der Mann lachte abfällig. »Geh, Flora. Du schreibst hin und wieder fürs Gemeindeblatt, nicht hauptberuflich für die Bild-Zeitung ...«

Thekla horchte auf. Flora? Konnte das ein Zufall sein? So häufig war der Name nicht. Unauffällig wollte sie sich näher an das Paar heranpirschen. Ausgerechnet in diesem Moment tauchte Wally noch einmal aus ihrer Ermattung auf.

»Ich hab ganz kalte Zehen«, klagte sie.

Der Mann wurde aufmerksam, hielt inne, schaute argwöhnisch her.

Thekla blieb nichts anderes übrig, als mit Wally weiterzugehen.

In ihrem Rücken hörte sie die Frau etwas Unverständliches brummen, dann drang die ärgerlich erhobene Stimme des Mannes an ihr Ohr. »So eine Überwachungskamera kann doch nicht jeden Winkel abdecken. Also sieh es halt ein: Die Bänder bringen nix. Klar sind die Museumsbesucher darauf zu sehen, aber ...«

Er senkte auf einmal die Stimme, und Thekla war bereits zu weit weg, um ihn in dieser Lautstärke noch verstehen zu können.

Es fiel ihr jedoch nicht schwer, den angefangenen Satz zu Ende zu denken: ... *aber keiner von ihnen wird ein Schild mit der Aufschrift »Mörder« umhängen haben.*

Das nicht, pflichtete sie in Gedanken bei. Aber der Täter muss gewusst haben, dass die Ausstellungsräume im Museum videoüberwacht werden, und sogar die toten Winkel der Kameras kennen. Oder sollte er einfach nur Glück gehabt haben?

Thekla und Wally waren dem Menschenauflauf wieder näher gekommen, der sich inzwischen merklich gelichtet hatte.

»Schau«, sagte Wally und deutete mit einer schleppenden Bewegung an einer Gruppe Jugendlicher vorbei, die soeben die Sicht auf den Brennpunkt des Interesses frei machte.

Auf einem niedrigen Podest stand tatsächlich ein Centurio.

Thekla brauchte einige Sekunden, bis sie begriff, dass es sich nicht um die Nachbildung aus dem Museum, sondern um einen echten Menschen handelte.

Ein Pantomime gab auf dem Dorfplatz von Künzing seine Vorstellung.

Am Münchner Karlstor hatte Thekla einmal einen Mann gesehen, der wie ein Klingone aus einem Star-Trek-Film aufgemacht war, vor dem Kölner Dom war sie einem Ritter in voller Rüstung begegnet. Pantomimen fand man seit einigen Jahren überall dort, wo Touristen in Scharen herumliefen, Fotos schießen wollten und dafür schon mal ein paar Münzen lockermachten. Künzing gehörte definitiv nicht zu diesen Orten.

Wie von einem lebenden Bild zu erwarten, verweilte der Centurio regungslos auf seinem Standplatz. Sein Blick fixierte einen Punkt am Horizont, als hätte er ein herannahendes Heer erspäht und beobachtete dessen Anrücken. Gekleidet war er genau wie sein Gegenstück im Museum. Doch statt wie die Wachsfigur mit einem Schwert ausgerüstet zu sein, stützte er sich auf eine einfache Stange, auf die jedoch eine gefährlich scharf wirkende Spitze gesteckt war.

Thekla erinnerte sich, dass im Museum solche Speere ausgestellt und mit der Bezeichnung Pilum versehen gewesen waren.

Als sie und Wally näher herantraten, stellte sie einen weiteren Unterschied fest: Die Kleidung des Pantomimen zeigte sich um einiges primitiver als die der Wachsfigur. Der Helm bestand eindeutig aus Pappmaché. Der rote Mantel schien einmal eine Gardine gewesen zu sein, und das Gewand darunter war aus braunem Ölpapier gebastelt.

Das lebende Bild war also nur ein billiger Abklatsch des Centurios im Museum.

Einen Augenblick lang fragte sich Thekla, ob der Darsteller für seinen Auftritt von der Museumsleitung bezahlt wurde, meinte jedoch, die Frage verneinen zu dürfen. Warum in aller Welt sollte Frau Dr. Bosch-Salman einen drittklassigen Pantomimen anheuern – noch dazu an einem gewöhnlichen Werktag mitten im Januar bei maximal acht Grad Nachmittagstemperatur.

Erneut verließen ein paar Leute den Platz, und nun konnte Thekla auch den Blechteller erkennen, der auf dem Boden stand. Ein paar Euromünzen lagen darauf und etliche Fünfzig-Cent-Stücke.

Der Kerl war tatsächlich auf eigene Rechnung hier.

Aber auch das kam Thekla spanisch vor. Warum stellte er sich nicht am Marienplatz oder am Plärrer auf, wo er garantiert mit üppigeren Einnahmen rechnen konnte? Warum hatte er diese sonst wie ausgestorben wirkende Allee in Künzing gewählt, einem Dreitausend-Seelen-Nest, wo sich – geschichtsträchtige Vergangenheit hin oder her – Fuchs und Hase Gute Nacht sagten?

»... lange genug zugeschaut, leider nichts weiter in Erfahrung gebracht.« Hildes Stimme riss Thekla aus ihren Überlegungen. »Lass uns Wally wegbringen, solange sie sich noch halbwegs auf den Beinen halten kann.« Sie hakte Wally wieder unter.

Apathisch setzte Wally einen Fuß vor den andern.

»Flora ist hier«, platzte Thekla heraus.

Hilde blieb wieder stehen. »Flora Obermeier?«

»Ich nehme es an«, antwortete Thekla. »Sicher kann ich es natürlich nicht sagen, weil ich ja nicht weiß, wie Obermeiers Tochter aussieht. Aber der Vorname Flora ist bei uns recht selten, und irgendwie –«

Hilde ließ sie den Satz nicht zu Ende bringen. »Nach dem, was wir gerade gehört haben, gehört Flora zu den Verdächtigen im Mordfall Anne Ungerer.«

Thekla gab keine Antwort darauf. War es nicht entschieden zu früh, von Verdächtigen zu reden, solange nicht einmal feststand, ob Anne Ungerer nicht doch eines natürlichen Todes gestorben war?

Hilde setzte sich wieder in Bewegung, aber bereits nach wenigen Schritten zeigte sich, dass Wally die Strecke bis zu den Autos nicht schaffen würde

»So wird das nix«, sagte Hilde. »Wartet hinten auf dem Parkplatz auf mich, da gibt es Bänke. Ich hole meinen Wagen her.« Sie war fort, bevor Thekla den Mund öffnen konnte, um ihr zu antworten.

Thekla fasste Wally kräftiger unter. »Komm, wir gehen zurück. Nur ein paar Minuten musst du noch durchhalten, dann kannst du dich in Hildes Auto setzen und die Augen zumachen.«

Thekla blickte zum Eingang des Museums hinüber, der mit einem gestreiften Band abgesperrt war. Wie lange das Museum Quintana wohl geschlossen bleiben würde?

Mit Wally am Arm kreuzte sie die Allee und ging dann an der Längsseite des Gebäudes entlang. Plötzlich hörte sie über ihrem Kopf eine ärgerliche Männerstimme.

»An dem Band muss jemand herumgepfuscht haben. Was wir da sehen, kann nicht echt sein.«

Thekla blieb stehen und schaute nach oben. Im ersten Stock stand ein Fenster offen. Daraus drang jetzt die Stimme der Museumsleiterin: »Es *ist* echt. Niemand hätte Gelegenheit und erst recht nicht die Zeit dazu gehabt, das Videoband zu fälschen.«

Die Männerstimme antwortete spöttisch: »Der Centurio ist also ganz locker die Treppe hinunterspaziert, hat sich unten ein bisschen umgesehen und ist dann wieder hinaufgegangen.«

Die Antwort der Museumsleiterin kam scharf. »Der Centurio steht oben an der Treppe, daran gibt es nichts zu rütteln. Es handelt sich um eine Figur aus Wachs und Polyester, Herr Kommissar, und wir befinden uns hier nicht im Gruselkabinett.«

»Eben«, antwortete der Kommissar. »Deshalb kann mit dem Band irgendetwas nicht stimmen.«

Thekla hörte nicht mehr, was die Museumsleiterin erwiderte. Sie sah sich gezwungen, weiterzugehen, weil zwei uniformierte Polizisten um die Ecke gebogen waren und bereits aufmerksame Blicke zu ihr herüberwarfen.

Zielstrebig hielt sie auf den Museumsparkplatz zu und schaute sich nach einer Bank um.

»Wann kommt Hilde denn?«, fragte Wally. Ihre Konsonanten klangen verwaschen. »Ich bin so furchtbar müde.«

Thekla tätschelte ihre Hand. »Gleich. Sie muss gleich da sein. Wir warten hier auf sie.«

Wally lehnte den Kopf an Theklas Schulter.

Thekla legte den Arm um sie, führte sie ein paar Schritte weiter und drückte sie auf ein Holzbänkchen mit der Aufschrift »Gestiftet von Ihrer Sparkasse«, das unter einem Baum stand.

Während sie Hildes Ankunft erwarteten, ließ Thekla sich das Gespräch durch den Kopf gehen, das sie soeben aufgeschnappt hatte. Plötzlich sog sie scharf die Luft ein.

»Kommt sie?«, fragte Wally.

»Sie kommt sofort. Bleib einen Moment hier sitzen. Ich muss mal ganz kurz weg.«

Mit einer erstaunlich raschen Bewegung packte Wally sie am Handgelenk. »Du darfst nicht weggehen.«

»Nur ganz –«

»Kann ich irgendwie behilflich sein?«, unterbrach sie eine jugendlich wirkende männliche Stimme.

Thekla fuhr herum. Hinter ihr stand ein junger Mann an die dreißig. Er trug Joggingsachen und atmete heftig. Die dunklen Haare klebten ihm am Kopf.

»Würden Sie sich ein paar Minuten um die Dame hier kümmern?«, rief Thekla ihm zu, während sie sich bereits entfernte. »Sie wird in einer Minute abgeholt. Bitte passen Sie solange auf sie auf.«

Sie wartete seine Antwort nicht ab, machte sich nicht einmal die Mühe, mit einem Blick zurück festzustellen, ob er nickte. Im Laufschritt hastete sie wieder zur Kirchenallee hinüber, wo der Pantomime auf seinem Podest gestanden hatte. *Er* musste die Erklärung für das Phänomen auf dem Videoband sein. Frau Dr. Bosch-Salman hatte recht. Das Museum Quintana war kein Gruselkabinett. Auch wenn hier vor ein paar Stunden ein Mord geschehen war, ging dennoch alles mit rechten Dingen zu – mit realen Dingen. Centurionen aus Wachs und Kunststoff sprangen nicht herum, tauchten nicht mal hier, mal dort auf. Als solche verkleidete Menschen schon.

Die Allee zeigte sich wie leer gefegt. Über die Promenade zwischen Hauptstraße und Kirche lief nicht einmal eine Maus.

»Jetzt ist der Kerl weg«, keuchte Thekla außer Atem. Sie war stehen geblieben und schaute sich um. »Herrgott noch mal, jetzt ist der weg.«

Langsam ging sie zu der Stelle, an der das Podest gestanden hatte. Ein paar Zigarettenkippen – vermutlich von Schaulustigen hinterlassen – lagen dort herum, ein halb gelutschter Lolli und ein benutztes Papiertaschentuch. Theklas Augen wurden schmal, als ihr Blick darauf fiel. Sie bückte sich, um es genauer zu betrachten. Es war voll dunkelroter Flecken.

»Was machst du denn da?«

Thekla zuckte zusammen und richtete sich auf.

»Was tust du hier?«, wiederholte Hilde.

Thekla sah sie vorwurfsvoll an. »Wally?«

Hilde winkte ab. »Hockt im Wagen. Ist eingepennt.«

Thekla berichtete in kurzen Sätzen, was sie mitbekommen und welche Schlüsse sie daraus gezogen hatte.

Hilde nickte begreifend. Dann begann sie, in ihrer Jackentasche zu kramen. Sie fand eine kleine Plastiktüte mit Pfefferminzbonbons. Mit einer schnellen Bewegung schüttete sie die Bonbons in ihre hohle Hand und ließ sie in die Tasche gleiten. Die leere Tüte stülpte sie über das Papiertaschentuch und praktizierte es vorsichtig hinein.

Thekla hatte mittlerweile den Boden im Umkreis von einigen Metern abgesucht. Fünf Schritte links von Hilde bückte sie sich erneut.

»Hast du noch was?« Hilde trat heran und beugte sich vor.

Thekla deutete stumm auf einen dunklen Fleck zu ihren Füßen.

»Blut, Herrschaftszeiten.« Hilde stach mit dem Zeigefinger in Theklas Oberarm. »Der Kerl hat geblutet.«

»Es könnte auch ein Zuschauer gewesen sein«, wandte Thekla ein.

Aber davon wollte Hilde nichts hören. »Ich verwette mein Hutschenreuther Service, dass er es war.« Sie ging ein Stück weiter und stieß im nächsten Moment einen Triumphschrei aus. »Er hat eine regelrechte Spur hinterlassen.«

Tatsächlich befanden sich in immer größer werdenden Abständen rötlich braune Flecken auf dem Pflaster, die sich dann aber in einem Rasenstreifen verloren.

»Das war's wohl«, sagte Thekla.

Hilde schüttelte vehement den Kopf. »Er wird noch unterwegs sein.« In entschiedenem Ton fügte sie hinzu: »Wir suchen nach ihm.«

Dagegen, fand Thekla, gab es eine Menge einzuwenden: Im vorliegenden Mordfall ermittelte die Polizei – ganz offiziell und gewiss durchaus professionell. Beobachtungen und Rückschlüsse hatte man zu melden. Womöglich machte man sich sogar strafbar, wenn man es nicht tat. Sie und Hilde hatten weder das Recht noch die geringste Veranlassung, einem eventuell aus der Nase blutenden Centurio-Darsteller oder einem Passanten mit harmloser Kratzwunde hinterherzujagen.

Bevor sie jedoch ihren Protest vorbringen konnte, war Hilde bereits davongeeilt.

Thekla rannte ihr nach, holte auf, wollte aufbegehren, besann sich jedoch eines Besseren und hielt den Mund.

Wozu Atem vergeuden. Hilde würde sowieso nicht zu bremsen sein. In ihren Augen war jenes Glimmen zu sehen gewesen, das deutlich machte, welcher archaische Teil ihres Gehirns am Steuer war. Zudem musste man damit rechnen, dass der Centurio über alle Berge sein würde, bevor die Polizeibeamten überhaupt begriffen hatten, worum es ging.

Thekla ließ sich zurückfallen. Egal, was Hilde im Sinn hatte, *sie* musste zu Wally zurückkehren und sich um sie kümmern.

Als sie sich gerade umdrehen wollte, sah sie, wie Hilde plötzlich stehen blieb und sich an die Stirn fasste. »Wally. Herrgott noch mal, Wally.«

»Sehr richtig«, rief Thekla ihr zu. »Willst du Wally sich selbst überlassen?«

Hilde kaute einige Augenblicke lang auf ihrer Unterlippe, dann sagte sie energisch: »Wir nehmen den Wagen.«

Als sie zum Parkplatz zurückkamen, fanden sie Wally schlafend vor. Hilde hatte sie auf die Rückbank gebettet, bevor sie sich auf die Suche nach Thekla gemacht hatte.

Wallys Kopf ruhte an der rechten hinteren Seitenscheibe, die Hilde mit einer Decke gepolstert hatte. Mit einer zweiten, größeren hatte sie Wally zugedeckt.

Als Thekla die Beifahrertür öffnete, hörte sie leises Schnarchen. Lächelnd betrachtete sie Wallys im Schlaf entspanntes Gesicht, das nur ganz, ganz vage an eine Kröte erinnerte.

»Worauf wartest du?«, schnauzte Hilde.

Thekla sprang in den Wagen.

3

Am selben Tag am Ortsrand von Künzing

Mit quietschenden Reifen bog Hilde in die Hauptstraße ein, nahm dort die erste Abzweigung nach links und bretterte am Künzinger Schulgebäude vorbei. Mit einem Seitenblick nahm sie drei dunkle Silhouetten wahr, die einem Asterix-Band entsprungen schienen.

»Römische Legionäre, frei nach Uderzo«, brummte sie. »Aus Blech geschnitten. Die spinnen, die Künzinger.«

Weil Thekla nichts erwiderte, schaute sie kurz zu ihr hinüber und registrierte, wie mürrisch sie wirkte.

Dass man sie immerzu antreiben muss, dachte Hilde verärgert. Kein Schwung, keine Chuzpe. Seit Heinrich den Neubau plant, ist überhaupt nichts mehr mit ihr anzufangen. Hat nur noch Küchenmöbel, Gardinenstoffe und Bodenbeläge im Kopf. Geradezu abwegig in unserem Alter.

Der Gedanke, in ihrem Alter könnte es ebenso abwegig sein, Mordermittlungen durchführen zu wollen, kam Hilde selbstverständlich nicht.

»Wohin könnte der Kerl denn gelaufen sein?«, überlegte sie laut.

Thekla hob die Schultern. »Nach Hause vermutlich.«

»Du meinst, er wohnt hier in Künzing?«

»Jedenfalls habe ich zu dem Zeitpunkt, zu dem er verschwunden sein muss, vom Museum kein Auto wegfahren sehen«, erwiderte Thekla.

»Also wohnt er hier«, entschied Hilde. »Aber wo, verdammt noch mal?«

Sie kreuzte durch etliche Siedlungswege und las murmelnd die Straßenschilder: »Kohortenstraße, Mithrasweg, Kastellstraße, Limesweg … Ich sag es ja: Die spinnen, die Künzinger.«

»Wenn er hier wohnt, ist er längst zu Hause«, sagte Thekla,

»hat die Wohnungstür hinter sich zugemacht und zieht sich gerade das Centurio-Kostüm aus.«

»Verdammt, ich will ihn haben«, fauchte Hilde und stieg in der Tempo-dreißig-Zone hinter dem Sportplatz aufs Gas.

»Wenn du so weitermachst, wird die Polizei *dich* gleich haben«, sagte Thekla.

Hilde drosselte die Geschwindigkeit. Sie hielt es zwar für ziemlich unwahrscheinlich, dass in Künzing Verkehrskontrollen stattfanden, aber Theklas vorige Worte gaben ihr zu denken.

Himmelherrgott noch mal, sie hatte recht. Es war aussichtslos, diesem Pantomimen hinterherzujagen. Es gab eindeutig zu viele Türen, hinter denen er sich verkrochen haben konnte.

Gedankenverloren gondelte Hilde in südlicher Richtung stadtauswärts, kam an einer Autowerkstatt vorbei, die den Eindruck erweckte, als würden dort seit Jahren keine Autos mehr repariert, und an der Werbetafel einer Schreinerei.

Wally schmatzte leise im Schlaf.

»Wally muss nach Hause«, sagte Thekla. »Bieg da vorne nach links ab.«

Hilde presste die Lippen aufeinander und fuhr geradeaus weiter. Sie passierten die letzten Häuser von Künzing und trafen dann auf einen quer verlaufenden Fußweg, der am Bahngleis entlangführte. Der Weg und das Bahngleis setzten der Fahrstraße ein abruptes Ende.

»Aus«, sagte Thekla.

Hilde hatte den Wagen zum Stehen gebracht und schaute sich um.

Links und rechts von ihr lag ödes Terrain. Links nur Wiesen, rechterseits Büsche, ein paar Bäume. Hinter den Baumkronen erkannte sie den Giebel eines Hausdaches.

Vor ihr ragte der Bahndamm auf, und davor erstreckte sich ein flaches Bauwerk.

Sie klopfte mit der Spitze des rechten Zeigefingers an die Windschutzscheibe. »Wozu dient das denn?«

Thekla hob die Schultern, was Hilde dahingehend interpretierte, dass sie keine Lust hatte, sich darüber Gedanken zu machen, und erst recht keine, nachzusehen, was es mit dem Gebäude auf sich hatte.

Interessiert sie nicht die Bohne, dachte sie. Mich aber schon.

Wäre sie ehrlich zu sich selbst gewesen, dann hätte sie zugeben müssen, dass ihr Interesse purer Aufsässigkeit entsprang. Thekla wollte nicht? Dann wollte Hilde erst recht.

Sie stieg aus und ging auf das Bauwerk zu.

Als sie davorstand, stellte sie fest, dass es sich um einen alten, leicht gekrümmten Tunnel handelte, in den eine betonierte Trasse führte, die am anderen Ende wieder zum Vorschein kam, dann aber endete.

Nachdem sie eine Weile vergeblich darüber nachgegrübelt hatte, wozu er dienen mochte, sagte sie wiederum: »Die spinnen, die Künzinger.«

Thekla war ihr nachgekommen und ließ ein mildes Schmunzeln sehen. »Würde Obelix jetzt sagen.« Nachgerade wehmütig fügte sie hinzu: »Ich bin immer ein großer Fan der beiden gallischen Helden gewesen.«

Hilde wollte gerade antworten, dass die komplette Sammlung von Asterix-Heften in Theklas Bücherregal dies beredt zum Ausdruck brachte, als ein kurzes Aufblitzen am Boden ihren Blick auf sich zog.

Am Tunneleingang lag etwas Glänzendes auf der Erde.

Hilde machte einen Schritt darauf zu und bückte sich, um ihren Fund näher in Augenschein zu nehmen.

Es handelte sich um ein Stück steifes Papier mit schimmernder Oberfläche, das noch nicht lange dort liegen konnte, sonst wäre es längst von Ruß und Staub bedeckt gewesen.

Sie hob es auf und rieb nachdenklich mit dem Daumen darüber.

»Ölpapier.« Thekla war herangetreten und starrte auf den Fetzen, den Hilde in der Hand hatte. »Das Untergewand des Pantomimen war aus so einem Material gemacht.«

Hilde nickte. Auch sie hatte das registriert, als sie ihn sich in der Kirchenallee angesehen hatte. »Was kann er hier gewollt haben?«

»Du meinst, es stammt tatsächlich von ihm?«, fragte Thekla.

»Zumindest besteht die Möglichkeit. Wir sollten der Sache nachgehen«, erwiderte Hilde unternehmungslustig. Weil Thekla sich daraufhin nur hilflos umsah, ergriff sie ihr Handgelenk und zog sie in den Tunnel.

Drinnen roch es nach Urin, alten Socken, Schimmel und Moder. Hilde rümpfte die Nase, ließ sich jedoch nicht abschrecken. Sie schob Thekla ein wenig von sich weg und bedeutete ihr, auf der rechten Seite entlangzugehen; sie selbst blieb auf der linken. Der Tunnel war so schmal, dass sie sich an den Händen hätten halten können.

Je weiter sie vordrangen, desto dämmriger wurde es.

Ich hätte eine Lampe aus dem Wagen holen sollen, dachte Hilde. Zurückgehen wollte sie jedoch nicht.

Einige Meter vor ihr schien es ohnehin bereits wieder heller zu werden. Der Tunnel war ja nicht lang, demnach konnte es zum Ausgang nicht mehr weit sein. Nur seine Krümmung verhinderte, hindurchblicken zu können wie durch ein Fernrohr.

Die Augen auf den Boden gerichtet, bewegte Hilde sich langsam vorwärts, blieb hie und da stehen, um ein Stück Abfall zu inspizieren oder einen Blick zurückzuwerfen. Thekla war inzwischen ein schönes Stück voraus, und der Abstand zu ihr vergrößerte sich zusehends.

»Nennst du das etwa *Suche*?«, rief Hilde ihr erbost nach. »Wenn du so rennst, kannst du unmöglich was finden. Oder glaubst du, Beweisstücke springen einen an wie hungrige Tiger?«

Weil Thekla – sie hatte das Ende des Tunnels beinahe erreicht – nicht antwortete, legte Hilde ein »verdammt noch mal« nach, das ebenso wenig fruchtete.

Sie blieb stehen, weil ein Haufen zerknülltes Papier ihre Aufmerksamkeit erregte. Mit der Schuhspitze stocherte sie darin herum. Verflucht, sie hätte wirklich eine Lampe mitnehmen sollen. Dann könnte sie jetzt einen scharfen Lichtstrahl auf den ganzen Müll richten und müsste sich nicht mit Dämmerlicht und Mutmaßungen begnügen.

Sie blinzelte ein paarmal, als ließe sich damit die Sehschärfe verbessern. Womöglich war dem auch so, denn plötzlich stach ihr ein rotes Stoffbündel ins Auge. Erneut benutzte sie die Schuhspitze, um es freizulegen und auseinanderzurollen, was ihr jedoch nicht recht gelang. Sie würde es wohl oder übel anfassen müssen, wenn sie wissen wollte, ob etwas darin eingewickelt war.

Mit spitzen Fingern hob sie eine Ecke des Stoffes hoch und zog daran, bis er sich entfaltete. Im nächsten Moment lag der Inhalt des Bündels wie auf einer gedeckten Tafel vor ihr: ein zerdrückter silberfarbener Helm aus Pappe, ein großer Klumpen Ölpapier.

»Ha!«, machte Hilde. »Gründlichkeit zahlt sich aus.« Sie beäugte ihren Fund einige Augenblicke, dann murmelte sie etwas verwundert: »Und wo ist der Speer?« Sie ließ den Blick über die Tunnelwand schweifen, als erwartete sie, ihn dort angelehnt zu sehen, konnte ihn jedoch nirgends entdecken. Na schön, um den Speer würde sie sich später kümmern. Zuvor wollte sie die Kleidungsstücke sicherstellen.

Sie formte die Hände vor dem Mund zu einem Trichter. »Thekla! Komm zurück, Thekla. Ich hab das Zeug von dem verkleideten Centurio gefunden.«

Im Tunnel blieb es still.

»Komm her, Thekla, du musst mir helfen.«

Keine Antwort.

»Haut ab und lässt mich alles allein machen.« Hilde bückte sich und faltete den Stoff wieder zusammen, um die Sachen samt ihrer Umhüllung wegschaffen zu können.

Sie wollte das Bündel gerade aufheben, als der Schlag kam.

Er traf sie am Hinterkopf.

Hilde sackte zusammen.

»Hilde, bitte, bitte komm zu dir.«

Hilde hörte Theklas drängende Stimme und fühlte leichte

Schläge auf den Wangen. Sie richtete sich auf und wehrte einen weiteren Schlag mit der Handkante ab.

»Hör verdammt noch mal auf, mir ins Gesicht zu klatschen.«

»Du bist ohnmächtig gewesen«, verteidigte sich Thekla. »Ich musste doch irgendwie dafür sorgen, dass –«

»Das hast du ja mittlerweile getan«, unterbrach Hilde sie unwirsch. »Wo bist du überhaupt vorhin gewesen? Was ist hier passiert? Wieso war ich ohnmächtig?«

»Man hat uns zusammengeschlagen«, erklärte Thekla. »Zuerst hat er mich erwischt, dann dich.« Sie streifte das Haar zurück und deutete auf eine ansehnliche Beule seitlich am Kopf.

Hilde brauchte eine Weile, bis sie begriff. »Man hat dich am Tunnelausgang überfallen. Warst du auch …?«

»Nur ein paar Sekunden«, antwortete Thekla. »Und weil mir der Kerl von hinten eins übergebraten hat, habe ich nichts von ihm zu sehen bekommen.«

Hilde stützte sich an der Wand ab und kam auf die Füße. »Er muss zurück in den Tunnel gelaufen sein, weil ich Idiotin ihn regelrecht gerufen habe.«

Als Thekla sie daraufhin verständnislos ansah, erzählte sie von ihrem Fund und davon, wie sie sich bemerkbar gemacht hatte.

»Aber hier liegt nichts«, sagte Thekla.

Hilde tippte sich an die Stirn. »Denkst du, der ist blöd? Seine Verkleidung hat er selbstverständlich wieder mitgenommen.«

»Und warum hat er sie zuvor hier abgelegt?«

Hilde fragte sich, inwieweit der Schlag Theklas Hirn in Mitleidenschaft gezogen hatte.

»Weil er sie schnell loswerden wollte«, erwiderte sie gereizt. »Hätte in dem Loch da doch keiner gefunden, wenn wir nicht gewesen wären und uns hier umgesehen hätten. Verfluchter Mist.« Hilde versetzte der Tunnelwand einen Tritt. »Da findet man Beweisstücke und ist zu blöd, sie sicherzustellen.«

»Wir hätten wirklich die Polizei …«, begann Thekla, aber Hildes Blick ließ sie verstummen.

»Komm jetzt«, sagte Hilde dann barsch. »Lass uns zum Wagen gehen. Hier gibt es nichts mehr zu holen.«

Als sie im Freien standen, sagte Thekla mit fester Stimme: »Wir melden das sofort der Polizei.«

»Was denn?«, fuhr Hilde auf.

»Deinen Fund, den Angriff, den echten Centurio …«

»Welchen Fund?«, fragte Hilde spöttisch. »Haben wir vielleicht was vorzuweisen?«

»Den Angriff können wir jedenfalls belegen«, entgegnete Thekla.

»Durch eine Beule hier und eine da?« Hilde deutete zuerst auf sich, dann auf Thekla, wobei sie verächtlich auflachte. »Weißt du, was man denken wird?« Sie wartete nicht auf Antwort. »Zwei alte Schachteln spielen Räuber und Gendarm, irren in einem verödeten Tunnel umher, stoßen sich darin die Köpfe und werden davon noch depperter, als sie zuvor schon waren.«

Theklas Schweigen nahm sie als Zustimmung, weshalb sie fortfuhr: »Und was den echten Centurio betrifft. Über den muss die Polizei doch längst Bescheid wissen. Ein Haufen Leute hat ihn gesehen, sicher auch einige von den Polizisten. Und weißt du was, Thekla? Es ist gewiss nicht verboten, als Pantomime aufzutreten.«

Sie hob den Zeigefinger und stach damit in Richtung von Theklas Nase. »Wir gehen *nicht* zur Polizei, weil wir uns damit bloß lächerlich machen würden.« Sie stieß einen Schwall Luft aus, war aber noch nicht ganz fertig. »Und komm mir jetzt bloß nicht mit dem blutigen Taschentuch, das ich sichergestellt habe. Das würde auf der Polizeidienststelle im nächsten Abfalleimer landen.« Sie eilte mit weit ausgreifenden Schritten davon, setzte aber, als sie den Wagen erreichten, versöhnlich hinzu: »Steig ein. Ich bring dich zu deinem Auto. Wir fahren heim.«

Hilde hatte genug. Ihr Kopf hämmerte.

»Wally ist weg«, sagte Thekla.

Hilde, die sich vorgeneigt hatte, weil sie gerade nach dem Griff der Fahrertür greifen wollte, zuckte hoch. »Wie, weg?«

Thekla sah sie über das Autodach hinweg erschrocken an. »Sie sitzt nicht mehr drin.«

Mit einem Ruck drehte sich Hilde seitwärts, riss die hintere Tür auf und spähte ins Wageninnere.

Keine Spur von Wally.

»Hast du denn vorhin nicht abgeschlossen?«, drang Theklas tadelnde Stimme an ihr Ohr.

Hilde richtete sich auf und schoss einen ärgerlichen Blick übers Autodach. »Hätte ich Wally etwa einsperren sollen? Was, wenn sie pinkeln musste oder kotzen oder einfach nur frische Luft brauchte?«

Auf Theklas Gesicht breitete sich ein erleichtertes Lächeln aus. »Ja, natürlich, sie musste Pipi und wird bestimmt gleich wieder da sein.«

Hilde und Thekla ließen ihre Blicke umherschweifen, lugten hinter Zäune und Erdhügel, fixierten diese und jene Baumgruppe, konnten jedoch nirgends einen Hauch von Wally entdecken.

»So lang pinkelt kein Mensch«, sagte Hilde, nachdem sie fast eine Viertelstunde vergeblich gewartet hatten. »Nicht einmal Wally.«

»Niemand«, bestätigte Thekla heiser.

Hilde fühlte Panik in sich aufsteigen. »Denkst du etwa …« Sie wagte den Satz nicht zu beenden. Aber als sie Thekla ansah, konnte sie in deren Gesicht lesen, was sie selbst lieber als unmöglich, als abwegig, als ausgeschlossen abgetan hätte.

Schreckensbilder begannen sie zu überschwemmen wie schlammige Fluten.

»Wally war es, die den Toten im Museum gefunden hat«, sagte Thekla tonlos. »Womöglich glaubt der Mörder, sie hätte ihn bei der Tat beobachtet.«

Hilde nickte matt. »Dass wir hinter ihm her waren«, ihre

Stimme klang wie ein Aufstöhnen, »hat ihn womöglich erst darauf gebracht.« Sie schloss die Augen. Auf einmal fühlte sie sich schlapp, völlig entkräftet.

Der Kerl, der sie und Thekla im Tunnel attackiert hatte, hatte Wally mitgenommen. Was hatte er mit ihr vor? Wohin hatte er sie verschleppt?

»Ausgerechnet Wally hat sich das Schwein geschnappt. Unsere Wally, unsere arglose, vertrauensselige Wally.« Hilde musste einen Schluchzer unterdrücken. Schweigen breitete sich aus.

Plötzlich schlug Thekla mit der flachen Hand so heftig aufs Autodach, dass das Klatschen vom Bahndamm widerhallte. »Wir gehen zur Polizei. Auf der Stelle. Wallys Leben ist in Gefahr. Wir müssen die Polizei dazu bringen, unverzüglich –«

Etwas wie eine Eruption in ihrem Inneren brachte Hildes Willens- und Widerstandskraft zurück. »Den Teufel werden wir tun und noch mehr Zeit vergeuden. Mit Wally im Schlepptau kann der Kerl ja nicht weit gekommen sein – zu Fuß. Er muss doch zu Fuß unterwegs sein, oder?«

Sie wartete, bis ihr Thekla, wenn auch zögerlich, zugestimmt hatte, dann fuhr sie fort: »Wir suchen hier alles ab. Drehen jeden Stein um. Wally muss noch in der Nähe sein.«

Offenbar zeigte Hildes Argumentation allmählich Wirkung, und Thekla schien klar zu werden, dass es viel zu lange dauern würde, den Polizeiapparat in Bewegung zu setzen – falls er sich überhaupt in Bewegung setzen ließ –, denn sie sagte streng: »Beeilen wir uns. Du suchst in östlicher Richtung an der Bahnlinie entlang, ich in westlicher.«

Hilde wollte gerade losmarschieren, als ihr die Einsicht kam, dass es nicht ratsam war, noch weitere Risiken einzugehen. Sie schüttelte den Kopf. »Wir bleiben zusammen. Und wir werden uns vorsehen. Oh ja, das werden wir, verdammt noch mal.« Energisch öffnete sie den Kofferraum und kramte eine Weile darin herum. Schließlich holte sie einen kleinen, aber recht stabilen Spaten heraus und reichte ihn Thekla. Sie selbst bewaffnete sich mit einer kurzstieligen, dreizinkigen

Harke, wie man sie für schmale Blumenrabatten oder Gräber verwendet. Dann schlug sie den Kofferraumdeckel und sämtliche Türen mit einem lauten Knall zu, bevor sie mit Nachdruck die Verriegelung betätigte.

»Wohin zuerst?«, fragte Thekla.

Hilde sah sich um. Direkt vor ihnen verlief der Bahndamm. Sollte der Schurke Wally etwa auf die Gleise hinaufgeschleppt haben?

Das hätte er wohl nur dann getan, wenn er sie dort ablegen und vom Zug überfahren lassen wollte.

Aber auf den Schienen lag nichts, das konnte man von hier unten erkennen, und seit sie hier waren, war noch kein Zug vorbeigefahren, der Wallys Körper hätte … Hilde zwang sich, die Vorstellung nicht weiter auszumalen.

Stattdessen drehte sie dem Bahndamm den Rücken zu und blickte in die Gegenrichtung, wo sich der Ortskern von Künzing befand.

Dass der Entführer Wally in Richtung Ort geschleift hatte, erschien ihr ziemlich unwahrscheinlich. Die ersten Häuser standen höchstens dreihundert Meter von der Bahnlinie entfernt, und in deren Nähe musste man, so ausgestorben Künzing jetzt auch wirken mochte, mit Passanten rechnen und mit Anwohnern, die aus dem Fenster schauten oder Müll hinausbrachten.

Demnach blieben, wie Thekla offenbar bereits erkannt hatte, nur die beiden Fußpfade längs des Bahndamms. Der in westlicher Richtung verlor sich zwischen Wiesen und Feldern; durchweg flaches Gelände, niedriges Buschwerk, keine Gemäuer. Wer auf diesem Terrain unterwegs war, würde meilenweit zu sehen sein.

Damit war die Sache entschieden.

»Hier lang.« Hilde deutete mit der Harke nach Osten und setzte sich in Bewegung.

Schon nach knapp hundert Metern war sie sicher, die richtige Richtung gewählt zu haben. Entlang des Weges standen etliche Baumgruppen, die die Sicht verstellten; es gab kleine

Erdhügel und ein paar Gräben, die Deckung boten, und ein Stück weiter wuchs eine dichte Hecke, die ein dahinterliegendes Anwesen begrenzte. Der Giebel des Gebäudes spitzte zwischen zwei Baumkronen hervor.

War es denkbar, dass Wally durch diese Hecke auf das Grundstück und von da in das Gebäude gezerrt worden war?

Während sie an der Hecke entlangliefen, versuchte Hilde, durch das Geäst zu spähen, konnte jedoch nur dichtes Grün ausmachen.

Unversehens endete die Einzäunung nach einer Wegkurve und gab den Blick auf eine flache Senke frei, in deren Mitte ein rundherum mit Schilf bewachsener Weiher glitzerte. Etwa fünfzig Meter davon entfernt, hinter Büschen und einem Rasenstreifen, stand das Wohnhaus, dessen Giebel über den Rand der Hecke zu sehen gewesen war. Hilde nahm an, dass der Weiher zum Grundstück gehörte, denn rechts davon befand sich ein Schuppen, und neben dem Schuppen verlief ein tiefer Graben, der das Anwesen von einer angrenzenden Wiese trennte.

Hilde starrte auf die spiegelnden Fensterscheiben des klotzigen Hauses und fragte sich, ob Wally irgendwo dahinter festgehalten wurde.

Ein Geräusch, das wie ein Röcheln klang, ließ sie zu Thekla herumfahren.

Thekla stand wie erstarrt da und deutete auf eine Trauerweide am Rand des Weihers.

Hildes Blick schnellte zu der bezeichneten Stelle. Nichts. Der Baum, Wasser, Schilf.

»Wa…« Gerade als sie den Mund öffnete, um sich zu erkundigen, was Theklas Aufmerksamkeit erregt hatte, glaubte sie, hinter der Weide eine Bewegung wahrzunehmen. Sie machte einen Schritt zur Seite, reckte den Hals, und im nächsten Augenblick sah sie ihn.

Er hielt eine Stange in der Hand, mit der er wie mit einem Kochlöffel im Wasser herumrührte. Neben ihm im Schilf lag etwas leuchtend Blaues.

»Wallys Schal«, flüsterte Thekla.

Hilde legte den Zeigefinger der rechten Hand auf die Lippen und machte mit der linken schlängelnde Bewegungen.

Sie würden sich anschleichen und ihn überrumpeln müssen.

Thekla nickte ihr Einverständnis, aber Hilde konnte sehen, wie sich ihre Augen vor Angst weiteten.

Gebückt, jeden Stängel als Deckung nutzend, rückten sie näher, ohne dass der Mann sie bemerkte. Offenbar war er voll auf sein Tun konzentriert.

Doch plötzlich brach er die kreisenden Bewegungen ab.

Hilde glaubte sich entdeckt und wollte schon mit einem Kriegsschrei auf ihn zustürzen, als sie registrierte, dass er die Stange nun so zu führen begann, als wollte er damit etwas an Land ziehen.

Also weiter. Vorsichtig. Leise. Geduckt. Mit angehaltenem Atem.

Unbemerkt erreichten sie die Trauerweide.

Thekla richtete sich ein wenig auf und stieß sich prompt den Kopf. Ein abgestorbener Ast ging knarzend zu Boden. Bestürzt verharrte sie mitten in der Bewegung.

Hilde warf ihr einen erbosten Blick zu und verharrte ebenfalls.

Der Mann ließ die Stange weit ins Wasser hinausgleiten.

Jetzt, dachte Hilde. Jetzt, solange er noch abgelenkt ist. Jetzt, bevor er Lunte riecht.

Sie sprang vor, holte mit der Harke aus, zielte auf das Genick des Mannes, der ihr nach wie vor den Rücken zukehrte, und legte ihr ganzes Gewicht in den Schlag, der ihn niederstrecken sollte.

Er musste jedoch den Luftzug gespürt haben, denn unvermittelt ließ er die Stange fallen und sprang zur Seite.

Die Wucht des in die Leere gehenden Schlages schleuderte Hilde auf den Weiher zu. Sie wäre hineingestürzt, hätte Thekla sie nicht gepackt und festgehalten. Aber kaum hatte sie mit Theklas Hilfe das Gleichgewicht zurückgewonnen, holte sie ein zweites Mal aus.

»Nicht, Hilde«, rief Thekla. »Warte.« Sie hielt ihren Arm fest.

Als Hilde ihre Hand abschütteln wollte, verstärkte sich Theklas Griff.

Mit einem wütenden Schnauben ließ sie die Harke sinken, und erst jetzt bemerkte sie, dass der Mann beide Hände gehoben hatte, als wäre eine Pistole auf ihn gerichtet.

»Bitte«, sagte er nun mit heiserer Stimme. »Bitte beruhigen Sie sich. Lassen Sie das Ding fallen.«

Hilde registrierte sein defensives Verhalten, hörte, was er sagte, verspürte jedoch dessen ungeachtet das Bedürfnis, ihm die Zinken ihrer Harke in den Hals zu rammen.

Thekla entwand sie ihr und verbarg sie hinter ihrem Rücken. »Der Mann wird uns nichts tun, Hilde.«

Hilde schnaubte erneut. Woher wollte Thekla das wissen? Der Kerl war doch nicht im Mindesten vertrauenswürdig. Versuchte womöglich nur, sie in Sicherheit zu wiegen, um sie dann eiskalt abzumurksen.

Sie richtete sich drohend auf. »Was haben Sie mit Wally gemacht?«

Der Mann schaute sie verständnislos an.

Hilde deutete anklagend auf den blauen Schal, der am Ufer lag.

Daraufhin ließ der Mann die Hände langsam sinken, seine Miene wirkte ratlos.

»Wir suchen unsere Freundin, Wally«, mischte Thekla sich ein. »Sie ist … sie ist verschwunden, einfach weg, nicht mehr da.«

»Und das da ist ihr Schal«, sagte Hilde grimmig.

Endlich schien der Mann zu begreifen. »Sie dachten, Ihre Freundin ist in den Weiher gefa… Halt, nein, Sie dachten, ich hätte Ihre Freundin hineingestoßen und unter Wasser gedrückt.«

Jetzt, da er mit normaler Stimme sprach, erkannte Hilde ihn. Sie hatte ihn früher an diesem nun schon recht fortgeschrittenen Nachmittag im Museum vor ein paar anderen

Besuchern einen Vortrag über römische Münzen und die Besoldung römischer Legionäre halten hören.

»Heuerspeck«, sagte er und streckte die rechte Hand aus, die Hilde notgedrungen ergriff. »Ich wohne in dem Haus da.« Mit dem Kinn machte er eine Bewegung in Richtung des Gebäudes hinter ihm. »Das Gelände bis zum Bahndamm gehört mir, also auch der Weiher. Ich habe nach den Fischen sehen wollen und am Ufer den Schal gefunden.« Heuerspeck machte eine fast zaghafte Bewegung zum Wasser hin. »Als ich hineingeschaut habe, ist es mir so vorgekommen, als ob ein Schuh drinläge. Da habe ich den Kescher genommen und versucht, ihn herauszuangeln. Ich hab ihn schon fast gehabt …« Er sprach nicht weiter, aber Hilde wusste auch so, was ihn daran gehindert hatte, den Schuh zu bergen. Und sie ahnte, wem er gehörte.

Ein dumpfes Stöhnen entrang sich ihr. Wo, Herrgott im Himmel, steckte Wally?

»Aber Sie haben nirgendwo unsere Freundin Wally gesehen?«, fragte Thekla mit banger Stimme.

Heuerspeck schüttelte den Kopf. »Seit ich hier draußen bin, ist niemand vorbeigekommen.« Er schaute von Thekla zu Hilde, dann wieder zurück. Mit nachdenklicher Miene fügte er nach einer kurzen Pause hinzu: »Aber ich helfe Ihnen gern beim Suchen.«

Nur um sicherzugehen, dass wir sie nicht finden, dachte Hilde grimmig. Sie traute dem Kerl nicht. War er nicht verdächtig wie ein Marder in einem Vogelnest mit halb verspeisten Küken? Unauffällig nahm sie Thekla die Harke wieder ab.

Heuerspeck war im Museum gewesen. Er war nach Wallys Entsetzensschrei als Erster am Tatort aufgetaucht. Er wohnte bloß einen Steinwurf von dem Tunnel entfernt, in dem sie das Centurio-Kostüm gefunden hatten, und nicht weit von der Stelle, an der Wally verschwunden war. Am Ufer seines Weihers lag ihr Schal, und im Wasser schwamm ihr Schuh. Hatte er nicht alles Misstrauen der Welt verdient?

»Als Erstes suchen wir den Garten ab«, sagte sie entschieden.

Insbesondere sehen wir im Schuppen nach, fügte sie in Gedanken hinzu.

Heuerspeck zog die Brauen hoch. »Das dürfte überflüssig sein. Wenn Ihre Freundin hier wäre, hätte ich sie sehen müssen, als ich aus dem Haus gekommen bin.«

Wusste ich es doch, dachte Hilde. Er will uns schleunigst hier weghaben.

Sie atmete tief durch und machte sich bereit, ihm mitzuteilen, dass sie und Thekla garantiert den gesamten Garten absuchen würden und dass sie – wäre Wally draußen nicht aufzufinden – auch vor seinem Haus nicht haltmachen würden, Keller und Dachgeschoss eingeschlossen. Doch bevor sie ein Wort sagen konnte, hob Heuerspeck mahnend die Hand. Er hatte den Kopf schief gelegt und schien auf irgendein Geräusch zu horchen. Im selben Augenblick vernahm auch Hilde Stimmen und Fußgetrappel. Kurz darauf tauchte auf dem Weg ein junges Paar in Joggingkluft auf, das schnell näher kam.

Hilde rührte sich nicht, sah den beiden nur abwartend entgegen. Thekla jedoch eilte auf die jungen Leuten zu, und Hilde hörte sie etwas rufen. Daraufhin blieben sie stehen.

»Ach, Sie sind das«, sagte der junge Mann. »Ihre Freundin ist, sofort nachdem Sie weg waren, abgeholt worden. Ich habe ihr noch beim Einsteigen geholfen.«

Während er sprach, ging Hilde auf, dass es sich um den verschwitzten Jogger handelte, der vor dem Museum neben Wally gestanden hatte, als wäre er ihr Bodyguard. Inzwischen sah er noch durchgeschwitzter aus. Er musste eine Runde um die andere gedreht haben.

»Sie ist verschwunden«, sagte Thekla.

Der Jogger schien nicht zu verstehen, was sie damit meinte.

Thekla machte eine hilflose Handbewegung. »Wir können unsere Freundin nicht finden.«

Die beiden jungen Leute waren während des Gesprächs auf

Heuerspecks Grundstück gekommen und traten nun zusammen mit Thekla an den Rand des Weihers.

»Wir suchen nach ihr«, präzisierte Hilde. »Haben Sie sie gesehen?«

Der Jogger verneinte. »Da, wo ich gelaufen bin, war sie bestimmt nicht.«

Hilde sah ihn daraufhin derart gebieterisch an, dass er sich genötigt sah, eine Erklärung abzugeben.

Ein wenig zögernd deutete er auf den Bahndamm. »Es ist zwar strikt verboten, aber ich überquere ihn da vorne immer. Auf der anderen Seite laufe ich dann auf den Fahrtrassen zwischen den Feldern weiter. Bis Tannberg hinunter ist das Gelände so flach, dass man kilometerweit sehen kann. Da war niemand. Kein Mensch. Nicht einmal ein Hase.« Er wandte sich an seine Begleiterin. »Hast du …?« Offenbar wurde ihm klar, dass es den Anschein hatte, als wären sie gemeinsam gejoggt, denn statt den Satz zu beenden, erklärte er: »Ich habe Inge getroffen, als ich über den Damm zurückgekommen bin.«

Hilde wandte sich der jungen Frau zu und schaute sie erwartungsvoll an.

Die Joggerin strich sich die feuchten Haare zurück und wischte sich mit einem Papiertaschentuch über die Stirn. Hildes Blick fiel darauf, und sie registrierte, dass der Rand mit bunten Luftballons bedruckt war. Als die Joggerin damit ihren Nasenrücken betupfte, bemerkte Hilde, dass es leicht zu nieseln begonnen hatte.

Die Stimme der jungen Frau klang spröde, als sie fragte: »Um was geht es hier eigentlich?«

Hilde zog unwillig die Brauen zusammen. Das sollte doch inzwischen klar sein. Wie oft mussten sie noch wiederholen, dass Wally wie vom Erdboden verschluckt war?

»Die Damen suchen ihre Freundin«, sprang Heuerspeck ein. »Hast du auf deiner Joggingstrecke irgendwo eine ältere Frau gesehen, Inge?«

Sie schüttelte den Kopf. »Ich hab bloß den Xaver getroffen,

beim alten Tunnel. Der ist ja andauernd auf Achse, rennt einem ständig über den Weg.« Sie warf einen gleichgültigen Blick in die Runde und fragte dann an Hilde gewandt: »Warum suchen Sie ausgerechnet hier?«

Hilde deutete stumm auf den blauen Schal, der noch immer am Ufer des Weihers lag.

Täuschte sie sich, oder verloren die Wangen der Joggerin ihre frische Farbe, als ihr Blick darauffiel?

»Es wird bald dunkel sein«, sagte Thekla in das entstandene Schweigen hinein.

Hilde erschrak. Thekla hatte recht. In weniger als einer halben Stunde würden sie kaum noch die Hand vor Augen sehen können.

»Dann sollten wir uns mit der Suche beeilen«, sagte der junge Mann.

»Ich könnte Lampen aus dem Haus holen«, bot Heuerspeck an.

»Wir werden uns den Tod holen, feucht, wie unsere Klamotten sind«, wandte sich Inge in quengelndem Ton an ihren Begleiter.

Er legte ihr die Hand auf den Arm. »Du hast recht. Lauf nach Hause, wir sehen uns morgen.«

Offensichtlich war das nicht die Antwort, mit der Inge gerechnet hatte, denn sie wirkte enttäuscht.

»Geh schon«, sagte er drängend, legte ihr die Hand auf den Rücken und schob sie vorwärts, sodass ihr nichts anderes übrig blieb, als sich in Bewegung zu setzen. Er sah ihr einen Moment lang nach, bevor er sich wieder umdrehte. »Also dann los. Wir teilen uns auf und durchkämmen alles. Ich bin übrigens der Rolf.«

Hilde hörte nur mit halbem Ohr hin. Hatte Inge noch »Ciao« gesagt, bevor sie losgelaufen war? »Ciao« in Künzing? Römisches Erbe hin oder her, war das nicht reichlich übertrieben?

»Ave«, murmelte Hilde versonnen. »Wenn schon, dann Ave.«

»Hilde? Thekla? Seid ihr es?« Das Stimmchen klang dünn, aber es gehörte unverkennbar Wally.

Hilde wirbelte herum. »Wally! Wally, wo bist du?« Sie vernahm das Geräusch knackender Äste und rannte in Richtung des Schuppens, aus der es zu kommen schien. Einen Augenblick später riss sie Wally in ihre knochigen Arme. »Herrgott noch mal, hast du uns einen Schrecken eingejagt. Wo bist du denn gewesen?«

Wally gab ein gepresstes Stöhnen von sich.

»Du drückst ihr die Luft ab«, sagte Thekla, die Hilde gefolgt war, trocken.

Hilde gab Wally mit einem Ruck frei. »Wo verdammt noch mal bist du gewesen? Und warum zum Teufel liegt dein Schal hier herum?«

Wally stand so betreten da, dass Hilde sich in ihre gemeinsame Internatszeit zurückversetzt fühlte, als sie mit exakt diesem Gesichtsausdruck vor der Heimleiterin stand, während sie nach Strich und Faden zusammengestaucht wurde.

Wallys Stimme klang hauchdünn. »Ich musste pinkeln.«

Hilde wischte ungeduldig mit der Hand durch die Luft. »Das haben wir uns schon gedacht. Aber warum hast du ewig dazu gebraucht? Und warum bist du dafür bis hierher gelaufen? Und was ist mit dem Schal und …«, sie senkte den Blick auf Wallys Füße, stellte fest, dass ihr linker Schuh fehlte, »… und warum hast du deinen Schuh versenkt?«

»Rund ums Auto ist nirgends ein Platz zum Pinkeln gewesen«, sagte Wally, nachdem sie hörbar Luft geholt hatte. »Alles war so flach und übersichtlich. Man hätte mich von Weitem gesehen, wenn ich mich da irgendwo –«

Hilde unterbrach sie gereizt. »Das wissen wir, Wally.«

»Und es war ja noch taghell«, fügte Wally fast trotzig hinzu.

Hilde schnaubte leise, und Wally beeilte sich, fortzufahren: »Ich bin in die Richtung gegangen, wo ich Bäume und Sträucher gesehen habe, und gleich hinter der ersten Buschreihe habe ich –«

»Ja, Wally, weiter«, drängte Hilde.

»Als ich fertig war«, berichtete Wally, »wollte ich mir noch ein bisschen die Beine vertreten und bin zu dem Weiher gekommen.« Sie nickte zur Wasserfläche hin. »Da waren Fische drin, die haben –«

»Wally!«

»Ich hab ein Weilchen den Fischen zugeschaut, und auf einmal hab ich hinter mir was knacken und rascheln hören.« Wally machte ein beschämtes Krötengesicht. »Wahrscheinlich ist nur ein Ast heruntergefallen. Aber ich … ich hab halt gedacht … Eigentlich weiß ich gar nicht mehr, was ich gedacht habe. Jedenfalls hab ich vor lauter Schreck einen Schritt vorwärts gemacht, weg von dem Geräusch, und wäre in den Weiher gefallen, wenn ich nicht noch irgendein dünnes Stämmchen zu fassen gekriegt hätte. Daran hab mich festgehalten, und deswegen bin ich bloß mit einem Fuß ins Wasser getreten. Aber als ich ihn wieder herausgezogen habe, ist mein Schuh stecken geblieben. Ich habe mich aber nicht darum gekümmert und bin weggelaufen.« Sie deutete mit dem Daumen über die Schulter. »Da hinüber. Dabei habe ich anscheinend meinen Schal verloren. Den hatte ich nämlich nur lose …«

Hilde hörte nicht mehr hin. Sie schaute in die Richtung, die Wally angezeigt hatte.

Inzwischen war es allerdings so dunkel, dass »da hinüber« nur ins Zwielicht wies.

Sie horchte wieder auf, als Wally sagte: »Da war so ein Bretterhaufen. Hinter dem habe ich mich versteckt. Und als ich kurz darauf Schritte gehört habe und Rascheln und Scharren, da habe ich mich ganz klein gemacht.«

»Hinter dem Schuppen liegen die Reste von einem ehemaligen Baumhaus«, sagte Heuerspeck, der eine angeschaltete Taschenlampe in der Hand hielt. Hilde hatte gar nicht bemerkt, dass er fortgegangen und damit zurückgekommen war. Nun griff er in seine Jackentasche und brachte drei weitere Lampen zum Vorschein. Hilde schnappte sich rasch eine davon. Die restlichen beiden reichte Heuerspeck an Thekla und Rolf weiter.

»Was für ein Rascheln und Scharren?«, fragte sie Wally. »Von einer Maus oder von etwas Größerem?«

Wally hörte sich gekränkt an, als sie antwortete: »Es hat sich angehört, als ob jemand hin- und herläuft. Und ich habe auf einmal den Geruch von Rauch in der Nase gehabt.«

»Sehen wir uns Wallys Versteck doch mal an«, sagte Hilde in einem Ton, der keinen Widerspruch duldete. »Offenbar ist dort jemand zugange gewesen.« Sie setzte sich in Bewegung. In diesem Augenblick vernahm sie ein ersticktes Wimmern.

Wally?

Hilde drehte sich zu ihr um.

Wallys Schultern waren nach vorn gesackt, ihre Arme hingen wie abgestorben hinunter, aber die Hände waren zu Fäusten geballt. »Ich will nicht wieder …« Was genau sie nicht wollte, ging in einem Schniefen unter.

In Hildes Kopf formten sich Sätze wie »Reiß dich gefälligst zusammen« und »Stell dich nicht so an«. Sie war selbst überrascht, als sie sich stattdessen sagen hörte: »Schon gut, Wally. Schon gut. Du musst nicht noch mal dorthin. Thekla bringt dich zum Auto.« Ohne auf ein Zeichen des Einverständnisses zu warten, warf sie Thekla den Wagenschlüssel zu. »Am besten schließt ihr euch ein.«

Damit stiefelte sie forsch davon.

Heuerspeck und Rolf beeilten sich, mit ihr Schritt zu halten.

Hinter dem Schuppen schwenkte Heuerspeck den Strahl seiner Taschenlampe nach rechts, was Hilde ermöglichte, die Überbleibsel des Baumhauses zu erkennen, von dem er gesprochen hatte.

Was Wally als Versteck gedient hatte, zeigte sich als Stapel kreuz und quer liegender Bohlen, im Gras verstreuter Bretter und einer hochkant stehenden Dachhälfte.

Hilde verschwendete keine Zeit auf die morschen Trümmer. Sie umrundete den Schuppen und betrat ihn durch die nur angelehnte Tür auf der Vorderseite.

Drinnen stank es. Nach Fäulnis, nach Kot, hauptsächlich aber nach Rauch.

Welcher Mief sich auch im Laufe der Zeit angesammelt hatte, im Moment war er von dem Geruch von schwelendem Stoff überlagert.

Hilde ließ den Lichtkegel ihrer Taschenlampe langsam einen Kreis beschreiben. Er erleuchtete eine Menge Unrat, zerbrochenes Gartengerät, eine alte Schubkarre, angeschlagene Blumentöpfe.

Kurz bevor sich der Kreis schloss, entdeckte sie die dunkle Rauchsäule. Sie kräuselte sich in einer Ecke.

Gefolgt von Heuerspeck und Rolf, deren Lampen nun ebenfalls auf das Schwelfeuer gerichtet waren, stakste Hilde hinüber.

In einer Blechwanne qualmte ein schon fast verkohlter Haufen Lumpen vor sich hin.

Hilde benutzte ihre Harke, um das Knäuel zu entwirren, doch schon nach wenigen Augenblicken gab sie ihr Vorhaben wieder auf.

Sie hörte Heuerspeck hinter sich scharf ausatmen. »In meinem Schuppen hat jemand gezündelt. Das melde ich sofort der Polizei.«

Hilde nickte. Es war wohl an der Zeit, eine Aussage zu machen. Selbst wenn in dem verkohlten Häufchen Lumpen nicht mehr viel zu finden war – ein Fetzen roten Stoffes, wenn es hochkam, oder zusammengeschmolzene Klümpchen Ölpapier –, so war mit den Rückständen des Centurio-Kostüms wohl der Beweis erbracht, dass der Pantomime nichts Gutes im Schilde geführt hatte. Und falls es zutraf, dass auf einem Videoband ein falscher Centurio zu sehen war, dann konnten diese Reste hier zu demjenigen führen, der heute im Museum Quintana einen Mann erstochen hatte.

Hilde wandte sich an Heuerspeck. »Ja, rufen Sie die Polizei. Die sollen die Blechwanne mitsamt Inhalt sicherstellen. Ich werde eine Aussage dazu machen.«

Als ihr einfiel, dass Thekla und Wally im Wagen auf sie warteten, fügte sie hinzu: »Ich bin in fünf Minuten wieder zurück.«

Sie wollte den Schuppen gerade verlassen, als sie bemerkte, dass Rolf seinen Lichtkegel auf den Boden gerichtet hatte und wie gebannt auf etwas starrte, das zu seinen Füßen lag. Hildes Blick sprang zu diesem Etwas und verzeichnete ein zusammengeknülltes Stück Zellstoff.

Was fand der Bursche daran so fesselnd?

Sie machte einen Schritt darauf zu und stieß mit der Fußspitze leicht dagegen. Daraufhin rollte das Knäuel ein Stückchen weiter, und als es wieder zu liegen kam, glaubte sie zu verstehen, was Rolf daran faszinierte. Es handelte sich um ein Papiertaschentuch mit bunt bedrucktem Rand.

4

Donnerstag, der 22. Januar, in Vilshofen

Als Wally am nächsten Morgen erwachte, hätte sie am liebsten im Bett bleiben mögen. Dösen, an nichts denken, am allerwenigsten an die Ereignisse vom Vortag.

Die ließen sich jedoch nicht verscheuchen: der Tote im Museum. All das Blut. All die Aufregung. Die vielen Fragen der Kriminalbeamten. Der Krankenwagen. Müde, so müde. Mit schweren Gliedern untergehakt bei Thekla und Hilde.

Schwärze.

An dieser Stelle ihrer Erinnerung klaffte ein großes Loch. Als wäre sie in einen Dornröschenschlaf gefallen und tausend Jahre später allein am Ufer eines Teichs wieder aufgewacht. Geweckt hatte sie leider nicht der Kuss eines Prinzen, sondern irgendein beängstigendes Geräusch.

Wally schauderte.

Dabei war gar nichts passiert. Sie war zwar furchtsam weggelaufen und hatte sich versteckt, aber kaum hatte sie sich dazu durchgerungen, ihren Schlupfwinkel wieder zu verlassen, war sie mit Hilde und Thekla zusammengetroffen. Thekla hatte sie zum Wagen gebracht, und sie war wieder eingeschlafen. Irgendwann war auch Hilde da gewesen, hatte sie nach Hause gefahren und an Sepp vorbeigeschleust, sodass er gar nicht mitbekam, wie sie aussah: verdreckt und zerkratzt, mit einem Schuh am linken Fuß und einer Socke, die nur noch aus Fasern bestand, am rechten.

Das Klingeln des Telefons schreckte Wally auf.

Soll es doch klingeln, dachte sie und kniff die Augen zu. Soll es doch klingeln, ich höre es nicht. Kein bisschen höre ich es.

Aber schon im nächsten Augenblick regte sich Besorgnis. Was, wenn es ihr Mann war, der anrief?

Sepp war schon um fünf Uhr früh nach Dingolfing aufgebrochen, wo die Firma Maibier & Söhne einen Auftrag für Schreinerarbeiten in einer Gaststätte übernommen hatte. An Tagen, an denen er so zeitig wegmusste, kam es durchaus vor, dass er sich später bei ihr meldete, ihr etwas zu erledigen auftrug oder einfach nur wissen wollte, ob ein Holztransport angekommen war oder die neuen Sägeblätter.

Falls es tatsächlich Sepp war, der sie sprechen wollte, konnte sie es nicht wagen, den Anruf zu ignorieren. Sepp verlangte, dass Wally das Ihre zum reibungslosen Betriebsablauf beitrug. Dazu gehörte auch, erreichbar zu sein – zumindest am frühen Vormittag.

Wäre es schon nach zehn gewesen, dann hätte sie sich damit herausreden können, dass sie einkaufen gewesen sei oder draußen im Hof welke Blätter zusammengefegt habe. Das Fegen stand sowieso heute noch an. Obwohl der Kalender bereits den 22. Januar anzeigte, lag noch immer kaum Schnee in Niederbayern, dafür wehte ein kräftiger Wind, der trockene Herbstblätter in jedem Winkel zu flachen Haufen zusammenblies, die dann aussahen wie überdimensionale schlampige Nester.

Für nach zehn Uhr hätte Wally Ausreden noch und noch gefunden. Aber für kurz nach halb acht?

Sie beeilte sich, aus den Federn zu kommen, und hob hastig den Hörer ab. »Maibier.«

»Wie geht's dir?«

Wally brauchte eine Weile, bis ihr klar wurde, dass Hilde am Telefon war und sich nach ihrem Befinden erkundigte. Einfach so. Morgens um 07:35:43 Uhr, wie das Display am Telefonapparat anzeigte. Das hatte sie in den vergangenen fünf Jahrzehnten nicht ein einziges Mal getan.

»Wally?«

»Ja.«

»Alles in Ordnung?«

War es in Ordnung, in einem historischen Museum einen Toten zu finden, daraufhin von der Polizei in die Mangel genommen zu werden, anschließend eine Nadel in den Arm gesteckt zu bekommen und davon hundemüde zu werden? War es in Ordnung, schlafwandlerisch herumzugeistern, in ein Loch …

»Wally, verdammt!«

»Ich glaube, ich bin ein bisschen durcheinander«, meldete Wally sich zaghaft.

»Das wird schon wieder«, verkündete Hilde. »Koch dir eine Tasse Baldriantee und trink sie in aller Ruhe. Dann ziehst du dir was Hübsches an und gehst zur Scheuerbacher Brücke. Dort holt dich Ali um Punkt zehn Uhr mit dem Auto ab.«

Wally fragte sich, ob man ihr gestern etwas gespritzt hatte, das sie nicht nur müde, sondern auch wahnhaft gemacht hatte.

Ali Schraufstetter, Kreisbrandrat, Kreisvorsitzender der Mittelstandsunion, Kreis dies und Kreis das und außerdem Hildes – ja, was eigentlich? Idol? –, würde sie, Wally, um zehn mit seinem Wagen an der Scheuerbacher Brücke abholen. Um dann mit ihr in der Gegend herumzugondeln? Wally schüttelte stumm den Kopf.

»Hast du gehört, Wally?«

Sie nickte.

»Wally, Himmelherrgott noch mal. Ob du mich gehört hast, Kruzitürken?«

Wally bejahte vernehmlich. Vielleicht sprach sie ja doch mit der wirklichen Hilde. Die Flüche klangen jedenfalls echt.

Hilde gab einen gereizten Laut von sich. »Du steigst also zu Ali in den Wagen und fährst mit ihm nach Vilshofen. Ali hat da eine Sitzung mit irgendwelchen Feuerwehrleuten. In Vilshofen lässt er dich – an der Vilsbrücke am besten – aussteigen. Du gehst dann zu Fuß weiter und suchst das Haus Nummer 3 in der Schubertstraße. Ali sagt, dass Anne Ungerer da gewohnt hat.«

»Wer ist denn Anne Ungerer?«

»Wally, verdammt noch mal. Worum ging's denn gestern, als wir uns bei Riesinger getroffen haben?«

Wally dachte darüber nach, kam aber nicht dahinter.

Hilde ersparte ihr weiteres Grübeln, indem sie erklärte: »Es ging um Alis Jugendschwarm, Wally. Anne Ungerer. Wenn Ali recht hat, ist sie vor drei Wochen hundsgemein ermordet worden. Und ich verwette Rudolfs neue Sargkollektion, *dass* Ali recht hat.«

In Wally regte sich Widerstand. »Das ist lästerlich, Hilde. So was darf man nicht sagen. Dem Tod und allem, was damit zusammenhängt, muss man mit Respekt begegnen.«

Hilde hörte sich fast belustigt an, als sie erwiderte: »Das tun wir, Wally, das tun wir. Deswegen hüpfst du Punkt zehn zu Ali ins Auto, fährst mit ihm nach Vilshofen, suchst die genannte Adresse und redest mit den Hausbewohnern.«

»Was für Hausbewohner?«, erkundigte sich Wally. »Meinst du den Ehemann und die Kinder?«

»Der Ehemann ist tot, und Kinder hatten die Ungerers nicht«, sagte Hilde hörbar ungeduldig. »Das hat uns Ali doch gestern erzählt.«

Wally sah ein leeres Gebäude vor sich, leere Zimmer, verschlossene Türen. Sie sinnierte gerade darüber, mit wem sie in einem verwaisten Haus reden sollte, als sie Hilde sagen hörte: »Anne Ungerer hatte, seit ihr Mann tot war, wohl zwei Mitbewohnerinnen. Ali hat irgendwann so was erwähnt. Frag ihn noch mal danach. Aber viel scheint er nicht über sie zu wissen. Wer sie sind, musst *du* herausfinden. Deshalb sollst du ja da hin. Und jetzt hör auf, mir dumme Fragen zu stellen. Heb dir die Fragerei für die zwei in Anne Ungerers Haus auf. Trink jetzt ein Tässchen Baldriantee, mach dich zurecht, und dann ab mit dir.«

»Was ist denn mit dem Toten?«, fragte Wally.

Hilde schien eine Weile nachdenken zu müssen, was sie damit meinte. Dann antwortete sie knapp: »Um den kümmert sich die Polizei, wir kümmern uns um Anne.«

Im nächsten Augenblick war die Leitung tot.

Wally starrte den Hörer zwei, drei Sekunden lang an, dann legte sie ihn zögerlich auf.

Tee. Sie tappte in die Küche und setzte Wasser auf.

Baldriantee. Wally schüttelte den Kopf. Baldriantee hatte sie nicht im Haus. Nur Grünen, Hagebutte, Pfefferminz und Kamille. Hagebutte wirkte abführend, Pfefferminze appetitanregend, und Kamille schmeckte schrecklich fad. Blieb der Grüntee. Aber der wirkte doch aufputschend, oder? Da konnte sie ebenso gut Kaffee trinken, wie an jedem anderen Morgen auch. An diesem würde sie allerdings ein Stück von dem leckeren Karottenkuchen dazu essen, den sie gestern gebacken hatte.

Sie war so gut gelaunt gewesen am gestrigen Vormittag, hatte die Stereoanlage weit aufgedreht, hatte mit José Carreras zusammen »Dein ist mein ganzes Herz« geschmettert; und noch als sie den fertigen Kuchen aus dem Backrohr nahm (Helmut Lotti sang gerade »Du, nur du allein«), ahnte sie nicht im Entferntesten, was ihr der Nachmittag bringen sollte.

Alis Wagen hielt Schlag zehn an der Scheuerbacher Brücke, wo Wally bereits auf ihn wartete.

Oh ja, sie sah wirklich schick aus: dezentes Make-up, mintgrüner Lidschatten war nämlich passé. Flotte Föhnfrisur, in der sich ein paar nur leicht nuancierte Strähnchen verbargen. Trotz der Trendwende zu eleganter Schlichtheit hatte sie auf ein paar gefärbte Haarbüschel nicht verzichten wollen, aber die leuchteten nun nicht mehr lila, orange oder türkis, sondern wirkten stimmig, als ob sie genau dort hingehörten, wo sie sich befanden. Und weil es auch an diesem Januartag nicht wirklich frostig war, hatte Wally sich für eine Dreivierteljacke aus leichtem kamelhaarfarbenem Wollstoff entschieden, zu der sie eine dunkelbraune Hose trug. Da ihr das Ensemble ein wenig langweilig erschien, hatte sie es mit einer grün-beige gestreiften Bluse aufgepeppt.

Ali sprang aus dem Wagen, öffnete ihr die Beifahrertür und machte eine kleine Verbeugung.

Mit einem leisen Seufzer ließ Wally sich auf den Sitz gleiten.

Der liebe, gute Ali, war er nicht ein Gentleman? Warum konnte sie nicht bis ans Ende der Welt mit ihm reisen?

Sie stellte sich vor, wie sie beide an Vilshofen vorbeirauschen, Passau links liegen lassen und über Linz nach Wien fahren würden. Wien … In Wien würden sie einige Zeit bleiben. Zuallererst würden sie Kaffee trinken gehen – ins Sacher natürlich. Dort würden sie auf original Wiener Kaffeehausstühlen an einem zierlichen Marmortischchen sitzen, und Ali würde ihr Komplimente machen. In Wallys Phantasie verwandelte er sich soeben in eine Kombination aus George Clooney und Leonardo DiCaprio. Er würde sie fragen …

Wally zuckte zusammen, weil sie auf einmal meinte, Hilde verächtlich lachen zu hören: »Herrgott noch mal, Wally, komm runter von dem Trip. Vergiss die Schmalzbirne aus ›Titanic‹ und den smarten Doktor aus ›Emergency Room‹. Die Typen gibt's nur auf der Mattscheibe. Sieh dich um. Du hockst in einem in die Jahre gekommenen VW Golf mit abgewetzten Sitzen und einer Rückbank voll – was ist denn eigentlich drin in all den Kisten und Schachteln? –, neben einem ebenso in die Jahre gekommenen Damenfriseur, aus dem ein Kreisbrandrat mit einem Riecher für Verbrechen geworden ist.«

»Hilde hat mir heute früh am Telefon erzählt, was du gestern für eine schreckliche Entdeckung gemacht hast«, sagte Ali mitfühlend. »Du musst dich ja ganz scheußlich fühlen.« Er nahm eine Hand vom Steuer und strich sanft über ihren Arm.

Wally traten Tränen in die Augen. Der liebe, liebe Ali.

»Die Nachrichten heute sind voll von dem Mord im Quintana-Museum«, fuhr er fort und legte die Hand wieder ans Steuer.

Wally schloss die Augen. In Wien hatten sie es so schön gehabt. Sie und Ali. Warum musste einen die Wirklichkeit immer so schnell und grausam einholen? Und auch noch mit Mord und Totschlag?

Sie spürte, dass Ali ihr einen prüfenden Blick zuwarf, machte die Augen auf und sagte matt: »Wissen die Nachrichten denn auch schon, wer der Tote ist?«

Ali nickte. »Ein Lehrer aus Passau, neununddreißig Jahre alt. Der Name ist nicht genannt, nur die Initialen: P.K.« Er deutete ein Lächeln an. »Aber man hat so seine Quellen, und daher weiß ich, dass P.K. für Paul Krug steht. Und weißt du, womit er erstochen worden sein soll?« Er wartete Wallys Antwort nicht ab. »›Die tödliche Verletzung könnte mit der Speerspitze eines Pilum herbeigeführt worden sein‹, hat es geheißen.«

Ali stieß ein leises Zischen aus, weil ihn ein unversehens vor ihnen ausscherender Lkw zu einer Vollbremsung zwang. Erst als der Lkw, nachdem er einen Tanklaster und einen Sattelzug überholt hatte, wieder in die rechte Spur eingefädelt und sie an ihm vorbeigefahren waren, redete er weiter.

»Nun fragt man sich selbstverständlich, wo der Täter die Speerspitze hergehabt hat.«

Wally sah ihn erstaunt an. »Im Museum gibt es doch Dutzende davon.«

Ali vollführte eine skeptische Geste. »Die sind angeblich alle in den Vitrinen eingeschlossen – diebstahlsicher. Nicht einmal bei dem Centurio, der oben an der Treppe steht, soll eine zu finden sein.«

Wally machte wieder den Mund auf, kam jedoch nicht zu Wort.

»Wer weiß, ob die Tatwaffe wirklich eine Speerspitze war oder vielleicht doch bloß ein Küchenmesser, entdeckt hat man sie jedenfalls nirgends, obwohl bestimmt das ganze Museum und alles drumherum danach abgesucht worden ist.« Ali setzte den Blinker und drosselte gleichzeitig das Tempo, weil die Autobahnausfahrt, die sie zur Staatsstraße 2119 nach Vilshofen führte, nur noch fünfhundert Meter entfernt war. Erst nachdem sie die Autobahn verlassen hatten, begann er wieder zu sprechen. »Anscheinend sind die Ausstellungsräume im Museum videoüberwacht. Aber die Bänder …«, er unterbrach sich, bremste und ließ einen Radfahrer queren, »… geben offenbar nichts her. Nicht einmal der Tote soll darauf zu sehen sein. Der lag nämlich …«

»… unter dem riesigen Töpferofen, wo es recht finster ist«, beendete Wally den Satz.

»Genau«, bestätigte Ali. »Das hat heute auch in der Zeitung

gestanden und dass die Polizei, was das Tatmotiv angeht, im Dunkeln tappt.«

Daraufhin blieb es eine Weile still im Wagen, bis Ali sagte: »Hilde will also, dass du dich mit Annes Mitbewohnerinnen unterhältst. Sie hat sich die Adresse von mir geben lassen.« Er lachte leise. »Und als ich erwähnt habe, dass ich heute in Vilshofen zu einer Tagung muss, hat sie ganz schnell geschaltet und mir aufgetragen, dich mitzunehmen. ›Scheuerbacher Brücke, punkt zehn Uhr‹. An Hilde ist ein General verloren gegangen.«

Mittlerweile war die Donaubrücke in Sicht gekommen, die zur Vilshofener Innenstadt führte.

»Annes Adresse ist Schubertstraße Nummer 3«, sagte Ali nachdenklich. »Ich würde dich ja gerne hinbringen, bin aber schon reichlich spät dran.«

Wally seufzte unhörbar. Sie wusste weder, wo diese Straße zu finden war, noch ob sie dort jemanden antreffen würde. Am liebsten hätte sie Ali gebeten, die Sache in die Hand zu nehmen, sie nicht allein damit zu lassen. Aber er hatte seinen Termin, und sie hatte ihren Auftrag. Daran ließ sich nichts ändern, und nichts wurde einem geschenkt.

Es war ohnehin zu spät für Diskussionen. Sie hatten die Brücke hinter sich gelassen, Ali bog in die Passauer Straße ein, die an der Donau entlangführte, und hielt dann am Randstreifen an. »Wir sind jetzt so ziemlich in der Stadtmitte.« Er deutete auf einen Durchgang zwischen den Häusern. »Man kann durch den Rundbogen dort gehen, dann ist man in drei Minuten am Stadtplatz. Annes Haus liegt aber etwas außerhalb vom Zentrum, soviel ich weiß.«

»Wo denn?«, fragte Wally erschrocken. »Wo ist denn die Schubertstraße?«

Ali zuckte die Schultern. »Ich bin nie bei Anne zu Besuch gewesen.« Er sah sie einen Moment lang besorgt an, dann griff er nach hinten und angelte einen Packen Papiere von der Rückbank. Während er sie durchging, murmelte er leise vor sich hin: »Da muss doch … ich hab doch … ah, da ist er ja.«

Er hatte einen Übersichtsplan zutage gefördert, den er eine

Weile studierte. »Hier.« Sein Finger pochte auf eine Stelle weit im Nordwesten der Stadt. Dann hob er den Blick. »Ein schönes Stück zu laufen.« Kritisch blickte er auf seine Uhr. »Wenn ich nicht …«

Wally legte ihre Hand über die seine. »Macht nichts. Macht gar nichts. Ein Spaziergang wird mir bestimmt nicht schaden.« Sie konnte seine Erleichterung regelrecht spüren. Als sie die Hand wieder wegziehen wollte, hielt er sie fest. »Nachher hole ich dich hier wieder ab.«

Wally stand – ausgerüstet mit Alis Stadtplan – am Straßenrand und winkte ihm noch immer nach, obwohl sein kleiner Wagen längst mit der Autokolonne verschmolzen war.

Irgendwann ließ sie den Arm sinken und setzte sich zögernd in Bewegung. Saumselig spazierte sie die Uferpromenade flussabwärts, ohne zu wissen, ob sie die richtige Richtung eingeschlagen hatte. Als die Häuser auf der Stadtseite immer weiter zurückwichen, der Uferstreifen immer breiter wurde und ein Stück voraus ein Gewässer zu erkennen war, das sich träge auf die Donau zuwälzte, ging ihr auf, wo sie sich befand.

Wally blieb stehen, entfaltete den Plan und suchte nach der Stelle, an der die Vilsmündung eingezeichnet war.

»Man braucht Bezugspunkte«, hatte ihr Sepp Maibier im Lauf ihrer Ehe immer wieder eingebläut. »Wenn man sich an einer Karte orientieren will, braucht man mindestens zwei Bezugspunkte.«

Wie er es ihr beigebracht hatte, positionierte Wally sich nun so, dass Donau und Vils hinter ihr einen Winkel bildeten, in dessen Scheitelpunkt sie stand. Dann drehte sie den Plan, bis die Mündung der darin eingezeichneten Flüsse sich mit dem Scheitelpunkt deckte. Schließlich suchte sie nach der Schubertstraße und musste feststellen, dass sie in der Richtung lag, aus der sie gekommen war.

Sie würde wieder zurücklaufen müssen.

Mit einem Seufzer machte sie sich auf den Weg.

Einige Zeit später befand sie sich abermals an der Donaubrücke, blieb stehen und schaute sich um. Vor ihr lag eine Straßenkreuzung.

Wally begann die Wegweiser zu studieren, die in drei Himmelsrichtungen zeigten. »Schweikelberg« las sie auf dem Schild, dessen Pfeil nach links wies. Rechter Hand ging es über die Brücke in Richtung Autobahn, woher sie mit Ali gekommen war. Geradeaus führte eine schmale Straße stadtauswärts in einem Bogen bergauf. Wally zog wieder den Plan zurate. Wenn sie sich nicht täuschte, zweigte die Schubertstraße am Ende dieses Sträßchens rechts ab.

Anne Ungerers Haus musste sich ganz oben auf dem Hügel befinden, der sich vor ihr erhob.

Zielstrebig machte Wally sich daran, hinaufzusteigen.

Seit sie Alis Wagen nachgewunken hatte, war bereits eine gute halbe Stunde vergangen. »Vertrödelt«, hätte Hilde gesagt und sie zur Eile angetrieben.

Wally schritt zügiger aus.

Obwohl eine frische Brise wehte, die sie unten am Fluss hatte frösteln lassen, begann sie nun zu schwitzen. Der Anstieg erwies sich als beschwerlich, brachte sie aus der Puste. Ein-, zweimal musste sie sogar stehen bleiben, um wieder zu Atem zu kommen.

Endlich erreichte sie die Kuppe des Hügels, die von einem Querweg durchschnitten wurde.

Die Schubertstraße mündet von rechts, rief sie sich ins Gedächtnis und bog dorthin ab.

Hier oben auf dem Plateau standen die Häuser weit voneinander entfernt, und nicht nur die offensichtliche Grundstücksgröße zeugte von Wohlstand.

»Das sind ja Villen«, murmelte Wally beeindruckt. Herrschaftshäuser, die über der Stadt thronten, mit einem wunderschönen Blick über das ganze Donautal.

Nummer 3 war das herrschaftlichste Haus von allen: Wuchtige Säulen trugen ein großzügiges Vordach, das den Hauseingang vor Regen und Wind schützte. Die ausladende Überdachung der Garage erlaubte den Bewohnern, trockenen Fußes von dort zum Haus zu gelangen.

Die Zufahrt war mit Buchsbäumen in Terrakottatöpfen gesäumt, und das Stück vom Garten, das Wally sehen konnte, entlockte ihr einen Ausruf des Entzückens.

Staunend blieb sie vor dem Zaun stehen. Das muss ein Landschaftsarchitekt angelegt haben, dachte sie ehrfürchtig.

Wally hielt sich viel auf ihre Gartengestaltung zugute, auch wenn Hilde die Nase darüber rümpfte. Sie liebte die üppig blühenden Rabatten und die vielen schönen Dinge, die sie zwischen ihnen verteilt hatte. Die Hasenfamilie, die Vogeltränken, die Gartenornamente, die Laternen und Hängeampeln. Wally fand, ihr Garten sah ansprechend aus, malerisch, charmant. Aber gegen das hier wirkte er wie ein ärmlicher Flickenteppich.

Ihre Blicke begannen, die Anlage systematisch abzutasten. Was konnte sie nachmachen, was sich abgucken?

In Anne Ungerers Gartenkomposition vertieft, überhörte sie den Wagen, der in die Straße einbog und wenige Meter hinter ihr am Randstreifen anhielt. Sie übersah den Mann, der ausstieg und eine Kamera vom Beifahrersitz nahm. Erst als er in ihrem Gesichtsfeld auftauchte und die Fotokamera aufs Haus richtete, wurde sie auf ihn aufmerksam.

Er war groß und breitschultrig, hatte einen ordentlichen Bauch und einen Quadratschädel. Er trug einen schwarzen Mantel aus Wollstoff und ein am Kragen offenes weißes Hemd. Um den Hals hatte er eine schwere Silberkette mit einem geradezu anstößig wuchtigen Kreuz daran.

Sie warf einen Blick auf die Straße und sah den Wagen: groß, schwarz, glänzend.

Gondelten die Bösewichte in Mafiafilmen nicht immer in solchen Autos herum? Trugen die nicht schwarze Mäntel und schweren Schmuck?

Das Wort »Mafia« begann sich in Wallys Kopf festzukrallen und seine angsteinflößende Wirkung zu entfalten.

Eilig ging sie davon, machte nicht halt, bis sie eine kleine

Baumgruppe erreicht hatte, in der sie sich leidlich verbergen konnte. Sie stellte sich hinter den dicksten der Stämme und linste seitlich hervor.

Der Mafioso fotografierte. Das Haus, den Garten, die Umgebung, die Aussicht. Wally bekam allmählich kalte Füße (im buchstäblichen, aber auch im übertragenen Sinn), doch der Mann hörte nicht auf, Fotos zu schießen. Aus immer neuen Blickwinkeln nahm er immer neue Details auf.

»Himmelmutter«, flehte Wally. »Himmelmutter.«

Endlich trat der Mafioso an seinen Wagen und legte den Fotoapparat hinein. Wally atmete auf, wagte zu hoffen, dass er gleich wegfahren würde, sah sich jedoch enttäuscht.

Statt einzusteigen, brachte er eine Kladde zum Vorschein und fing an, sich Notizen zu machen. Zwischendurch fixierte er Anne Ungerers Haus, schritt Entfernungen ab und nahm mit einem zugekniffenen Auge längsseits seines Stifts Maß wie ein Kunstmaler.

Wallys Zehen waren zu Eisklumpen erstarrt, sie musste pinkeln, und außerdem war ihr vom Stillstehen und minutenlangen In-eine-Richtung-Starren regelrecht schwindelig geworden. Sie würde weitergehen müssen. Die Straße hinunter. Weg vom Mafioso.

Sie drehte sich vorsichtig um und wollte sich gerade davonschleichen, als sie eine Autotür zuknallen hörte. Misstrauisch schaute sie zurück.

Der Mafioso war endlich eingestiegen und ließ soeben den Wagen an.

Eine Sekunde später war er weg.

Und jetzt?

Unschlüssig beäugte Wally das Gebäude, dem die Aufmerksamkeit des Mafioso gegolten hatte. Sollte sie ohne viel Federlesens klingeln und abwarten, was geschehen würde? Die Aussicht darauf gefiel ihr gar nicht. Viel lieber wollte sie zum Stadtplatz hinunterlaufen, sich in ein warmes Café setzen und sich mit einem Stück Punsch- oder Vanillecremetorte für alle Widrigkeiten entschädigen.

Die Aussicht *darauf* gefiel ihr bei Weitem besser. Was aber wären die Konsequenzen eines solchen Rückzugs?

Sie würde Hilde mit leeren Händen entgegentreten müssen, und dafür würde Hilde sie »ungespitzt in den Boden rammen«, um Sepp Maibiers Lieblingsausdruck zu benutzen.

Darum konnte es sich Wally nicht erlauben zu kneifen.

Mit einem sehr tiefen Seufzer trottete sie zu dem Tor an der Zufahrt zu Anne Ungerers Haus und drückte beklommen auf den Klingelknopf, während sie sich fragte, was sie sagen sollte, falls ihr jemand öffnete.

Aus dem Lautsprecher neben dem Namensschild drang eine weibliche Stimme. »Ja bitte.«

Wally schluckte. »Ich … Ich wollte … Ich dachte …« Himmelmutter, hilf mir.

Nochmals ließ sich die Stimme aus dem Lautsprecher vernehmen. Der Ton war milde. »Warten Sie, ich komme.«

Kurz darauf wurde die Haustür von einer Frau Ende sechzig geöffnet. Sie war hochgewachsen, wirkte rüstig, geradezu kraftvoll und war sportlich gekleidet. Mit großen Schritten strebte sie über den gepflasterten Weg auf das Tor zu.

Die Gestalt und das sichere Auftreten erinnerten Wally an Hilde.

Hilde. Was würde Hilde an ihrer Stelle jetzt tun?

Sie würde sich ohne die geringsten Skrupel irgendwelche Lügen ausdenken. Und recht hätte sie, dachte Wally. Notlügen sind erlaubt. Das hatten die Nonnen im Ursulineninternat immer wieder betont.

»Was kann ich denn für Sie tun?«, fragte die Frau.

Wally fasste sich ein Herz. »Ich bin …« Sie musste es wagen. »Ich bin eine alte Freundin von Anne Ungerer. Leider haben wir uns irgendwann aus den Augen verloren, bis wir vor einiger Zeit ganz zufällig wieder zusammengetroffen sind. Wir haben uns ein bisschen unterhalten und ausgemacht, uns bald einmal zu einem richtigen Plauderstündchen zu treffen. Aber gestern …«, sie stockte einen Augenblick, »… gestern habe ich von einem Bekannten erfahren, dass sie gestorben ist.« Vor lauter Anstrengung, es nicht zu vermasseln, waren Wally die Tränen in die Augen getreten.

Die Frau streckte ihr die Hand hin. »Elsa Walden. Kommen Sie herein, wenn Sie mögen.«

Wally folgte ihr, und Elsa Walden führte sie in eine Eingangshalle, die ihr den Atem nahm. Noch nie hatte sie ein Haus betreten, das so kostspielig ausgestattet war. Hochwertiger Marmorboden, exquisite Möbel, erlesene Kunstobjekte. Andächtig ging sie mit Elsa Walden durch ein elegantes Wohnzimmer in einen lichtdurchfluteten Erker, wo sie auf einem bequemen Sessel Platz nehmen durfte.

»Ich kann es einfach nicht glauben, dass Anne tot sein soll«, sagte Wally, nachdem sie sich umständlich in den Polstern zurechtgesetzt hatte, während sie im Stillen die Himmelmutter darum bat, ihre Lügengeschichte nicht auffliegen zu lassen. Sie war noch nie gut darin gewesen, anderen etwas vorzumachen, hatte sich immer schnell verplappert, war in die eigene Falle getappt.

Elsa Walden tätschelte ihr den Arm. »Sie sehen ja ganz verfroren aus. Ich werde uns erst mal ein Tässchen Tee kochen. Bin gleich wieder da.« Sie eilte aus dem Raum.

Wally lehnte sich mit einem Seufzer zurück. Ihre Zehen begannen heftig zu kribbeln, taten damit kund, dass das Blut darin wieder zu zirkulieren begann. Sie saß bequem im Warmen und durfte sich auf eine schöne Tasse Tee freuen.

Dennoch fühlte sie sich lausig, weil das Gewissen sie drückte.

Elsa Walden war so nett und zuvorkommend. Hatte sie hereingebeten, kochte für sie Tee. Und was war Wallys Dank dafür? Sie log dieser liebenswürdigen Person dreist ins Gesicht.

Aber Irreführung war in diesem Fall notwendig, wenn sie dem merkwürdigen Ableben von Anne Ungerer auf den Grund gehen wollte.

Sicher würde Elsa Walden die Lüge verzeihen, falls sie dahinterkommen sollte, dass sie diesbezüglich Ermittlungen anstellte.

Wally stutzte.

Warum weihte sie Elsa Walden nicht einfach ein? Wenn sie wusste, worum es tatsächlich ging, konnte sie wahrscheinlich mehr zweckdienliche Auskünfte liefern als wenn nicht.

»Ist Ihnen noch immer kalt? Der Tee wird Sie schnell aufwärmen, und falls Sie sich warmes Wasser über die kalten Hände laufen lassen wollen ...« Elsa Walden war mit einem Tablett zurückgekommen, auf dem eine Teekanne aus edlem Chinaporzellan stand, ein Teller mit verführerisch duftenden Ingwerkeksen und zwei dazu passende Gedecke. Sie machte eine Bewegung in Richtung Flur.

Wally nahm das Angebot, die Gästetoilette zu benutzen, dankbar an.

Als sie zurückkam, reichte Elsa Walden ihr eine gefüllte Tasse und lächelte ihr wohlwollend zu.

Wally nahm einen kleinen Schluck, während sie überlegte, was gescheiter wäre. Sollte sie von Alis Verdacht erzählen, oder sollte sie nicht? Was würde Hilde ihr raten?

Als hätte Hilde die Frage vernommen und ihr eine Antwort darauf gesandt, kam Wally ein Ausspruch in den Sinn, den sie schon des Öfteren von ihr gehört hatte: »Vertraue niemandem, denn auch der Schatten einer weißen Rose ist schwarz.« Auch die freundliche Frau Walden konnte eine dunkle Seite haben, und solange man nicht genauer über sie im Bilde war, sollte man nicht allzu offenherzig sein.

Wally trank noch einen Schluck Tee und nahm sich einen Keks.

»Wo haben Sie Anne denn nach all der langen Zeit wiedergetroffen?«, fragte Elsa Walden.

Wally tischte ihr die nächste Lüge auf und bereitete damit den Boden für viele weitere.

Nach einer halben Stunde klebte ihr das Unterhemd am Körper. Sie schwitzte und quälte sich und wünschte, sie könnte endlich gehen. In wie viele Widersprüche mochte sie sich bereits verwickelt haben? Auf wie viele Ungereimtheiten mochte Elsa Walden ihr gekommen sein?

Auf eine ganze Menge, musste Wally sich eingestehen.

Wie durch Hexenwerk war das Gespräch immer wieder auf ihre angebliche Freundschaft mit Anne Ungerer gekommen, sodass sie ständig neue Lügenmärchen auftischen musste, anstatt jene Fragen stellen zu können, auf die Hilde eine Antwort haben wollte.

Bisher hatte sie absolut nichts Wissenswertes erfahren.

Oder doch?

Elsa Walden erhob sich, hinderte Wally jedoch am Aufstehen und bestand darauf, noch eine Kanne Tee zu kochen.

Sie würde ihre Besucherin keinesfalls wieder hinaus in die Kälte lassen, solange sie von innen her nicht völlig durchgewärmt sei, verkündete sie und eilte erneut aus dem Zimmer.

Wally wischte sich mit ihrem Taschentuch die Schweißperlen von der Oberlippe, während sie sich zu vergegenwärtigen versuchte, was ihr Elsa Walden bis jetzt über Anne Ungerer mitgeteilt hatte.

Allerhand, resümierte sie. Sie hat ja versucht, irgendwie die Jahre auszufüllen, in denen Anne und ich uns angeblich aus den Augen verloren hatten.

Unglücklicherweise hatte Wally sich nicht recht auf Frau Waldens Erzählungen konzentrieren können, weil sie so sehr davon in Anspruch genommen war, ihr Lügengebäude vor dem Einsturz zu bewahren.

Aber Hilde würde einen brauchbaren Bericht von ihr erwarten. Sie musste imstande sein, einen zu liefern.

Wally saß ganz still, fixierte einen silbernen Zuckerlöffel und horchte in sich hinein.

Was genau also hatte sie in der vergangenen halben Stunde über Anne Ungerer erfahren?

Einiges über ihr Zusammenleben mit den Mitbewohnerinnen. Wie sie sich die Arbeit geteilt hatten, nette Abende miteinander verbracht hatten und so weiter und so fort. Das alles würde Hilde mit einem Schnauben abtun.

Wally konzentrierte sich mit aller Kraft. War irgendetwas zur Sprache gekommen, das für Hilde von Interesse sein konnte?

Die Sache mit Annes Ehemann vielleicht? Als er erkrankte und erfuhr, dass er bald sterben würde, hatte er Anne das Versprechen abgenommen, im gemeinsamen Haus wohnen zu bleiben. Er hing so sehr an dem Anwesen und wollte nicht, dass es in fremde Hände kam. Anne schwor ihm, es so lange wie möglich zu behalten. Ganz allein darin zu leben kam für sie allerdings nicht in Betracht. Sie fragte im Bekanntenkreis herum, im Seniorenclub und bei Nachbarn, und so ergab es sich, dass Frau Walden und Frau Hesse bei ihr einzogen, was sich für alle drei als ausgesprochen vorteilhaft erwies.

Annes überraschender Tod hatte ihre beiden Mitbewohnerinnen in tiefes Entsetzen gestürzt. Zum einen, weil sie sich mit der Hausherrin so gut verstanden hatten, zum andern, weil sie davon ausgehen mussten, dass ihre Tage in der herrschaftlichen Villa nun gezählt waren. Der Besitz der Ehegatten Ungerer würde gemäß gesetzlicher Erbfolge an Annes Neffen fallen. Kinder hatte das Paar ja keine gehabt.

Besagter Neffe hatte irgendwann nach Annes Tod seinen Besuch in der Villa angemeldet. Frau Walden und Frau Hesse hatten voller Angst damit gerechnet, umgehend auf die Straße gesetzt zu werden. Ganz so schlimm war es aber nicht gekommen.

Wally musste zugeben, dass das alles nichts Neues war. Beim gestrigen Treffen im Café Riesinger waren einige dieser Dinge bereits zur Sprache gekommen.

Elsa Waldens Stimme riss sie aus ihrer Versunkenheit. »Sie müssen noch eine Tasse Tee trinken und noch etwas von dem Gebäck dazu essen. Es ist ein schönes Stück Weg bis hinunter in die Stadt. Sie sollten gut gestärkt sein für den Marsch.«

Wally nahm die frisch gefüllte Tasse entgegen, rührte Zucker hinein und zerbrach sich den Kopf darüber, wie sie es in letzter Minute noch zustande bringen konnte, an Informationen zu gelangen, die für ihre Ermittlungsarbeit von entscheidender Bedeutung waren – sofern Elsa Walden denn überhaupt über solche verfügte.

Einen Versuch war es wert. Sie musste nur den richtigen Auftakt finden.

Himmelmutter!

»Anne wird eine Menge Neider gehabt haben«, hörte sie sich plötzlich sagen und merkte, wie sie eine Handbewegung machte, die das ganze Anwesen einschloss.

Elsa Walden zuckte die Schultern. »Das glaube ich nicht. Wer sollte sie beneidet haben? Gäste hatte sie kaum, und außer Haus hat sie immer darauf geachtet, ihren Reichtum nicht zur Schau zu stellen. Anne hat selten Schmuck getragen – teuren schon gar nicht –, und sie hat einen einfachen Mittelklassewagen gefahren.«

Wally dachte, dass man von der Straße aus nur einen Blick über den Zaun werfen musste, um neidisch und raffgierig zu werden.

Der Mafioso kam ihr in den Sinn. Hatte er es auf Annes Haus abgesehen? Hatte sie deshalb sterben müssen?

Sie wiegte unmerklich den Kopf. Was hätte ihm Annes Tod genutzt? Das Anwesen stand ihm jetzt genauso wenig zur Verfügung wie zuvor.

Vermutlich, dachte sie, verhält sich die Sache ganz harmlos. Der Mafioso ist in Wirklichkeit ein seriöser Herr und interessiert sich für die schönsten Fleckchen hier in der Gegend. Sieht sich überall um und überlegt, wo er sich ansiedeln soll.

»Steht in der Nachbarschaft ein Haus oder ein Grundstück zum Verkauf?«, fragte sie, angetan von ihrer Eingebung.

Elsa Walden lächelte. »Schöne Wohnlage, nicht wahr? Aber es ist keine Immobilie mehr zu haben, soweit ich weiß. Die Filetstücke von Vilshofen sind heiß begehrt. Irma und ich konnten unser Glück kaum fassen, als wir hier einziehen durften. Jede von uns hat ein hübsches geräumiges Zimmer mit Bad, Balkon und einer wunderbaren Aussicht. Die Küche und das Wohnzimmer benutzen wir gemeinsam.«

»Und für wen war das Kinderzimmer gedacht?«, platzte Wally heraus.

Elsa Walden blinzelte überrascht. »Kinderzimmer?«

Es gab kein Zurück mehr. »Anne hat Kindermöbel bestellt. Eine komplette Zimmereinrichtung.«

Elsa Walden schüttelte ungläubig den Kopf, wollte etwas sagen, wovon das Klingeln an der Haustür sie jedoch abhielt. Sie entschuldigte sich und ging hinaus.

Wally trank ihren Tee und fragte sich, ob sie von Frau Walden vielleicht noch etwas über das geheimnisvolle Kinderzimmer erfahren würde. Sie grübelte darüber nach, wie sie weiter vorgehen sollte, als Elsa Walden zurückkehrte.

Wally erschrak bei ihrem Anblick. Kränkliche Blässe hatte ihr Gesicht überzogen. Ihre Hände, in denen sie eine Zeitung hielt, zitterten. Wally hastete ihr entgegen, führte sie zu einem Sessel und drückte sie hinein.

»Was haben Sie denn auf einmal? Ist Ihnen nicht gut?«

Elsa Walden hielt ihr bebend die Zeitung hin. »Sehen Sie her. Schauen Sie sich die Überschrift an. Irma – Frau Hesse – hat sie mir gerade gezeigt und gesagt, dass …« Sie konnte nicht weitersprechen.

Wally warf einen Blick auf die Schlagzeile und nickte dann. »Ja, ich weiß. Im Quintana-Museum in Künzing ist gestern jemand ermordet worden.«

Elsa Walden stöhnte auf. »P.K. Das ist Paul Krug. Paul Krug ist ermordet worden. Irma behauptet, er wäre es.«

Wally strich ihr besänftigend über den Arm. »Ja, soviel ich gehört habe, heißt der Tote so.«

»Paul Krug«, wiederholte Elsa Walden matt. »Wissen Sie, wer das ist?«

Bevor Wally sich fragen konnte, ob sie es wusste, sagte Elsa Walden tonlos: »Paul Krug ist Annes Neffe. Und ihr Erbe.«

5

Am Morgen in Moosbach und später an diesem Tag in Künzing

»Nach dem Termin mit dem Architekten in Granzbach fahren wir gleich weiter nach Eging und treffen uns dort mit dem Herrn vom Gartenbaubetrieb und mit dem Makler.«

Thekla sah von ihrem Frühstücksteller und dem erst zur Hälfte mit Erdnussbutter bestrichenen Brot auf. »Wieso Makler? Hausverkauf und Grundstückskauf sind doch bereits unter Dach und Fach.«

»Schon«, erwiderte Heinrich. »Aber laut Abmachung hat uns der Makler gegenüber dem Bauträger zu vertreten, bis das Haus bezugsfertig übergeben –«

Das Klingeln des Telefons unterbrach ihn. Er stand auf und ging in den Flur, um den Anruf entgegenzunehmen. Als er zurückkam, war sein Gesichtsausdruck schwer zu deuten. »Hilde möchte dich sprechen.«

Thekla begriff, dass Heinrich sich nicht anmerken lassen wollte, wie sehr ihn Hildes Anruf beunruhigte.

Zu Recht, dachte sie, vollkommen zu Recht.

Ihr selbst ging es ja genauso. Ein Anruf von Hilde morgens um neun verhieß nichts Gutes.

Bestenfalls wollte sie nur die Lage besprechen, schlimmstenfalls hatte sie einen Auftrag für Thekla, der gefährlich werden konnte.

Sie drückte auf die Lautsprechertaste, sodass Heinrich mithören konnte. Keine Heimlichkeiten, sagte sie sich. Ich will überhaupt nicht die Möglichkeit haben, Heinrich zu hintergehen.

Noch am Abend zuvor hatte sie ihm von den gestrigen Geschehnissen erzählt. Heinrich war erschüttert gewesen. Am meisten wohl darüber, dass er mit Wu, seinem einstig besten Freund, all die Jahre nicht mehr zusammengekommen war;

dass Wu gestorben war und er es nicht einmal mitbekommen hatte.

Das hatte alles andere in den Hintergrund gedrängt, und Thekla hatte sich fragen müssen, inwieweit Heinrich eigentlich registriert hatte, dass Anne Ungerers Tod Alis Argwohn erregte, dass es in Künzing gestern einen Mord gegeben hatte – und dass sie und Hilde von einem Unbekannten niedergeschlagen worden waren.

»Wir treffen uns um halb eins bei Riesinger in Künzing«, sagte Hilde ohne lange Vorrede.

Thekla bemühte sich gar nicht, den aufsteigenden Ärger darüber zu unterdrücken, dass Hilde einfach so über sie verfügte. »Heinrich und ich haben Termine.«

»Was für Termine?«

Thekla zählte Verschiedenes auf, wobei ihr Ärger zunahm. War sie Hilde Rechenschaft schuldig?

Hilde schien ihre Verstimmung bemerkt zu haben, denn sie sagte in auffällig sanftem Ton: »Bitte, Thekla. Kannst du es nicht irgendwie einrichten? Wir müssen über unseren Fall reden. Und Riesinger in Künzing passt heute als Treffpunkt am besten. Wally fährt nämlich in einer Stunde mit Ali nach Vilshofen und geht zu Anne Ungerers Haus. Mal sehen, wen sie dort vorfindet. Ich fahre nach Künzing und versuche, dort diesen Xaver aufzutreiben, von dem die Joggerin gestern gesprochen hat. Vielleicht weiß er ja was über den Pantomimen auf dem Podest. Ich will diesen Kerl finden. Ich wette, *er* hat uns im Tunnel angegriffen und danach Wally erschreckt. Und ich wette, *er* ist der Mörder von dem Toten im Museum.«

»Suchen *wir* nicht nach dem Mörder von Anne Ungerer«, entgegnete Thekla bissig, »während sich die Polizei um den Pantomimen kümmert? Was hat der Tote aus dem Museum mit Anne Ungerer zu tun? Und sag jetzt nicht, die beiden Fälle müssen zusammenhängen, weil Anne Ungerer auch im Quintana-Museum gestorben ist.«

Darauf blieb Hilde zunächst die Antwort schuldig. Erst

nach einer Weile erwiderte sie: »Aber komisch ist das schon. Findest du nicht?«

Thekla fand, dass es hin und wieder auch Zufälle gab. Aber bevor sie Hilde davon in Kenntnis setzen konnte, flüsterte die beschwörend: »Bitte, Thekla. Bitte lass mich nicht im Stich.«

Es war verstörend, Hilde so eindringlich bitten zu hören.

Während Thekla noch mit widerstreitenden Empfindungen kämpfte, fühlte sie Heinrichs Hand auf ihrem Arm. Ein kurzer Druck, dann ließ er wieder los.

Thekla zog fragend die Brauen hoch.

Heinrich nickte und raunte: »Ich bin es ihm schuldig.«

Da sagte sie Hilde zu.

Heinrich umfasste Theklas Taille, als sie an den Frühstückstisch zurückkehrten. »Künzing liegt praktisch auf dem Weg von hier nach Eging. Ich kann dich bei Riesinger aussteigen lassen und das mit dem Makler und dem Herrn von der Gartenbaufirma allein erledigen. Besprecht die Lage. Aber kein Risiko mehr. Wenn es brenzlig wird, will ich dabei sein.«

Thekla nickte mit gemischten Gefühlen. Woher wusste man, wann es brenzlig werden würde?

Heinrich fing ihren skeptischen Blick auf, drückte sie an sich und küsste sie auf den Mund. »Ich weiß, was ich seit Ewigkeiten predige: Finger weg von Mordermittlungen. Aber …«, er schob sie ein wenig von sich weg und strich ihr liebevoll über die Wange, »… aber allmählich glaube ich, dass es eine Art Vorsehung gibt – Schicksal, höhere Gewalt, egal, wie du es nennen willst. Und ich fürchte, je hartnäckiger man diesem Geschick zu entkommen versucht, desto erbarmungsloser packt es einen am Schlafittchen.«

Thekla trat einen Schritt zurück und starrte ihn erschrocken an. »Heinrich, das ist purer Aberglaube.«

Er schüttelte den Kopf. »Das ist pure Erfahrung. Gegen den Strom zu schwimmen führt irgendwann zu Erschöpfung. Besser, sich vom Fluss mittragen zu lassen und Vorkehrungen gegen das Ertrinken zu treffen.«

Thekla setzte sich und biss in ihr Erdnussbutterbrot, weil sie nicht wusste, was sie darauf antworten sollte.

»Zwölf Uhr dreißig. Auf die Minute pünktlich«, sagte Heinrich mit einem Blick auf seine Armbanduhr, als er auf dem Parkplatz vor dem Backstuben-Bistro Riesinger anhielt, um Thekla aussteigen zu lassen.

Sie lächelte vage und fragte sich, ob der Mystiker in ihm dieses minutengenaue Eintreffen für einen Fingerzeig hielt; für einen Beweis, den richtigen Kurs eingeschlagen zu haben.

Sie verabschiedete sich mit einer Umarmung und nickte, als er sie bat, im Café auf ihn zu warten. »Ich kann wirklich nicht sagen, wie lange die Verhandlungen dauern werden.«

»Spielt keine Rolle«, antwortete sie. »Bei Riesinger sitze ich im Schlaraffenland. Da haben sogar die Speerspitzen einen Schokoguss.«

Als Heinrich davonfuhr, winkte sie ihm eine Weile nach, dann ging sie nachdenklich auf den Eingang zu.

Sie wusste nicht recht, was sie mit der neuen Seite anfangen sollte, die sie heute an ihm entdeckt hatte. Was hatte seine Reaktion auf Hildes Anruf zu bedeuten? Noch nie zuvor hatte er auch nur einen Anflug von Fatalismus gezeigt. Glaubte er insgeheim an den »Einen Großen Göttlichen Plan«?

Nein, dachte Thekla. Heinrich ist durch und durch Realist. Was aber hatte ihn derart aufgeweicht?

Hilde machte ihr von einem Tisch an der Panoramascheibe aus Zeichen. Wally und Ali drehten die Köpfe und lächelten.

»Hallo«, sagte Thekla, als sie zu ihnen trat.

»Hallo«, kam es freundlich von Ali; Wally rief es geradezu euphorisch.

Sie hatte glühend rote Backen und wirkte aufgedreht.

Hilde zog aus Protest gegen das ihr verhasste unbayerische Begrüßungswort eine Augenbraue hoch, enthielt sich jedoch einer Bemerkung. Stattdessen deutete sie zum Tresen, um Thekla daran zu erinnern, dass an den Tischen nicht bedient wurde. Sie, Wally und Ali hatten bereits Tassen und Kuchenteller vor sich stehen. Ali hatte sich eine Speerspitze genehmigt. Wally stach mit einem seligen Lächeln in ein Stück Nusstorte.

Verwundert machte sich Thekla auf den Weg zur Kuchentheke. Gestern Abend war Wally noch ein bleichgesichtiges Häufchen Elend gewesen, heute wirkte sie wie Reklame für Rotbäckchensaft.

Konnte Ali die Ursache sein?

Möglich, dachte Thekla, während ihr Blick lustlos über die Auswahl in der Vitrine schweifte. Es wird ihr gefallen haben, sich von ihm chauffieren zu lassen. Zuerst nach Vilshofen und später dann offenbar von dort nach Künzing.

Sie musste schmunzeln, als sie sich vorstellte, wie Ali Süßholz geraspelt hatte: »Hast du es bequem, Wally, oder sollen wir die Sitzlehne flacher stellen? Ist dir auch warm genug, Wally? Im Handschuhfach liegen Pfefferminzbonbons, möchtest du eins, Wally?«

Theklas immer breiter werdendes Grinsen trug ihr einen erstaunten Blick der Kuchenverkäuferin ein. Hastig bestellte sie eine Orangenschnitte, wobei ihr durch den Kopf ging, dass Ali schwerlich der einzige Grund für Wallys Verwandlung sein konnte. Er mochte dazu beigetragen haben, keine Frage, aber da musste noch mehr sein.

Wally macht den Eindruck, als hätte sie das große Los gezogen, dachte sie, während sie zusah, wie die Milch für den Latte macchiato in den Becher schäumte.

»Fünf fünfzig«, sagte die Verkäuferin.

Thekla bezahlte, nahm Kuchenteller und Kaffeeglas und konzentrierte sich darauf, beides unversehrt an den Tisch zu bringen.

Hilde blickte ihr mit geradezu triumphierender Miene entgegen. »Wally hat den Schlüssel gefunden.«

Anstatt nun zu fragen: »Welchen Schlüssel? Wofür?«, stellte Thekla Teller und Glas auf den Tisch und ließ sich auf den für sie reservierten Stuhl fallen.

Hilde wirkte ein wenig enttäuscht, beeilte sich jedoch zu erklären: »Wally hat herausgefunden, dass der Tote vom Museum Anne Ungerers Neffe und – hör gut zu – ihr Erbe war. Was sagst du dazu?«

Wally blickte sie derart erwartungsvoll an, dass Thekla nicht anders konnte, als zu sagen: »Du bist ja ein weiblicher Sherlock Holmes, Wally.«

Wallys Wangen färbten sich noch eine Nuance röter.

Hilde gab ein leises Schnauben von sich. »Genug applaudiert. Wally sonnt sich bereits ausgiebig in ihrer Großtat. Wir haben Wichtigeres zu tun. Wir haben einen Doppelmörder zu überführen. Oder glaubst du jetzt etwa immer noch an Zufall, Thekla?« Die Frage klang fast drohend.

Thekla steckte sich eine Gabel voll Orangencreme in den Mund und ließ sich die Sache durch den Kopf gehen. Falls Anne Ungerer – wie der Totenschein besagte – eines natürlichen Todes gestorben war, würde es sich sehr wohl um einen Zufall handeln. Aber auch wenn nicht …

»Weißt du, was *für* einen Zufall spricht?«, sagte sie zu Hilde.

Hilde runzelte die Stirn.

»Dass der Mörder so dämlich gewesen sein soll, beide am gleichen Ort umzubringen.«

Hilde schoss einen erzürnten Blick auf sie ab. »Was soll daran dämlich sein? Wie du weißt, wird Anne Ungerers Tod nicht als Mord gehandelt. Niemand außer uns hätte einen Zusammenhang hergestellt.«

Das ist richtig, dachte Thekla. Trotzdem.

»Und damit hab ich verdammt noch mal recht«, sagte Hilde.

Thekla nickte gefügig. Worüber hatte Heinrich heute Morgen philosophiert? Über Strömungen, denen man folgen sollte, anstatt gegen sie anzukämpfen.

»Es geht ums Erbe«, erklärte Ali. »Hab ich es nicht gleich gesagt?«

»Sehr richtig«, stimmte ihm Hilde zu.

»Dann müssen wir wohl herausfinden, wer der Nächste in der Erbfolge ist«, merkte Thekla an.

Wally hatte soeben den letzten Bissen ihres Tortenstücks hinuntergeschluckt. Sie wischte sich mit der Serviette den Mund ab und schaute in die Runde. »Wisst ihr, was komisch gewesen ist?«

Ali kam Hilde zuvor, die unverkennbar zu einer beißenden Replik ansetzen wollte. »Was denn, meine Liebe?«

Thekla versuchte, ihm nachzueifern und eine höflich-interessierte Miene zu zeigen, was ihr nicht halb so gut gelang wie ihm.

Wally schien jedoch von Theklas Mienenspiel durchaus angetan, denn sie wandte sich ihr zu und begann, von ihrem Zusammentreffen mit dem mutmaßlichen Mafioso zu berichten.

Thekla hörte ihr eine Weile zu, bis Hilde der Sache ein Ende bereitete. »Ach Wally, dein Mafioso ist wahrscheinlich der Heimatpfleger gewesen.«

Thekla musste lachen, aber Wally schien ernsthaft darüber nachzudenken.

Nach einer Weile sagte sie: »Und wisst ihr, was noch komisch war?«

Hilde verdrehte die Augen.

»Wie Frau Walden von Paul Krugs Tod erfahren hat«, fuhr Wally fort. »Mitten in unserem Gespräch hat es an der Tür geklingelt, sie ist hinausgegangen und hat aufgemacht. Gleich darauf ist sie mit der Zeitung zurückgekommen und hat gesagt, Frau Hesse hätte sie ihr gegeben. Ist das nicht seltsam?«

Drei Augenpaare sahen sie entgeistert an.

Wally schien einen Moment lang verwirrt, dann setzte sie hinzu: »Irma Hesse ist doch die andere Mitbewohnerin. Wieso klingelt sie mitten am Vormittag an der Haustür, wenn sie Frau Walden die Zeitung geben will?«

Hilde reagierte als Erste. Sie machte eine wegwerfende Handbewegung. »Herrgott, Wally. Dafür kann es tausend Gründe geben. Vielleicht wollte die Hesse nicht ins Zimmer platzen, weil sie gemerkt hat, dass die Walden Besuch hatte – aber warten, bis der Besuch weg war, wollte sie natürlich auch nicht. Dafür war die Meldung zu brisant. Durch den Tod des Neffen könnte sich für die beiden Damen noch mal einiges ändern. Zu ihrem Nachteil oder zu ihrem Vorteil. Je nachdem, wem das Haus in die Hände fällt. Womit wir wieder beim Thema wären, genauer gesagt bei der Frage: Wer hatte ein Interesse daran, sowohl Anne Ungerer als auch ihren Neffen um die Ecke zu bringen? Und die Antwort darauf –«

»Heißt Erbschleicherei«, stieß Ali heftig hervor.

Hilde drückte seine Hand. »Und wir werden es beweisen.«

Am Tisch breitete sich Schweigen aus, jeder hing seinen Gedanken nach, bis Hilde zusammenfassend vor sich hin zu murmeln begann: »Anne Ungerer stirbt – wie, wissen wir *noch* nicht. Ihr Neffe Paul Krug beerbt sie. Bevor er auch nur annähernd in den Genuss seines Erbes kommt, wird er umgebracht. Wer ist der Nächste in der Erbfolge? Der Mörder? Oder muss dieser Kerl noch mehr Menschen umbringen, bis er an Anne Ungerers Vermögen kommt?« Sie klatschte mit der flachen Hand auf den Tisch. »Wer, in drei Teufels Namen, steckt letztlich dahinter?«

Bevor Wally zu einem Einwand ansetzen konnte, der fraglos Hildes Ausdrucksweise bemängeln sollte, fügte Hilde hinzu: »*Das* müssen wir herausbekommen.«

In diesem Moment begriff Thekla, dass sie überhaupt keine Wahl hatten. Sie mussten den Fall klären. Denn taten sie es nicht, konnte das Morden noch weitergehen.

»Laut Zeitungsbericht war Paul Krug alleinstehend«, sagte Ali nachdenklich. »Das deckt sich mit dem, was Anne über ihn erzählt hat. Es wird nicht einfach herauszufinden sein, wer sein Erbe ist.«

»Es sei denn, er hätte ein Testament hinterlassen«, entgegnete Thekla.

Ali hob die Schultern. »Das würde bedeuten, wir müssten warten, bis das Nachlassgericht –«

»Spinnst du?«, fuhr ihm Hilde über den Mund. »Das kann ewig dauern.«

Ali zog schuldbewusst den Kopf ein, und Thekla überkam das Bedürfnis, ihm den Rücken zu stärken. »Manche Dinge lassen sich halt nicht übers Knie brechen. Und außerdem, was könnten wir schon tun, wenn wir wüssten, wer jetzt erbt? Ihn Tag und Nacht beschatten? Wetten darüber abschließen, ob ihm Gefahr droht oder Gefahr von ihm ausgeht?« Sie sah Hilde herausfordernd an, doch die reagierte nicht, sondern brütete nur dumpf vor sich hin. Da fügte Thekla streng hinzu: »Wir müssen irgendwie anders ansetzen.«

Hilde stieß einen kleinen verächtlichen Lacher aus, der Thekla ärgerte. Wollte Hilde nun sachdienlich ermitteln, oder wollte sie die Stimmung vermiesen?

Ali hob den Blick und wandte sich mit ernster Miene an Wally. »Hast du mit Frau Walden auch über Annes Gesundheitszustand gesprochen? Hat sie dir bestätigen können, dass Anne kerngesund war?«

»Nicht direkt«, erwiderte Wally. »Aber sie hat erwähnt, dass Anne sehr gesundheitsbewusst gelebt hat – wenig Fleisch, viel Obst und Gemüse, wie es halt immer gepredigt wird – und dass sie großen Wert darauf gelegt hat, sich ausreichend mit Vitaminen und Mineralstoffen zu versorgen. Eines der Küchenschränkchen soll immer voll von Nahrungsergänzungsmitteln gewesen sein.«

»Was eine natürliche Todesursache nicht unbedingt ausschließt«, warf Thekla ein.

Sie verbiss sich ein Grinsen, als Hilde auf einmal wieder lebendig wurde. »Natürliche Todesursache. Als ob das noch in Frage käme nach allem, was wir inzwischen wissen.«

»Eine Obduktion könnte einiges klären«, sagte Thekla.

Hilde zog die Stirn in Falten. »Exhumierung und Obduktion der Leiche. Dazu braucht es einen richterlichen Beschluss, der nie und nimmer …«

Sie unterbrach sich, weil Ali die Hand gehoben hatte. »Anne ist eingeäschert worden.«

Hilde hob kämpferisch das Kinn. »Spielt keine Rolle. Ob unter der Erde oder zu Asche verbrannt, an ihre Leiche kämen wir sowieso nicht ran. Aber der Teufel soll mich holen, wenn wir nicht trotzdem rauskriegen, was geschehen ist.«

Thekla konnte ihr Erstaunen nicht verbergen. Woher wohl diese Energieschübe kamen, die Hilde immer wieder hochschnellen ließen wie ein Stehaufmännchen?

»Hast du eigentlich diesen Xaver aufgetrieben, wegen dem du nach Künzing gefahren bist?«, fragte sie.

»Das war nicht schwer«, antwortete Hilde mit einer wedelnden Handbewegung. »Ich habe einfach dort und da nach ihm gefragt. Eine Frau, die gerade den Bürgersteig vor ihrem Haus gekehrt hat, hat auf einen Abfallkorb gezeigt, und da war er. Hat offenbar nach Pfandflaschen gesucht.« Hildes Gesicht verzog sich abschätzig. »Ein Penner, wie er im Buche steht. Schmutzige Kleidung, Schnapsfahne, Triefaugen. Die Frau hat mir noch erzählt, dass er in einem alten Eisenbahnwaggon wohnt.«

»Und?«, hakte Thekla nach, als Hilde verstummte und nach ihrer Tasse griff. »Hast du mit ihm gesprochen?«

Hilde verschluckte sich beinahe. »Ja, was denkst du denn? Dass ich sein verwässertes Hirn angezapft habe?«

Thekla seufzte. Hilde machte es einem wirklich nicht leicht, sie zu mögen. Warum musste sie auf eine simple Frage so misslaunig reagieren?

Die Erklärung dafür kam, als sie hinzufügte: »Der Kerl ist nicht ganz richtig im Kopf.«

Daher also wehte der Wind. Die Informationen, die Hilde von Xaver bekommen hatte, waren nicht aufschlussreich genug oder passten nicht ins Bild oder gaben irgendwie Rätsel auf.

»Was hast du denn von ihm erfahren?«, fragte Thekla nachsichtig.

Hilde rollte die Augen. »Er behauptet, er hätte den Pantomimen – er nannte ihn ›Römerhauptmann‹ – mit dem Podest unter dem Arm die Schulstraße hinuntergehen sehen.«

Thekla sah sie verwirrt an. »Das stimmt ja auch, wir –«

Hilde ließ sie nicht ausreden. »Und so, in voller Montur und mit dem Podest unter dem Arm, soll der Kerl im Haus

Nummer 7 in der Kastellstraße verschwunden und nicht wieder zum Vorschein gekommen sein.«

»Das allerdings kann wirklich nicht stimmen«, sagte Thekla.

»Eben«, sagte Hilde.

Weil sowohl Ali als auch Wally verständnislose Mienen zeigten, erklärte Thekla: »Xavers Aussage widerspricht ganz eindeutig dem, was wir erlebt haben.«

»Weil er spinnt, der Xaver«, fügte Hilde hinzu.

Ali und Wally blickten noch genauso verständnislos wie zuvor, weshalb Thekla begann, die Sache zu erklären. »Hilde und ich haben die Verkleidung des Pantomimen in der Unterführung neben den Bahngleisen entdeckt. Gleich darauf sind wir angegriffen worden. Als wir dann nachgeschaut haben, war das Zeug weg. Aber später ist das Kostüm wiederaufgetaucht: größtenteils verbrannt in einem Schuppen keine dreihundert Meter vom Tunnel entfernt.« Thekla sah in die Runde. »Wie kann der Kerl in voller Montur in einem Haus in der Kastellstraße verschwunden sein und gleichzeitig seine Verkleidung erst in der Unterführung deponiert und später verbrannt haben?«

»Das haut nicht hin«, sagte Hilde.

Drei Köpfe nickten beipflichtend.

»Trotzdem sollten wir Xavers Aussage überprüfen«, meinte Ali schließlich.

Thekla warf ihm einen anerkennenden Blick zu. »Das müssen wir sogar, wenn wir wirklich gründlich ermitteln wollen.«

»Und wie überprüfen wir sie?«, fragte Hilde barsch.

Thekla tauschte mit Ali einen verschwörerischen Blick, dann lächelte sie amüsiert. »Wir fragen in Haus Nummer 7 der Kastellstraße nach, ob dort ein Römerhauptmann wohnt.«

Hilde schien die Vertraulichkeit zwischen Thekla und Ali zu missfallen, denn sie erwiderte schroff: »Diese Aufgabe kannst du gern übernehmen, Thekla.« Dann wandte sie sich ostentativ an Ali. »Was ich dich schon die ganze Zeit fragen wollte: Ist dir als Elternbeiratsvorsitzender damals in der Grundschule eine Flora Obermeier untergekommen?«

»Flora? Eine echte Heimsuchung.«

»Du kennst sie also?«, stellte Hilde fest.

Ali rollte die Augen. »Mit zehn hat Flora ihr Zimmer angezündet, weil ihr die Eltern kein neues Fahrrad kaufen konnten. Da haben die Obermeiers noch in Deggendorf gewohnt. Sie haben das Glück gehabt, dass die Feuerwache gleich um die Ecke war.« Er stieß einen Seufzer aus. »Von daher kenn ich sie.«

»Hat sie noch öfter gezündelt?«, fragte Thekla.

Ali schüttelte den Kopf. »Das nicht. Aber Anne hat oft von ihr geredet. Sie hat Flora ein Jahr lang in der Klasse gehabt und ist von ihr fast zur Verzweiflung gebracht worden.« Er vereitelte Hildes Einwurf mit einer Handbewegung. »Wirklich schlimm ist es anscheinend geworden, als diese Markenklamotten in Mode gekommen sind. Dabei haben sich die wenigsten Familien so was leisten können. Trotzdem war Flora wie von Sinnen vor Neid und hat eine Menge Schaden angerichtet. Löcher in Kleidungsstücke hineingeschnitten, Farbe drübergekippt, solche Sachen.«

»Reizend«, knurrte Hilde.

»Urgh«, machte Wally unvermittelt.

Drei Augenpaare wandten sich ihr zu und musterten sie verdattert.

Wally starrte die Eingangstür an, aus ihren Wangen war alle Farbe gewichen.

Thekla folgte ihrem Blick und sah an der Tür einen großen, etwas korpulenten Mann stehen, der offenbar gerade hereingekommen war. Er trug einen schwarzen Mantel, den er aufgeknöpft hatte. Unter dem offenen weißen Hemdkragen blinkte es silbern. In der Hand hielt er eine sichtlich schwere Aktentasche.

Der Mann schaute sich suchend um.

Wally sank in sich zusammen, als wollte sie sich unsichtbar machen. »Der Mafioso. Das ist der Mafioso.«

Sie hatte im Flüsterton gesprochen, was dazu führte, dass Hilde laut nachfragte: »Das ist wer?«

Wally legte erschrocken den Finger auf den Mund, dann antwortete sie verhalten: »Der Mann, den ich heute Vormittag in Vilshofen beobachtet habe, wie er Fotos von Anne Ungerers Haus gemacht hat.«

Der Mann hatte inzwischen einen freien Tisch entdeckt, steuerte darauf zu, setzte sich und förderte aus seiner Aktentasche einen Laptop zutage.

Hilde durchbohrte ihn mit Blicken.

Mit einem Räuspern machte Ali auf sich aufmerksam. »Höchste Zeit für mich.« Er pochte auf das Zifferblatt seiner Armbanduhr. »Um fünfzehn Uhr muss ich in Regensburg antreten. Lehrgang Digitalfunk.« Er nickte in die Runde, dann erhob er sich.

Wally sprang behände auf.

Hilde packte sie am Arm und hielt sie fest. »Du bleibst hier, kannst ja auch mit mir heimfahren oder mit Thekla.«

Sichtlich enttäuscht ließ Wally sich zurück auf die Sitzfläche plumpsen.

Ali winkte ihnen noch kurz zu, im nächsten Augenblick war er bereits verschwunden.

Hilde hatte sich schon wieder mit Kommandostimme an Wally gewandt. Mühelos übertönte sie ein quengelndes Kind am Nachbartisch. »Du bleibst jetzt hier sitzen und behältst diesen Mafioso im Auge. Sobald du merkst, dass er an seinem Laptop arbeitet, stehst du auf und holst dir ein Stück Kuchen am Tresen. Auf dem Hin- und Rückweg gehst du ganz langsam an ihm vorbei und versuchst zu erkennen, was auf dem Bildschirm steht. Und setz deine Brille auf, schließlich kannst du dich ja nicht über seine Schulter beugen.« Sie ließ eine kleine Pause entstehen, dann fragte sie scharf: »Hast du kapiert?«

Wally zeigte ein erschrockenes Krötengesicht. Offenbar wollte sie zu einem Protest ansetzen, aber Hilde sorgte dafür, dass es nicht dazu kam.

Abrupt schwenkte sie zu Thekla herum. »Und du machst dich auf den Weg zu Haus Nummer 7, Kastellstraße.«

»Zu Ihren Wünschen, Madame«, erwiderte Thekla spitz. »Und was gedenkt Madame höchstselbst zu tun?«

Sie erwartete eine gepfefferte Retourkutsche, doch überraschenderweise senkte Hilde den Blick und begann, auf der Unterlippe zu kauen.

Nach einer Weile sagte sie halb zu sich selbst: »Wenn mir nur einfallen wollte, wie ich an eine Blutprobe des Opfers kommen könnte.« Als weder Thekla noch Wally etwas darauf erwiderten, fuhr sie lauter fort: »Man wird Paul Krugs Leiche noch gestern Nachmittag nach München ins gerichtsmedizinische Institut gebracht haben. Da liegt sie jetzt im Kühlfach. Heute, spätestens morgen wird er obduziert. Der Autopsiebericht kommt unter Verschluss. Keine Chance, ihn in die Finger zu kriegen.«

»Warum willst du ihn denn haben?«, fragte Wally.

»Weil die Blutgruppe des Opfers drinsteht«, erwiderte Hilde. »Eine Blut*probe* wäre mir allerdings lieber.«

»Aber wozu …«, begann Wally, sprach jedoch nicht weiter, als Hilde schulmeisterlich den Zeigefinger hob.

»An der Stelle in der Kirchenallee in Künzing, wo der Centurio-Pantomime gestern auf seinem Podest stand, haben Thekla und ich ein blutverschmiertes Papiertaschentuch und Blutspuren gefunden. Das Taschentuch haben wir vorsichtshalber mitgenommen. Wir haben gedacht, er hätte sich verletzt oder Nasenbluten gehabt. Aber …«, sie pochte mit dem Finger auf die Tischplatte, »… das Blut könnte durchaus von Paul Krug stammen.«

Thekla brauchte keine Sekunde, um zu erfassen, was Hilde meinte.

Die versuchte indessen, es auch Wally begreiflich zu machen. »Stell dir mal folgenden Ablauf vor: Krugs Mörder schlüpft sofort nach der Tat, die er im toten Winkel einer Videokamera begangen hat, in das Kostüm eines Centurios oder hat es bereits an. Derart verkleidet kann er sich durch die Räume im Quintana-Museum bewegen, ohne später auf den Bändern erkannt zu werden. Er erregt nicht einmal Verdacht, weil die Besucher ihn für eine besondere Attraktion halten. Einzig und allein der Direktorin würde er auffallen, weil sie weiß, dass sie keinen Centurio-Darsteller engagiert hat.« Hilde dachte einen Augenblick nach, dann fügte sie hinzu: »Das Risiko muss er eben eingehen. Vielleicht hat er sogar einen Plan für den Fall, dass er ihr begegnet.« Sie verstummte und schien darüber nachzudenken.

Als eine halbe Minute vergangen war und Hilde noch immer nicht weitersprach, übernahm Thekla: »Unbehelligt verlässt er nach der Tat das Museum und führt die Pantomime in der Kirchenallee auf. Kein schlechter Schachzug, sich so öffentlich zu präsentieren.«

»Ein perfektes Ablenkungsmanöver«, warf Hilde ein. »Aber offenbar ist ihm dabei ein kleines Missgeschick passiert.«

Sie nickte Thekla aufmunternd zu, und Thekla fuhr fort: »Irgendwo unter seiner Kleidung muss er die blutige Speerspitze verborgen haben. Bevor er auf das Podest stieg, hat er sie mit einem Papiertaschentuch abgewischt, weil er sie ja als Requisit verwenden musste.« Sie wandte sich fragend an Hilde. »Meinst du, er hat das Taschentuch dann einfach weggeschmissen?«

Hilde verneinte. »Bestimmt nicht. Ich wette, er wollte es einstecken und hat es dabei verloren.«

»Eigentlich müsste er ja auch Blutspritzer auf die Kleidung bekommen haben«, überlegte Thekla laut.

»Die auf dem roten Stoff vom Umhang und auf dem braunen Ölpapier aber nicht aufgefallen sind«, erwiderte Hilde. »Allerdings muss sich in irgendeiner Falte von dem Ölpapier etwas Blut angesammelt haben, das später herausgetropft ist.«

»So könnte es natürlich gewesen sein«, gab Thekla ihr recht. »Aber es kann auch eine ganz andere Erklärung für die Blutspuren geben.«

Wally hatte, wie die Zuschauer bei einem Tennisspiel, abwechselnd von Hilde zu Thekla geblickt, je nachdem, wer gerade sprach. Sie wirkte verwirrt, schien auf ein Resümee zu warten.

Thekla tat ihr den Gefallen und brachte die Sache auf den Punkt. »Schau, Wally, wenn es sich so zugetragen hat, wie Hilde und ich gerade beschrieben haben, dann klebt an dem Taschentuch das Blut des Opfers. Und wenn wir das beweisen könnten …«

»Dann hätte die Geschichte Hand und Fuß«, vervollständigte Wally den Satz scharfsinnig.

»Dazu brauchen wir eine Vergleichsprobe«, machte Hilde deutlich.

»Vom Mordopfer?«, vergewisserte sich Wally.

Hilde verdrehte die Augen.

»Vom Mordopfer«, bekräftigte Thekla. Im selben Moment traf sie die Erkenntnis. Sie sah Wally mit einem wissenden Lächeln an.

Die nickte wie zur Bestätigung. »An meinem Jackenärmel war Blut, und an meinem Hosensaum auch. Ich hätte die Sachen heute Vormittag in die Reinigung gebracht, wenn ich nicht mit Ali –«

Hilde packte sie unvermittelt bei den Schultern. »Das ist ja großartig! Grandios ist das. Wally, meine Liebe, du kannst dich entspannt zurücklehnen. Ich kümmere mich selbst um den Mafioso.« Sie warf einen Blick zu ihm hinüber. »Er tippt gerade was ein. Sobald ich mir angesehen habe, was auf dem Display steht, brechen wir auf. Ich bring dich nach Hause, und du gibst mir die Sachen mit den Blutspuren.« Als sie Anstalten machte aufzustehen, erhob sich auch Thekla.

»Willst du auch auf den Bildschirm vom Mafioso schauen?«, fragte Wally ängstlich.

Thekla schüttelte den Kopf. »Ich habe doch einen Auftrag zu erledigen. In der Kastellstraße, Haus Nummer 7.«

Thekla hatte den Ortsplan von Künzing mittlerweile so weit im Kopf – schließlich waren sie gestern quer durch den Ort gegondelt und hatten zuvor die Strecke vom Backstuben-Bistro Riesinger zum Museum Quintana zu Fuß zurückgelegt –, dass sie den kürzesten Weg zur Kastellstraße kannte.

Zielstrebig lief sie den Mithrasweg entlang, an dem sich zu ihrer Rechten der Fußballplatz befand. Links stand ein Schild mit der Aufschrift »Mithras Heiligtum«. Hinter dem Schild erstreckte sich eine rechteckige Fläche, auf der – anscheinend wahllos verstreut – etliche Steine lagen.

Schade, dachte Thekla. Schade, dass nicht ein bisschen mehr von dem Tempel übrig geblieben ist. Wenn wenigstens noch Fundamente zu sehen wären, Säulenfragmente, hier ein Sockel, da ein Pfeiler.

Sie dachte an den Römerpark in Ruffenhofen, den sie vor Jahren einmal mit ihrem Bruder besucht hatte. Von den Rekonstruktionen dort war sie damals sehr beeindruckt gewesen.

Gleich hinter dem Fußballplatz machte der Mithrasweg einen Knick und mündete in die Kastellstraße. Hier fand sich Thekla dem Amphitheater gegenüber. Man hatte einen Teil davon nachzubauen versucht, doch so prachtvoll die Arena im Jahr 140 nach Christus auch gewesen sein mochte, so verloren wirkte der Halbkreis aus Holzbohlen jetzt.

Thekla warf einen Blick auf die nächstbeste Tür und fand ein Schild mit der Hausnummer 11. Eilig kehrte sie um. Nummer 7 musste zwei Häuser weiter zurück auf der gleichen Straßenseite liegen.

Nach wenigen Schritten stand sie davor.

Das Haus war einstöckig und sauber weiß getüncht. Besonders wohlhabend schienen die Bewohner jedoch nicht zu sein, denn alles war recht schlicht gehalten, und der Zahn der Zeit hatte dort und da Spuren hinterlassen, die nach einer aufwendigeren Renovierung verlangten, als die Besitzer sich offenbar leisten konnten.

Über einen gepflasterten Vorplatz ging Thekla auf die Haustür zu. Ungefähr in Augenhöhe war eine mit Ranken verzierte Scheibe aus Keramik daran befestigt, in deren Mitte in Großbuchstaben »Familie Weber« stand. Thekla drückte auf den Klingelknopf rechts an der Mauer.

Bereits nach wenigen Augenblicken ging die Tür auf.

Thekla sah sich einer jungen Frau gegenüber, die ihr bekannt vorkam.

Doch erst als sie fragte: »Suchen Sie etwa immer noch nach Ihrer Freundin?«, wusste Thekla, wen sie vor sich hatte.

Sie stand der Joggerin gegenüber – Inge hieß sie, erinnerte sich Thekla –, mit der sie tags zuvor an Heuerspecks Weiher zusammengetroffen waren.

6

Zur selben Zeit im Café Riesinger

Hilde pirschte sich von hinten an den Mafioso heran, spähte auf den Bildschirm seines Laptops und schluckte einen groben Fluch hinunter. Das Display spiegelte ein Wasserglas und ein Milchkännchen wider.

Liegt am Lichteinfall, dachte sie und beugte sich ein wenig nach links, woraufhin sie die Spiegelung eines Kerzenständers betrachten konnte.

»Verdammt.«

Der Mafioso wandte den Kopf.

Hilde verkniff sich einen weiteren Fluch und ging weiter.

An der Kuchentheke erstand sie mit Bedacht ein Gebäckstück, das aus je einer dünnen Teigplatte oben und unten, ansonsten aber ausschließlich aus Sahnecreme bestand.

Dann machte sie sich daran, zum Platz des Mafioso zurückzukehren, als führte der Weg zu ihrem Tisch dort vorbei. Sie trat unsicher auf, tat, als wäre ihr ein wenig schwindelig; schwankte ein paarmal; ließ den Kuchenteller, den sie vor sich hertrug, schlingern.

Zwei Schritte vor dem Mafioso geriet sie aus dem Gleichgewicht, taumelte vorwärts, musste sich an seiner Tischkante festhalten. Der Kuchenteller fiel ihr aus der Hand und landete kopfüber neben der Tastatur des Laptops.

Hilde richtete sich auf, begann Entschuldigungen zu stammeln und griff nach dem Teller. Dabei geriet sie erneut aus der Balance. Sie musste sich abstützen, wobei ihre flache Hand unglücklicherweise auf der Rückseite des Tellers landete. Wie vorgesehen, quoll eine dicke Schicht Sahnecreme darunter hervor.

Hilde schnitt eine Grimasse, um ihr Grinsen zu kaschieren.

Der Mafioso war aufgesprungen, fasste sie an den Schultern und drückte sie auf seinen Stuhl. »Bitte setzen Sie sich. Bleiben Sie ganz still sitzen«, er sah sich suchend um, »ich hole jemanden, der sich darum kümmert«, und hastete davon.

Sich ins Fäustchen lachend blickte Hilde auf den Bildschirm.

Doch was sie sah, ließ sie erschrocken Luft holen.

Das E-Mail-Programm war geöffnet. Im Textfeld befand sich eine Nachricht, die offenbar versendet werden sollte. Sie lautete: »Sehr geehrter Herr Held, wie soeben besprochen, sollten Sie vorsichtig zu Werke gehen, zumal sich nun doch gezeigt hat, dass die Nachfolge nicht zufriedenstellend geklärt ist. Ich schlage deshalb vor, auf einer Bankbürgschaft zu bestehen. Viele Grüße, Elmar Mock«.

Mit einem Blick auf die Kopfzeile stellte Hilde fest, an wen die Mail ging: »heinrich.held@t-online.de.«

Schockschwerenot!

Hilde merkte kaum, wie ihr hochgeholfen und sie an ihren Tisch geführt wurde, von dem aus Wally dem Mafioso – wie war sein Name noch mal? Elmar Mock, ja, so hatte er die Mail unterschrieben – frenetisch winkte, um ihm zu bekunden, wo Hilde hingehörte.

Sie registrierte nicht einmal, was Mock sagte, als er ihr den Stuhl zurechtrückte, sah allerdings Wally lächeln und nicken.

Hilde war viel zu bestürzt, um einwandfrei zu funktionieren.

Eines der Mädchen, die an der Theke bedienten, kam und stellte eine Sahneschnitte vor sie hin.

Hilde nahm keine Notiz davon.

Heinrich Held. Theklas Ehemann. Was hatte er mit dem Mafioso zu schaffen? Was hatte es zu bedeuten, dass dieser Kerl Heinrich darauf hinwies, die Nachfolge sei nicht geklärt? Wessen Nachfolge? Annes?

Es gelang ihr nur unzureichend, ein Stöhnen zu unterdrücken. Hatte sie Thekla nicht eindringlich davor gewarnt, diesen Mann zu heiraten, von dem man so gut wie nichts wusste? Was waren schon ein, zwei Jahre Bekanntschaft? Nicht einmal ein halbes Prozent von den fast sechzig, auf die Thekla, sie und Wally zurückblicken konnten, um es mal rechnerisch auszudrücken.

Hilde schüttelte heftig den Kopf, um ihn wieder klar zu bekommen. Wally schien ihr Kopfschütteln zu missdeuten, denn sie sagte erfreut: »Du willst die Sahneschnitte nicht? Dann esse ich sie halt. Kann man ja nicht verkommen lassen, das luftiglockere Schnittchen.« Mit einem gespielten Seufzer fügte sie hinzu: »Der heutige Nachmittag kostet mich garantiert zwei volle Tage Früchtefasten.«

Hilde schloss die Augen und blendete Wallys Stimme aus.

Heinrich Held. Theklas Mann. War er tatsächlich der Adressat von Mocks E-Mail?

Heinrich Punkt Held, wiederholte sie in Gedanken, T minus online.

Stimmt, stimmt genau. Von dem Postfach hat Thekla mir schon mal eine Nachricht geschickt.

Es schien also gewiss: Heinrich Held und der Mafioso standen in Verbindung. Aber in welcher?

Hilde rieb sich die Stirn, sah geistesabwesend zu, wie Stück um Stück der Sahneschnitte in Wallys Mund verschwand, genüsslich gekaut und geschluckt wurde; wie Wallys Augen dabei glänzten.

Die Mail könnte ganz harmlos sein, gab Hildes Ratio zu bedenken. Mock empfiehlt Heinrich Held, »vorsichtig zu Werke zu gehen«, weil »die Nachfolge nicht geklärt ist«. Was war daran verdächtig?

Nichts.

Im richtigen Kontext gelesen allerdings: alles.

Es stellte sich nämlich die Frage, inwieweit Heinrich mit den Ungerers verbandelt war. Mehr, als Thekla wusste?

Das Schaben von Metall auf Porzellan schreckte sie auf. Sie hob den Blick und schaute zu, wie Wally die letzten Sahnereste von ihrem Teller kratzte. Als sie mit einem Aufseufzen die Gabel weglegte, stand Hilde auf.

»Lass uns nach Hause fahren.«

Wally sah sie überrascht an. »Wolltest du nicht den Mafioso beobachten?«, fragte sie flüsternd.

Hildes Blick wanderte zu Mocks Tisch hinüber. Man hatte alles aufgewischt und ein frisches Gedeck für ihn aufgetragen. Er saß vor dem Bildschirm und schien etwas zu lesen. Vielleicht die Antwort auf seine Mail?

Was auch immer, dachte Hilde, ich werde es nicht zu Gesicht bekommen.

Sie hatte nicht nur Mocks Aufmerksamkeit, sondern die sämtlicher Gäste im Raum zu sehr auf sich gelenkt, um einen weiteren Vorstoß wagen zu können.

Sollte sie Wally schicken?

Nach kurzer Überlegung entschied sie sich dagegen. Mock wusste, dass sie beide zusammengehörten. Er würde Lunte riechen, wenn nun Wally in seiner Nähe auftauchen und versuchen würde, ihn auszuspionieren. Und ganz abgesehen davon hatte Wally nicht unbedingt ein Händchen für derartige Aktionen.

»Komm«, sagte sie. »Es hat keinen Zweck, länger hier herumzusitzen. Oder willst du noch mehr Kalorien in dich reinstopfen?«

Hilde rümpfte die Nase, als sie den Wagen im Hof der Tischlerei Maibier abstellte und ihr Blick über die Fassade des Wohnhauses glitt.

Hinter schier jedem Fenster blühten Orchideen.

Herrgott noch mal, dachte sie, ist Wally sich denn für gar keinen Fimmel zu schade? Die Pflege solcher Exoten muss doch einen Haufen Zeit und Mühe kosten. In früheren Jahren hat unser Bilderbuch-Hausmütterchen mit Geranien auf der Balkonbrüstung geprotzt, heutzutage präsentiert sie unter der Halbgardine reihenweise Venusschuh und Konsorten.

Hilde stieg aus und fasste erneut die Fensterbänke ins Auge. Dicht an dicht standen die Töpfe mit den Orchideen. Sämtliche Gardinen waren so weit gekürzt, dass die Blütenpracht auch von draußen gründlich bewundert werden konnte.

Sie öffnete den Mund, um eine bissige Bemerkung über Wallys fatale Anfälligkeit für Angebote in Werbeprospekten loszuwerden, schloss ihn jedoch wieder, weil Wally mitten im Hof stocksteif stehen geblieben war.

Als Hildes Blick auf den Hauseingang fiel, wurde ihr klar, warum.

Sepp Maibier war aus dem Haus gekommen und stand in drohender Haltung auf der obersten Stufe.

Sie hörte Wally geräuschvoll einatmen. Es klang wie ein Schluchzer.

Mit resoluter Miene wandte Hilde sich ihr zu, um ihr mitzuteilen, dass es verdammt noch mal gelacht wäre, wenn sie sich von Maibier, diesem Trottel, diesem Dünnbrettbohrer (das sollte buchstäblich gemeint sein), Angst einjagen ließe.

Bevor sie jedoch etwas sagen konnte, machte ihr Wally verstohlen ein Zeichen und raunte mit fast unbewegten Lippen: »Bitte, Hilde, misch dich nicht ein. Bitte fahr nach Hause.«

Hilde blieb reglos stehen und starrte sie an.

»Bitte«, flüsterte Wally flehentlich. Tränen sammelten sich in ihren Augen.

Da gab sich Hilde einen Ruck, kehrte um und stieg wieder ins Auto.

Doch anstatt den Motor anzulassen, blieb sie mit verschränkten Armen sitzen. Die erste Bitte würde sie Wally erfüllen. Die zweite nicht.

Sie musste die blutbefleckte Kleidung haben. Deshalb würde sie hier warten, bis Sepp Maibier wieder von der Bildfläche verschwand, was garantiert über kurz oder lang geschehen würde.

Hilde hatte zwar keine Ahnung, wie sie es anstellen konnte, eine Blutprobe von Wallys Kleidung mit einer vom Papiertaschentuch vergleichen zu lassen, aber das würde sich finden. Vielleicht würde sich Thekla ja diesmal breitschlagen lassen, ihre Cousine, deren Sohn Geschäftsführer eines Testlabors war, um den Gefallen zu bitten. Melissa konnte schlecht ablehnen.

Hatten sie, Thekla und Wally damals nicht den Mörder ihrer Schwiegertochter überführt?

Nachdem Sepp Maibier ein kurzes, offenbar barsches Gespräch mit Wally geführt hatte, sah sie ihn zu seinem im Hof geparkten Mercedes stapfen, sich hineinwerfen und davonbrettern.

Hilde stieg aus dem Wagen und ging auf die Haustür zu, wo Wally stand und ihr entgegensah.

»Bei uns ist eingebrochen worden.«

»Aha«, machte Hilde.

Waren Einbrüche in Wohnhäuser heutzutage nicht fast an der Tagesordnung?

Wally schniefte. »Heute Vormittag. Und Sepp gibt mir die Schuld dafür.«

»Weil du nicht daheim gewesen bist?«

Wally deutete ein Kopfschütteln an. »Weil ich immer das Klofenster offen lasse.«

»Was ist denn alles gestohlen worden?«, erkundigte sich Hilde mehr aus Höflichkeit denn aus echtem Interesse.

»Ich glaube, nichts.«

»Wie, nichts?«

Wally zuckte die Schultern. »Mein Schmuck ist noch da, sagt Sepp, das Bargeld, das Silberbesteck, die Videokamera …«

Hilde trug sich mit dem Gedanken, Maibier könne nicht mehr ganz zurechnungsfähig sein, bis ihr einfiel zu fragen: »Und wie hat dein Mann feststellen können, dass bei euch eingebrochen wurde?«

Wally winkte sie ins Haus.

Das Erste, was Hilde empfand, als sie die Verwüstung sah, war Mitgefühl für Wally. Wenn man wusste, wie Wally an all dem Krimskrams hing, den sie herumstehen hatte; wenn man miterlebt hatte, wie sie jedes Porzellandöschen und jedes Glasschälchen, jedes Blümchen und Bildchen hätschelte und pflegte, dann konnte man nicht anders, als sie zutiefst zu bedauern.

»Ich helfe dir beim Aufräumen«, sagte Hilde spontan und

begann, den Inhalt einer Schublade aufzusammeln, den der Einbrecher am Boden verstreut hatte.

Wally schaute ihr zu, rührte sich nicht von der Stelle.

»Willst du warten, bis dein Mann zurück ist?«, fragte Hilde.

Da kam eine Spur von Leben in Wally. Sie bückte sich, hob ein Häkeldeckchen auf, legte es auf eine Kommode und strich es sorgfältig glatt.

Immerhin ein Anfang, dachte Hilde und versagte es sich, Wally anzutreiben. Sie würde schon noch in Fahrt kommen.

Und so war es auch.

Nachdem sie eine gute Stunde intensiv gearbeitet hatten, waren die Räume im Hause Maibier wieder vorzeigbar, wenn auch noch längst nicht so adrett wie zuvor.

»Bist du sicher, dass nicht doch was gestohlen worden ist?«, fragte Hilde.

Wally schaute sich im Wohnzimmer um, als sähe sie die Einrichtung zum ersten Mal. »Da fehlt nichts. Überhaupt nichts. Schau, sogar der kleine Elefant aus Jade ist noch da.«

Wer will solchen Firlefanz schon haben, dachte Hilde. Laut sagte sie jedoch: »Na schön, vielleicht findet die Polizei ja heraus, auf was der Einbrecher scharf gewesen sein könnte.«

Wally nickte. »Sepp hat sie gleich gerufen.«

Sepp Maibier war mittags heimgekommen, um die Einzelteile für den Schanktisch zu holen, der in der Dingolfinger Gaststätte eingebaut werden musste. Er hatte alles aufgeladen und war dann ins Haus gegangen, weil er annahm, dass ihn dort das verdiente Mittagessen erwartete. Stattdessen hatte er ein Tohuwabohu vorgefunden.

Unbeholfen tätschelte Hilde Wallys Wange, die schlaff hinunterhing und ihr mehr denn je das Aussehen einer Kröte gab. »Das wird schon alles wieder, Wally. Kopf hoch. Setz dich aufs Sofa und trink ein Likörchen. Dann hast du gleich bessere Laune.«

Als Wally den Rat befolgen und sich auf die Couch sinken lassen wollte, hielt Hilde sie jedoch zurück. »Aber zuvor musst du mir noch die Jacke und die Hose mit den Blutspuren geben, damit ich einen Vergleich machen lassen kann.«

Wally verließ umgehend das Zimmer.

Wenige Augenblicke später kam sie mit leeren Händen zurück. »Die Sachen sind nicht mehr da.«

Hilde sah sie ungläubig an. »Willst du damit sagen, dass sie gestohlen worden sind?«

Wally zuckte die Schultern. »Ich weiß nicht. Ich weiß bloß, dass sie nicht mehr da sind. Gestern Abend habe ich sie in eine Tüte getan, weil ich sie ja heute früh in die Reinigung bringen wollte. Die Tüte habe ich dann in der untersten Kommodenschublade verstaut, damit der Sepp sie nicht findet. Aber da ist sie jetzt nicht mehr.«

»Da ist sie jetzt nicht mehr«, wiederholte Hilde leiernd. »Da ist sie jetzt nicht mehr.« Dann tat sie das, was sie Wally eben zu tun geraten, letztlich aber verhindert hatte. Sie ließ sich auf die Couch sinken.

Wally holte zwei Gläser und eine Flasche Mariacron aus der Vitrine und schenkte ein.

Hilde griff nach einem Glas und stürzte den Inhalt hinunter. »Kreuzkruzitürken«, stieß sie hervor. »Der Einbruch kann doch nicht wegen der paar Blutspritzer auf deiner Hose …«

Sie unterbrach sich, weil Wally ein Gesicht machte wie eine mitten ins Herz getroffene Kröte.

»Schon gut, Wally«, fuhr sie nach kurzem Besinnen fort. »Ich will deinen Herrgott ja nicht beleidigen. Aber ich begreife das nicht. Was hätte denn der Täter von dem Diebstahl?«

Wally nippte an ihrem Glas. »Er wollte nicht, dass du die Blutspuren vergleichen kannst.«

»Das ist die Sache nicht wert.« Hilde schüttelte den Kopf. »Was hätte er damit gewonnen? Selbst wenn das Blut auf dem Papiertaschentuch mit dem auf deiner Kleidung übereinstimmt, sagt das ja noch nichts über die Person des Täters aus, gar nichts. Es sagt uns allenfalls, dass die Mordwaffe möglicherweise mit dem Taschentuch abgewischt wurde. So ein schwaches Indiz ist doch das Risiko eines Einbruchs nicht wert.« Sie lehnte sich zurück und legte die Stirn in grüblerische Falten.

»Vielleicht hat er nach dem Armband gesucht«, sagte Wally.

»Was denn für ein Armband?«

»Ich hatte es ganz vergessen«, sagte Wally hörbar schuldbewusst.

»Was für ein Armband?«, wiederholte Hilde drohend. »Sag schon.«

»Als ich im Quintana-Museum den Toten entdeckt habe«, begann Wally mit dünner Stimme, »da habe ich mich zu ihm hinuntergebeugt, weil ich ... Na ja, ich hab ja nicht gewusst, dass er tot ist. Ich hab mich so tief hinuntergebeugt, dass ich mich mit einer Hand abstützen musste. Anscheinend habe ich mich genau da aufgestützt, wo das Armband gelegen hat, und dabei ist es dann an meiner Handfläche kleben geblieben.« Sie verstummte, doch als von Hilde keine Reaktion kam, setzte sie hinzu: »Es war so ein Armband, wie Kinder es mögen, aus geflochtenen Plastik- oder Lederschnüren. Und ich habe natürlich gemeint, eins der Kinder hätte es verloren.«

Hilde schnaubte. »So wird es auch gewesen sein. Außerdem gibt es Tausende von diesen Dingern. Danach hat der Einbrecher bestimmt nicht gesucht. Was hast du denn damit gemacht?«

Wally schürzte nachdenklich die Lippen, was ihr das Aussehen einer vor sich hin pfeifenden Kröte gab. »Ich erinnere mich, dass ich es lange Zeit in der Hand gehalten habe. Aber irgendwann habe ich es dann wohl in die Hosentasche gesteckt.«

»Spielt sowieso keine Rolle«, erwiderte Hilde. »Das Armband kann uns nicht den kleinsten Hinweis auf seinen Besitzer geben.«

»Vielleicht schon«, entgegnete Wally. »Solange ich es in der Hand hatte, habe ich es vor Aufregung ständig herumgedreht und befingert, und dabei habe ich ganz deutlich ein Metallplättchen gespürt, auf dem was eingeritzt war.«

Hildes Oberkörper schnellte nach vorn. »Warum sagst du

denn nicht gleich, dass an dem Armband ein Namensschild befestigt war? Damit sieht die Sache natürlich ganz anders aus. Das Ding könnte tatsächlich dem Täter gehören, und weil sein Name draufsteht, hätte er allen Grund gehabt, es sich zu holen.« Während sie sprach, hatte sie sich geschäftig vom Sofa erhoben. »Wenn keins der Kinder so ein Armband vermisst, dürfen wir davon ausgehen, dass der Mörder hier danach gesucht hat. Er muss mitbekommen haben, wie du es eingesteckt hast.« Sie schaute Wally durchdringend an. »Wo ist es denn?«

Wally blickte erstaunt zurück. »In der Hosentasche natürlich, falls ich es wirklich …« Sie verstummte, weil Hilde einen gotteslästerlichen Fluch ausstieß.

»Hilde. Nein. Bitte.«

»Wenn's doch wahr ist!«, rief Hilde zornig. »Wenn's doch wie verhext ist. Alles, was uns weiterhelfen könnte, ist weg – futsch – über alle Berge.«

Wally ließ traurig den Kopf hängen, spielte verlegen mit dem Schraubdeckel der Branntweinflasche.

Auf einmal atmete sie scharf ein, und ein frohes Lächeln überzog ihr Gesicht. Sie sah nun überhaupt nicht mehr aus wie eine Kröte.

Irritiert hob Hilde die Brauen. »Hat deine Himmelmutter gerade ein Wunder gewirkt?«

Wally nickte begeistert. »Ich glaube schon. Mir ist da was eingefallen.«

Hildes Brauen wanderten noch ein Stück höher.

»Mir ist eingefallen«, sagte Wally, »dass an meinen Schuhen auch Blut war. Und einer ist noch da. Ich habe ihn ganz unten im Putzschrank verstaut, weil ich ihn erst kurz vor der Leerung in die Mülltonne werfen wollte.«

»Her damit, bevor der uns auch noch durch die Lappen geht«, rief Hilde.

Nachdem Wally ihr den Schuh in einem Karton übergeben hatte, hatte sie es auf einmal eilig. Sie hielt sich nicht mit langen Abschiedsfloskeln auf, stürmte aus dem Haus, hastete zu ihrem Wagen und fuhr in einem Wirbel trockener Blätter davon.

Im Rückspiegel sah sie noch kurz Wallys verdutztes Gesicht, das im Wohnzimmerfenster neben einer lila blühenden Orchidee zu hängen schien.

Zu Hause angekommen, machte sie sich sogleich daran, die Blutspuren zu sichern. Wenn ein Vergleich auch nicht den großen Durchbruch bringen würde, ein kleiner Schritt nach vorn war es allemal.

Hilde bewaffnete sich mit einem Küchenmesser, tauchte es einige Minuten lang in kochendes Wasser und benutzte es dann, um einige mit Blut verbackene Erdklümpchen von Wallys Schuh abzukratzen. Ihre Ausbeute ließ sie in eine sterile Tüte rieseln. Das blutverschmierte Papiertaschentuch hatte sie noch am gestrigen Abend steril eingetütet, es lag auf dem Küchentresen bereit.

Hilde verstaute alles in einem kleinen Karton und wog ihn unschlüssig in der Hand. Sollte sie Thekla einfach übergehen und selbst bei Melissa anrufen, um sie um den Gefallen zu bitten?

Was hielt sie davon ab? Die Vorhaltungen, die Thekla ihr machen würde? Die wären wohl auszuhalten.

Hilde griff soeben zum Hörer, um bei der Auskunft Melissas Telefonnummer in Kiel zu erfragen, als es an ihrer Wohnungstür klopfte.

Wie ertappt hielt sie inne.

»Hatten wir nicht ausgemacht, dass du ab sechzehn Uhr den Bereitschaftsdienst übernimmst?« Rudolf war eingetreten und sah sie tadelnd an. »Hast du vergessen, dass Pfeffer und ich auswärts zu tun haben? Dass ich um halb fünf den verstorbenen Sparkassenleiter von Granzbach nach Straubing überführen muss?«

Hilde sah ihren Neffen mit kalten Augen an. »Der Herr Filialleiter wird sich ein bisschen gedulden müssen. Ich habe nämlich zu tun. Wird wohl noch ein halbes Stündchen dauern, bis ich übernehmen kann.« Ihr Blick wurde versöhnlicher. »Dreißig Minuten«, fügte sie an. »Das ist doch kein Beinbruch, oder?«

Rudolf brauchte einen Moment, um das zu verdauen, denn normalerweise versäumte Hilde keine Gelegenheit, sich im Bestattungsinstitut wichtigzumachen. Meist hatte er seine liebe Mühe, sie in die Schranken zu weisen, und nun auf einmal hatte sie etwas Wichtigeres zu tun. »Aber der Herr –«, begann er.

»Der Herr Filialleiter hat alle Zeit der Welt«, schnitt ihm Hilde das Wort ab.

Rudolf griff sich an die Stirn und marschierte stumm davon.

Das ärgerte Hilde, deshalb eilte sie ihm bis zur Treppe nach und rief hinunter: »Banker gehören sowieso auf dem Schindanger verscharrt. Blutsauger und Halsabschneider allesamt.«

Ihre Wut – speziell auf die Bankfiliale in Granzbach – kam nicht von ungefähr. Zu Lebzeiten ihres Mannes hatten die Westhölls dort ein Girokonto gehabt, das nach seinem Tod nicht mehr genutzt wurde, aber noch einen gewissen Betrag aufwies. Vor einigen Wochen hatte die Bank Hilde nun mitgeteilt, es sei erloschen, weil das Guthaben durch die im Laufe der Jahre angefallenen Gebühren aufgebraucht worden war.

Fuchsteufelswild hatte Hilde daraufhin ihre Anlagen und ihr Konto einer Onlinebank übertragen, um – wie sie jedem, der es hören wollte oder nicht, mitteilte – sich »nicht mehr ausnehmen lassen zu müssen wie ein geschlachtetes Hühnchen«.

Alles war inzwischen unter Dach und Fach, aber im Zuge der Umstellung war Hilde zuweilen in tiefe Verzweiflung geraten. Zwar durchaus mit gewissen Tätigkeiten am Computer vertraut, war sie anfangs mit der Eingabe von Zugangscodes, dem Ausfüllen elektronischer Überweisungen, dem TAN-System, dem Abrufen von Daten und all diesen Dingen ziemlich überfordert gewesen.

Die Erinnerung daran ließ sie vor sich hin schimpfend über den Flur zurück zu ihrer Wohnung marschieren. »Ackermann und Konsorten … Millionen verpulvert … Geburtstagsfeier für Landrat … Haufen Prominenz … Zeiten seit Heinrich dem Achten von England kein bisschen geändert …« Sie verstummte; zum einen, weil ihr die Luft ausging, zum andern, weil sie merkte, wie sehr der Vergleich hinkte, war jener König doch eher für seine Frauengeschichten als für seine Verschwendungssucht berühmt.

Nachdem sie die Wohnungstür hinter sich geschlossen hatte, fiel ihr Blick wie fast immer auf die gerahmte Fotografie ihres Mannes, die über der Dielenkommode hing. Sie pochte mit dem Finger auf das Revers des Sakkos, das Gregor darauf trug. »Was wir heutzutage wieder dringend bräuchten, ist einer wie Robin Hood. Ein Malefizkerl mit dem Herz am rechten Fleck.«

Von den dreißig Minuten, die Hilde sich gegenüber Rudolf ausbedungen hatte, vergingen zehn, bis sie Frau Dr. Bosch-Salman am Telefonapparat hatte.

Melissa hatte sie einstweilen ad acta gelegt. Vermutlich war es doch besser, Thekla mit dem Auftrag an ihre Cousine zu betrauen. Sie selbst wollte sich vorerst um das Armband kümmern, das Wally im Museum Quintana gefunden hatte.

»Warum interessieren Sie sich dafür?«, erwiderte Elvira Bosch-Salman auf Hildes Frage, welche Klasse aus welcher Schule tags zuvor im Museum gewesen war.

Hilde war nicht darauf vorbereitet, eine Begründung liefern zu müssen, suchte hektisch nach einem Vorwand, fand keinen und sagte sich schließlich, dass man mit der Wahrheit manchmal am besten beraten sei. Also erzählte sie, ein Armband hätte sich gefunden, erwähnte jedoch nicht, an welcher Stelle, und hütete sich zu gestehen, dass sie es gar nicht in Besitz hatte. »Ich möchte die Kinder fragen«, schloss sie etwas lahm, »ob eins von ihnen es verloren hat.«

Sie bemerkte Elvira Bosch-Salmans Zögern und wollte ihr

schon pampig kommen, da sagte die Museumsdirektorin: »Es ist ja wirklich nett von Ihnen, dass Sie sich so eine Mühe machen wollen. Aber die Schüler und Schülerinnen sind aus Passau angereist. Ich fürchte, extra dorthinzufahren, ist die Sache dann doch nicht wert.«

Verdammt, dachte Hilde. Verdammt, verdammt, verdammt. Dreimal verdammter Mist. In diesem verdammten Mordfall lief aber auch gar nichts, wie es sollte.

Sie wollte Elvira Bosch-Salman gerade zustimmen und sagen: »Ja, das würde wohl zu viele Umstände machen«, als ihr einfiel, wie sie ganz einfach an die gewünschte Auskunft kommen konnte: Warum nicht die Klassenlehrerin einspannen?

Sie bat Elvira Bosch-Salman um deren Telefonnummer.

Erneut zögerte die Museumsdirektorin. Dann sagte sie: »Ich rufe die Lehrerin an und bitte sie, sich mit Ihnen in Verbindung zu setzen.«

Hilde platzte der Kragen. »Herrgott noch mal. Nun machen Sie nicht so ein Geheimnis aus allem und jedem. Was ich von Ihnen wissen will, könnte ich auch auf zig andere Arten herausfinden. Aber es würde mich Zeit kosten, die Sie mir ersparen können.«

Am anderen Ende der Leitung war es eine Weile still, dann sagte Elvira Bosch-Salman: »Also gut. Die Klassenlehrerin heißt Foger und ist unter folgender Nummer zu erreichen.«

Hilde beeilte sich mitzuschreiben. Nachdem sie die Ziffern wiederholt hatte, bedankte sie sich und wollte auflegen, doch auf einmal wurde die Museumsleiterin gesprächig.

»Frau Foger hat mir erzählt, dass der Museumsbesuch im Rahmen eines neuen Unterrichtsprojekts stattgefunden hat. Eine Woche lang besichtigen die Schüler und Schülerinnen Sammlungen historischer Gegenstände an unterschiedlichen Orten in der Region. Dadurch soll ihnen unsere Heimatgeschichte nahegebracht werden.«

Meinetwegen, dachte Hilde. Sie interessierte sich nicht die Bohne für pädagogische Experimente auf welcher Ebene auch immer. Andere Auskünfte hätte sie allerdings schon gern gehabt.

Durch Elvira Bosch-Salmans unerwartete Zugänglichkeit ermuntert, wagte sie es, sich vorzutasten: »Was für ein Glück, dass die Kinder schon fort waren, als der Tote gefunden wurde.«

Sie hörte die Museumsleiterin leise seufzen. »Die Sache ist ohnehin schlimm genug. Was für ein Unsegen für unser Museum.«

Hilde ging durch den Sinn, dass dieser »Unsegen« das Museum Quintana in die Schlagzeilen gebracht hatte, was sich sicherlich positiv auf die Besucherzahlen auswirken würde, verbot sich jedoch, den Gedanken laut auszusprechen.

Stattdessen sagte sie: »Sobald man den Mörder überführt hat, ist der Schaden behoben. Und das wird bestimmt nicht lange dauern. Eine Ihrer Videokameras muss ihn ja auf Band haben.«

Erneut vernahm sie einen Seufzer, bevor Elvira Bosch-Salman antwortete. »Mit Sicherheit befindet er sich auf einem der Filme. Aber wie könnte man ihn identifizieren?«

Deine Chance, Hildegard Westhöll, sagte sich Hilde und machte einen weiteren Vorstoß. »Meine beiden Freundinnen und ich sind ja zur Tatzeit vor Ort gewesen. Möglicherweise könnten wir zur Aufklärung beitragen, wenn wir die Bänder zu sehen bekämen.«

Sie merkte sofort, dass sie zu weit vorgeprescht war. Elvira Bosch-Salmans Stimme klang argwöhnisch, als sie antwortete: »Selbst wenn sich die Videobänder nicht in Gewahrsam der Polizei befänden, dürfte ich sie niemandem zeigen.«

Damit verabschiedete sie sich recht unterkühlt.

Hilde schaute besorgt auf die Wanduhr über dem Sofa im Wohnzimmer. Es blieben ihr nur noch ein paar Minuten, aber für das Gespräch mit der Klassenlehrerin musste die Zeit reichen.

Sie wählte die Mobilfunknummer, die Elvira Bosch-Salman

ihr genannt hatte, und erschrak, als sofort abgehoben wurde. Im Hintergrund vernahm sie lautes Stimmengewirr.

»Verstehe«, sagte Frau Foger, nachdem Hilde ihr Anliegen vorgebracht hatte. »Selbstverständlich frage ich, ob jemand so ein Armband verloren hat.« Sie lachte nervös, als sie fortfuhr: »Ehrlich gesagt, hatte ich gehofft, unser Busfahrer wäre am Apparat, um mir zu sagen, dass die Panne schnell behoben sein wird.« Weil Hilde nicht gleich darauf antwortete, fügte sie hinzu: »Ich sitze nämlich mit der ganzen Klasse in Scheuerbach fest. Der Bus, der uns nach Hause bringen sollte, steht drei Straßen weiter in einer Werkstatt.«

Hilde blinzelte verwirrt. Scheuerbach? Was machten die Passauer Schüler in Scheuerbach?

»Wir haben heute im Rahmen unseres Unterrichtsprojekts den Scheuerbacher Steinbruch besucht«, erzählte Frau Foger. »Haben eine Menge über den Granitabbau erfahren und die dazugehörige Ausstellung besichtigt. Aber als wir nach Passau zurückfahren wollten, hat uns ein Defekt der Türautomatik einen Strich durch die Rechnung gemacht.«

Hilde hörte nicht mehr hin.

Die ganze Bagage hockt in Scheuerbach fest, dachte sie. Was für eine Gelegenheit, Fragen zu stellen! Womöglich hatte jemand aus der Klasse Beobachtungen gemacht, die sich als aufschlussreich erwiesen.

Abermals warf sie einen Blick auf ihre Uhr. Die dreißig Minuten waren um.

Hilde spielte mit dem Gedanken, Rudolf einfach sitzen zu lassen und auf der Stelle nach Scheuerbach zu fahren. Doch damit würde sie zwei Risiken eingehen. Zum einen konnte der Schaden am Bus bereits repariert sein, bis sie dort ankam; zum andern würde sie damit Rudolfs Geduld auf eine harte Probe stellen. Und das war die Sache nicht wert. Denn in den für ihren Geschmack viel zu langen Phasen, in denen es keinen Mordfall zu klären gab, war die Mitarbeit im Bestattungsinstitut ihr ganzer Lebensinhalt.

Plötzlich spielte ein Lächeln um ihren Mund. Es gab eine

Möglichkeit, die beiden Risiken zu umgehen und dennoch in Erfahrung zu bringen, was die Schulkinder bei ihrem Besuch im Museum Quintana so alles mitbekommen hatten.

Wally konnte innerhalb weniger Minuten am Steinbruch sein.

7

Bald darauf in Scheuerbach

Wally hatte eineinhalb Stunden damit verbracht, gründlich Ordnung zu machen, hatte nebenbei ein bisschen umdekoriert und fleißig abgestaubt.

Kurz nach fünf. Noch eine knappe halbe Stunde, bis sie das Abendbrot für Sepp herrichten musste.

Sie warf einen müden Blick in den Hof. Sollte sie die Zeit zum Fegen nutzen? Trübselig betrachtete sie die Blätterhaufen und den Streifen Sägemehl, der sich von der Werkstatttür bis zum Holzlagerplatz zog, und fühlte ihre Arme schwer werden. Morgen. Morgen früh würde sie mit frischer Kraft loslegen. Jetzt würde sie lieber ein bisschen ausruhen – mit einer Illustrierten auf der Couch.

Als sie sich gerade niederlassen wollte, kam Hildes Anruf.

»Zum Steinbruch fahren und die Schulkinder aushorchen«, wiederholte Wally, was Hilde ihr gerade aufgetragen hatte. »Aber –«

»Nix aber«, fiel ihr Hilde ins Wort. »Weg mit dem Staubwedel und rein ins Auto. Beeil dich, verdammt noch mal. Der Schaden am Bus kann jeden Moment behoben sein, dann wird die Schulklasse abgeholt. Wenn du ein bisschen Gas gibst, kannst du in zwei Minuten am Steinbruch sein, Himmelherrgott.«

Wally schloss kurz die Augen und schickte ein Stoßgebet zur Himmelmutter. »Sie meint es nicht so. Sie meint es überhaupt nicht so. Sie kann nichts dafür. Sie ist schon immer so arg gewesen.«

Mehr als die herrischen Anweisungen, die Hilde ihr erteilt hatte, kränkten sie die Flüche, von denen sie begleitet waren. Sie unterließ es jedoch, ein Wort darüber zu verlieren. Es wäre ihr wohl kaum gut bekommen.

Statt also von Hilde zum x-ten Mal mehr Ehrfurcht vor

Gott und seinem heiligen Reich zu fordern, antwortete sie gefügig: »Bin ja schon unterwegs.«

Wally fackelte tatsächlich nicht lang. Galt es doch nicht nur, vor Abfahrt der Schulklasse am Steinbruch, sondern auch – und das war der wichtigere Punkt – vor ihrem Mann wieder zu Hause zu sein.

Sie parkte ihren klapprigen VW Polo am Ausstellungsgelände des Granitwerks. Erst vor Kurzem war sie mit Sepp zusammen hier gewesen, um neue Begrenzungspfeiler für die Zufahrt zur Tischlerei auszusuchen, deshalb wusste sie, dass es einen Pavillon mit einer kleinen Cafeteria gab. Wahrscheinlich würde sich die Schulklasse dort aufhalten.

Schon etliche Meter vor dem Eingang merkte sie, dass sie richtig vermutet hatte, denn das Geschrei drang bis ins Freie.

Nachdem sie eingetreten war, blieb Wally an der Tür stehen und fragte sich, wie sie sich bemerkbar machen sollte.

Drinnen herrschte heilloses Getümmel.

Zwei Jungen veranstalteten eine wilde Verfolgungsjagd, rannten im Zickzack durch den Raum. Ein Mädchen war aufs Fensterbrett geklettert und bewarf die Mitschüler mit Papierknäueln. Ein anderes balgte sich mit einem Jungen, der gut einen Kopf kleiner war als sie. Dort und da hatten sich Grüppchen gebildet, in denen es zappelte und wogte. Zwei Mädchen in löchrigen Jeans fläzten auf dem Fußboden.

Wally schaute sich suchend um, konnte jedoch nirgends einen Erwachsenen entdecken. Vermutlich war die Cafeteria für alle übrigen Besucher geschlossen und ausschließlich der Schulklasse zur Verfügung gestellt worden. Aber wo steckte die Lehrerin?

Sie schrak zusammen, als sie plötzlich von der Seite angesprochen wurde.

»Kommen Sie von der Werkstatt?«

Wally schüttelte den Kopf und stellte fest, dass eine Frau mittleren Alters an sie herangetreten war. Es musste die Lehrerin sein, auch wenn man sie von Weitem nicht von ihren

Schülern unterscheiden konnte. Sie war höchstens eins fünfundfünfzig groß, knabenhaft schlank und gekleidet wie ihre Schützlinge: Jeans, Sweatshirt, Turnschuhe.

»Foger«, sagte sie. »Ich bin die Klassenlehrerin.«

Wally stellte sich ebenfalls mit ihrem Namen vor und erklärte, dass sie wegen des Armbands hier sei.

Mit einem In-die-Hände-Klatschen verschaffte sich die Lehrerin Gehör. »Frau Maibier hat gestern im Museum Quintana ein Armband gefunden und ist extra hergekommen, um zu fragen, ob jemand von euch es verloren hat.« An Wally gewandt fügte sie leise hinzu: »Wo haben Sie es denn?«

Wally erstarrte. Was sollte sie jetzt tun? Mechanisch fuhr ihre Hand in die Hosentasche, obwohl ihr Verstand lauthals brüllte, dass sie dort nichts finden würde. Wenn sie nicht schon wieder lügen wollte – was ohnehin schwierig war, weil sie nicht wusste, was für eine Ausflucht sie vorbringen sollte –, würde sie Farbe bekennen müssen.

Doch bevor sie den Mund aufmachen konnte, raunte ihr Frau Foger ins Ohr: »Verstehe, Sie wollen sich das Armband beschreiben lassen, um sicherzugehen, dass es der wirkliche Besitzer zurückbekommt.« Sie nickte ihr anerkennend zu. »Guter Schachzug.«

Wally hob den Blick zur Decke: Danke, Himmelmutter.

Indessen waren im Raum erneut Stimmen laut geworden, die sich mit Gesumm und Geraschel mischten und eine sich mehr und mehr entfaltende Geräuschkulisse bildeten.

Wieder klatschte Frau Foger in die Hände. »Wer von euch vermisst seit gestern sein Armband?«

Niemand meldete sich.

Frau Foger wandte sich mit einem Lächeln an Wally. »Mir scheint, Sie haben sich umsonst herbemüht.«

Das klang nach Rausschmiss. Aber Wally konnte noch nicht gehen. Sie musste noch fragen, ob den Kindern bei ihrem Besuch im Museum etwas aufgefallen war. Irgendetwas, das ihnen irgendwie komisch vorkam. So hatte Hilde es ihr aufgetragen.

Nur wusste sie nicht, wie sie beginnen sollte.

Himmelmutter, hilf noch mal. Hilf jetzt, flehte Wally.

»Maries Maupiti-Armband ist letzte Woche auf dem Schulhof in einen Gully gefallen«, sagte halblaut eine Kinderstimme.

Wally griff nach dem Strohhalm. »Und wer könnte eines im Museum verloren haben?«

Stimmengewirr kam auf.

Ein Mädchen meldete sich mit Handzeichen, woraufhin der Geräuschpegel wieder sank. »Der Centurio.«

Etliche Mitschüler lachten, wurden jedoch still, als Frau Foger einen strengen Blick abschoss. »Den Unfug hättest du dir sparen können, Selina. Eine Wachsfigur verliert keine Gegenstände.«

Das Mädchen machte ein gekränktes Gesicht und meldete sich erneut. »Da war ja auch ein echter Centurio.«

Diesmal gab es einen kleinen Chor zustimmenden Gemurmels.

Frau Foger wandte sich Wally zu und hob bedauernd die Schultern. »Sie sind völlig überdreht. Diese Projektwoche, ich glaube, sie ist zu anstrengend gewesen.«

»Selina könnte recht haben«, sagte Wally.

Frau Foger sah sie ungläubig an.

Mittlerweile hatten einige der Jungen und Mädchen ihre Handys gezückt und schwenkten sie über dem Kopf. »Ich hab ihn aufgenommen.«

»Ich auch.«

»Ich hab ihn neben dem Eingang.«

»Ich hab ihn vor der Amphore.«

»Darf ich sehen?«, fragte Wally.

Ein Wald von Handys wurde ihr entgegengestreckt.

Im Zickzack, wie zuvor die herumtobenden Jungen, jedoch um einiges langsamer, bewegte sich Wally durch die Cafeteria und begutachtete ein Display nach dem anderen. Der Centurio, der mal schärfer, mal kaum erkennbar abgebildet war, sah aus wie die Wachsfigur am Eingang zur Römerabteilung. Auf fast allen Bildern war jedoch zu erkennen, dass er sich nicht an seinem angestammten Platz befand.

»Mysteriös«, sagte eine Stimme hinter ihr. Erst jetzt merkte Wally, dass Frau Foger ihr gefolgt war und ihrerseits die dargebotenen Displays inspizierte.

»Die Fotos könnten für Ermittlungen wichtig sein«, sagte Wally, »die notwendig sind, weil …« Ihre Stimme versandete.

Frau Foger legte ihr beruhigend die Hand auf den Arm. »Die Kinder wissen Bescheid. Wir haben heute früh in der Klasse über den Mord im Museum Quintana gesprochen.« Sie senkte die Stimme. »Zum Glück waren wir schon weg, als es passiert ist.«

Wally wandte sich an einen Jungen, auf dessen Handy ihr der lebende Centurio am deutlichsten abgebildet schien. »Würdest du mir dein Handy leihen, damit ich das Bild jemandem zeigen kann, der wegen dem Toten im Museum ermittelt?«

Der Junge sah sie einen Moment lang verwirrt an, dann klärte sich seine Miene. »Ich kann Ihnen das Foto doch über WhatsApp schicken.«

Jetzt nahm Wallys Gesicht einen verwirrten Ausdruck an.

»Haben Sie nicht?«, fragte der Junge.

Wally schüttelte den Kopf.

»Das sollten Sie sich echt einrichten. Voll praktisch. Wirklich.« Er grinste in die Runde. Dann schien ihm wieder einzufallen, dass Wally Ansprüche an sein Smartphone gestellt hatte, und er schloss schützend die Hand darum. »Ich kann das Bild auch per SMS schicken. Sagen Sie mir Ihre Handynummer.«

Wally schluckte.

Der Junge sah sie eine Weile abwartend an. Dann breitete sich Entsetzen auf seinem Gesicht aus. »Sie haben kein …?« Offenbar wagte er nicht, das Unvorstellbare auszusprechen.

»Doch, schon«, versicherte ihm Wally eilig. »Aber das liegt zu Hause. Ich hab's nicht mitgenommen.«

Das Entsetzen wich Ungläubigkeit. Wie kannst du ohne Handy herumspazieren?, schien er sagen zu wollen. Das ist ja schlimmer, als hättest du deine Ohren daheimgelassen oder deine Nase. Stattdessen erwiderte er resigniert. »Ich brauch ja nur die Nummer.«

»Die weiß ich nicht auswendig«, gab Wally kleinlaut zu.

Der Junge presste sein Smartphone krampfhaft an die Brust, als fürchtete er, es tatsächlich abliefern zu müssen.

»Kann Ihnen der Micha das Foto vielleicht auf den PC schicken?«, fragte eines der Mädchen.

Wally setzte dazu an, die Frage zu verneinen. Selbstverständlich gab es im Büro der Tischlerei mehrere Rechner, aber keiner stand Wally privat zur Verfügung, und im Gegensatz zu Thekla und Hilde war sie auch nicht vertraut im Umgang damit.

Hilde!

Wally atmete auf, als ihr einfiel, dass sie Hildes E-Mail-Adresse wusste. Erleichtert sprudelte sie sie heraus.

Der Junge tippte die Angaben in sein Smartphone, und schon wenige Augenblicke später blickte er lächelnd auf. »Erledigt.«

Bevor Wally sich bedanken konnte, öffnete sich die Eingangstür, und eine Stimme rief laut: »Der Bus ist abfahrbereit!«

Der Tumult, der sich daraufhin erhob, war ohrenbetäubend. Die Schülerschar schwemmte Wally aus der Cafeteria und spülte sie über den Parkplatz. Um dem Getümmel zu entgehen, verschanzte sie sich hinter einem der Findlinge aus Granit, die das Gelände einfassten. Erst als der Bus abgefahren war, wagte sie es, in ihren Wagen zu steigen und den Motor zu starten.

Wally kam um kurz vor sechs wieder zu Hause an.

Abendbrotzeit hin oder her, sie musste sich zuerst vergewissern, dass Hilde das Foto auch bekommen hatte. Bei ihrem kurzen Gespräch eine Stunde zuvor hatte sie erwähnt, sie müsse bis neunzehn Uhr im Bestattungsinstitut die Stellung halten. Deshalb wählte Wally die Büronummer.

Hilde klang deutlich gereizt, als sie den Hörer abnahm. »Bestattungen Westhöll. Kann ich was für Sie tun?«

Wally zuckte zusammen. Wenn sie vorgehabt hätte, die Dienste des Bestattungsinstituts in Anspruch zu nehmen, hätte sie wohl schleunigst wieder aufgelegt. Stattdessen sagte sie: »Ich bin's bloß, Wally. Hast du das Foto von dem Centurio gekriegt?«

Hilde bejahte. »Hab ich. Ein Centurio ist zu sehen …«

Wally ließ ihr keine Zeit, etwas hinzuzufügen, sondern begann aufgeregt zu berichten, was es damit auf sich hatte.

Doch statt gebührender Anerkennung für ihre gelungene Recherche erntete sie nur unwilliges Grunzen. »Das mit dem lebendigen Centurio im Quintana-Museum wissen wir doch längst. Das haben wir uns doch zusammenreimen können nach dem, was Thekla von dem Gespräch zwischen der Direktorin und dem Polizeibeamten aufgeschnappt hat. Haben die Kinder sonst noch was über ihn gesagt? Ist er einem von ihnen bekannt vorgekommen?«

Wally brauchte ein paar Sekunden, bis ihr klar wurde, dass Hilde nicht vom Polizeibeamten, sondern vom Centurio sprach. »Dafür ist keine Zeit mehr gewesen. Gleich nachdem der Bub das Foto weggeschickt hat, sind sie abgeholt worden.«

Das brachte Wally einen überaus unwilligen Grunzer ein.

»Aber das mit dem Armband habe ich klären können«, beeilte sie sich zu sagen. »Keins von den Kindern vermisst so eins.«

Noch während sie sprach, hörte sie im Hintergrund ein Telefon klingeln. Offenbar wurde im Bestattungsinstitut auf einem weiteren Apparat angerufen.

»Wir treffen uns morgen«, wurde sie knapp abgefertigt, und ehe Wally darauf antworten konnte, hatte Hilde aufgelegt.

Die Nudelsuppe mit Wursteinlage (an Wintertagen legte Sepp Maibier Wert auf eine warme Mahlzeit am Abend) dampfte bereits in den Tellern, als Sepp in die Küche polterte. Er angelte eine Flasche Bier aus dem Kühlschrank, was Wally die Frage durch den Kopf gehen ließ, warum kalte Tage auf Sepps Vorliebe für gekühltes Bier keinen Einfluss hatten.

»Hat sich die Polizei noch mal gemeldet?«, fragte er, nachdem er einen großen Schluck genommen hatte.

Wally verneinte. »Ich glaube nicht, dass die das tun werden. Ist ja nichts gestohlen worden.«

Insgeheim verschränkte sie die Hände unterm Tisch und bat die Himmelmutter um Verzeihung für die Lüge.

Sepp Maibier nahm einen weiteren Zug aus der Flasche. »Wahrscheinlich hast du recht.«

Wally zuckte zusammen, als er gleich darauf mit der flachen Hand auf den Tisch schlug. »Aber wissen möchte ich schon, wer das gewesen ist und wie der Kerl ungesehen bei uns einsteigen konnte. Es ist ja die ganze Zeit jemand auf dem Grundstück gewesen – in der Werkstatt zumindest.«

Dagegen hätte Wally anführen können, dass die Fenster der Werkstatt nicht in den Hof hinausgingen, sondern zum Nachbargarten; dass man also aus der Tür treten musste, um zu sehen, was sich im Hof tat; dass es auf dem Gelände der Tischlerei eine Menge Möglichkeiten gab, sich zu verbergen: Nebengebäude, Holzstapel, die Sauganlage fürs Sägemehl. Aber das alles wusste Sepp ja eigentlich selbst am besten.

Unvermittelt lachte er auf. »Die alte Friedel behauptet natürlich, sie hätte einen vermummten Kerl bei uns herumstreichen sehen. Aber auf die kann man ja nicht gehen. Die ist doch plemplem. Komplett plemplem.«

Offenbar hatte sich Sepp die Mühe gemacht, in der Nachbarschaft herumzufragen, ob jemand einen verdächtigen Besucher bemerkt hatte.

Als ob die Nachbarn – selbst wenn sie Zeit dazu hätten – sich jeden genau anschauen würden, der hier ein und aus geht, dachte Wally. Es kamen schließlich ständig Leute in die Tischlerei, Kunden, Lieferanten, Vertreter. Manchmal stand die ganze Zufahrt voller Autos.

Die Einzige, die tatsächlich nichts anderes zu tun hatte, als am Fenster zu sitzen, war die alte Friedel.

Im Gegensatz zu ihrem Mann war Wally jedoch der Meinung, dass die Alte durchaus bei Verstand war. Allerdings musste man viel Geduld mit ihr haben, weil sie gern vom Thema abkam und selten zurückfand. Diese Eigenart kannte

Wally jedoch von sich selbst und wusste bei Friedel damit umzugehen.

Sepp hatte seinen Teller leer gelöffelt. »Ist noch was von dem Geselchten vom Granzbacher Dorfmetzger da?«

Mit dieser Frage hatte Wally gerechnet, weshalb der Rest von dem Geräucherten, das Sepp neulich nach Hause gebracht hatte, bereits in Gesellschaft saurer Gurken auf einem Brotzeitbrett lag.

»Vielleicht sollte ich mal mit der Friedel reden«, sagte Wally, als Sepp sich über das Geselchte hermachte. »Manchmal kriegt man ja doch was Vernünftiges aus ihr heraus.«

Sepp rümpfte die Nase, nickte aber. »Dann geh halt nachher zu ihr rüber, schaden kann es ja nicht.«

Um kurz nach acht klingelte Wally an Friedels Wohnungstür, die sich so schnell öffnete, als hätte Friedel auf den Besuch gewartet.

So war es wohl auch, denn sie sagte: »Hab ich mir gedacht, dass du noch kommst.«

Auf dem Wohnzimmertisch standen eine ballonförmige Flasche und zwei kleine Gläser bereit. Friedels berühmtberüchtigter Hagebuttenbrand. Schwer, stark und über Jahrzehnte gereift. Was war schon Old Irish Whiskey gegen diesen Stoff? Ein Jungspund bestenfalls.

Zwei Glasfüllungen lang kauten Wally und Friedel das Tagesgespräch in Scheuerbach und Umgebung durch, streiften dabei kurz den Mord in Künzing, der Friedel aber nicht sonderlich zu interessieren schien, ließen den Einbruch bei den Maibiers jedoch hintangestellt, denn das Hauptthema sollte erst nach den Präliminarien an die Reihe kommen. Im Lauf des Gesprächs stellten sie fest, dass sie sich gegenseitig nicht viel Neues zu berichten hatten. Das zwang sie, den Radius weiter über den Landkreis hinaus auszudehnen, und irgendwann sagte Friedel: »Hast von dem Wunder in der Marianen-Kapelle gehört?«

Da musste Wally passen. Weder kannte sie die Marianen-Kapelle, noch wusste sie von einem Wunder.

Friedel genoss es, sie aufzuklären.

Ihrem mit einigen Abschweifungen versehenen Bericht zufolge lag die Marianen-Kapelle auf einer kleinen Anhöhe zwischen Künzing und Vilshofen. Weil vor Jahren einmal antike Votivtafeln und silberne Kerzenleuchter daraus gestohlen worden waren, hatte man den Altarraum mit einem Gitter gesichert. Seither war nur noch ein etwa zwei Quadratmeter großer Vorraum zugänglich, mit dem die Gläubigen vorliebnehmen mussten. Lediglich an Sonntagnachmittagen zur wöchentlichen Andacht wurde die Gittertür geöffnet.

Als der Pfarrer von Hubelweinting, dem Ort, zu dessen Gemeinde die Kapelle gehörte, vergangenen Sonntag das Gitter aufschloss, eine tiefe Kniebeuge machte und dann an den Altartisch trat, sah er mitten auf dem fein bestickten Altartuch ein Kreuz liegen. Es war etwa fünfundzwanzig Zentimeter hoch, ohne Makel und sehr schön gearbeitet. Buche gebeizt, erkannte der Pfarrer mit Expertenblick, der Herrgott handgeschnitzt. Er nahm die Gabe dankbar an. Nur – wo kam sie her?

Am Sonntag zuvor, als er die Gittertür nach der Andacht verschlossen hatte, war das Kreuz noch nicht da gewesen. Den einzigen Schlüssel hatte er wie immer in seiner Schreibtischschublade verwahrt, die absolut tabu war, sogar für die Haushälterin.

Sosehr man sich auch bemühte, eine natürliche Erklärung für das Erscheinen des Kreuzes gab es nicht. So kritisch man auch über die sich daraus ergebende Schlussfolgerung denken mochte, sie war sonnenklar.

Es konnte sich nur um ein Wunder handeln.

Der Pfarrer versuchte gar nicht, das abzustreiten. Und unverzüglich begannen die Pilgerprozessionen.

Halb Hubelweinting zog regelmäßig zur Marianen-Kapelle. Zum einen bat man um ein erhellendes Zeichen, das die Frage nach der Bedeutung des Wunders beantworten sollte, zum andern erflehte man von der in der Kapelle wirkenden wundertätigen Hand Wohltaten für sich selbst.

Wally bekreuzigte sich. »Bist du schon dort gewesen, Friedel?«

Die grinste anzüglich und schenkte die Gläser wieder voll. »Geh, Wally. Ich fall doch nicht auf die Gaunereien von einem Dorfpfarrer rein.«

Wally schlug gleich noch einmal das Kreuzzeichen. »Aber der Gekreuzigte kann nur durch ein Wunder dahingekommen sein.«

Friedel winkte ab. »Na ja, wennst meinst.« Sie nahm einen ordentlichen Schluck. »Aber wegen dem Wunder bist ja nicht rübergekommen zu mir.«

Wally musste sich kurz besinnen, weshalb sie Friedel aufgesucht hatte. »Du hast heut Vormittag einen komischen Kerl bei uns rumstreunen sehen?«

Friedel nickte und holte zu einem weiteren weitschweifigen Bericht aus. »Ich bin am Fenster gesessen, weil nix übers Tageslicht geht, wenn man eine Näharbeit hat. Noch dazu, wenn der Faden schwarz ist. Ich hab mir nämlich den dunklen Mantel …«

Der Kerl wäre Friedel vielleicht gar nicht aufgefallen, obwohl er sich die Kapuze so tief ins Gesicht gezogen hatte, als wollte er nicht erkannt werden. Aber liefen die jungen Leute heutzutage nicht alle so sonderbar rum?

Sie hätte sich also nichts weiter dabei gedacht – wenn sich der Kerl nicht geradewegs in die Büsche geschlagen hätte.

»Bei der Haselnussstaude, wo deine Haserl und deine Zwergerl stehen, da ist er auf einmal weg gewesen. Zuerst hab ich ja gedacht, er ist zum Pinkeln da hinten rein. Weißt, das kommt schon mal vor, dass dir einer von den Kunden in den Garten bieselt. Ich hab dann drauf gewartet, dass er wieder zum Vorschein kommt, aber er ist verschwunden geblieben.«

Wally ließ besagte Haselnussstaude seit Jahren üppig wuchern, um eine Ecke des Gartens zu verdecken, auf die sie nicht besonders stolz war. Früher hatte dort ein kleiner Schuppen gestanden, der irgendwann einmal in sich zusammengefallen war. Wally hatte aufgeräumt, so gut es ging, aber die Balken, ein paar Wandsegmente und ein großes Stück Dachpappe hatte sie nicht wegschaffen können. Mit der Zeit waren Gras und Moos darübergewachsen. Dahinter ragten etliche hohe Fichten auf, die den Blick aufs Nachbargrundstück verwehrten. Wenn man unter den Fichten entlangging, kam man ungesehen an die Rückseite des Maibier'schen Wohnhauses, wo winters wie sommers das Toilettenfenster im Erdgeschoss einen Spalt offen stand.

»Wie hat der Mann denn ausgeschaut?«, fragte Wally.

Friedel zuckte die Schultern. »Ist wie gesagt nicht viel zu sehen gewesen von dem. Kapuze über dem Kopf, Schal um den Hals, dicke Jacke. Hab mir noch gedacht, dass es so kalt ja nun auch wieder nicht ist. Früher, ja früher haben wir die Januarkälte fürchten müssen …«

Wally bekam ausgiebig zu hören, wie streng die Winter in Friedels jungen Jahren gewesen waren, wie hoch der Schnee lag, wie lang er ins Frühjahr hinein liegen blieb.

»Im Mai sechzig ist es gewesen, nein einundsechzig, da haben wir am Kriegerdenkmal noch einen halben Meter …«

Es ging auf elf Uhr zu, als Wally sich nach einem letzten Glas Hagebuttenbrand – »Ein Stamperl trinkst noch. Tut dir gut, der Schnaps. Lässt dich tief schlafen und schön träumen« – von Friedel verabschiedete. Beim Aufstehen schwankte sie ein bisschen, fünf – oder waren es sechs? – Gläser Hagebuttenbrand schienen doch etwas zu viel des Guten zu sein.

»Nimm dir meine Taschenlampe mit«, sagte Friedel mit einem Blick aus dem Fenster. »Der Hauswirt hat das Hoflicht schon wieder ausgemacht, der Knicker. Immer macht er schon um zehn das Hoflicht aus. Nimm die Taschenlampe, dass du mir auf dem holprigen Pflaster nicht noch hinfällst.«

Als Wally in den Hof trat, war sie froh um den Lichtschein, den die kleine Lampe warf. Wie Friedel gesagt hatte, war die Außenbeleuchtung bereits ausgeschaltet, und sämtliche

Hausbewohner schienen schon schlafen gegangen zu sein, denn auch hinter den Fenstern war es dunkel. Der schwache Lichtschein aus dem obersten Stock, wo Friedel wohnte, vermochte nur ein paar Äste der Kastanie zu erhellen, die dafür sorgten, dass nicht einmal Mondlicht einfallen konnte.

Wally beeilte sich, den Hof zu durchqueren und in die gut beleuchtete Zufahrt der Tischlerei Maibier einzubiegen.

Die Hasenfamilie unter der Haselnussstaude blickte ihr treuherzig entgegen.

Wally richtete den Strahl der Taschenlampe auf sie. Das kleinste Häschen stand schief, so, als wäre es umgefallen und hastig wieder aufgerichtet worden. Wally trat näher und bückte sich, um es gerade zu rücken.

Als sie es in die Hand nahm, sah sie, dass ein Ohr abgebrochen war. »Oh nein, du armes Häschen. Wo hast du denn dein Ohr gelassen? Das müssen wir aber schnell finden und dir wieder ankleben.«

Sie leuchtete in konzentrischen Kreisen auf dem Boden herum.

»Wo ist es nur, wo ist es nur, dein süßes, kleines Öhrchen? Es muss doch hier irgendwo sein.«

Sie meinte, die Suche schon aufgeben zu müssen, als sie es endlich fand. Das abgebrochene Stück Keramik war in den weichen Boden getreten worden, sodass nur noch eine helle Spitze herausragte. Wally zog es vorsichtig heraus und wischte die Erde ab. Während sie damit beschäftigt war, hüpfte der Strahl der Taschenlampe wie ein Irrlicht herum, und auf einmal sah sie unter den Fichten etwas aufblitzen. Automatisch machte sie ein paar Schritte in die Richtung und beleuchtete den Erdboden vor sich. Schließlich stieß sie auf eine dieser silberfarbenen Blisterpackungen, wie sie für Tabletten verwendet werden. Die Metallfolie glänzte wie neu, was nur bedeuten konnte, dass sie noch nicht lange da lag. Der Größe der Ausbuchtungen nach musste sie Kapseln enthalten haben. Als Wally sich bückte, um die Packung aufzuheben, sah sie, dass der Erdboden an der Stelle festgetrampelt war, als hätte jemand eine ganze Weile hier gestanden. Außerdem lag dort – nur eine Handbreit von Wallys Schuhspitze entfernt – noch ein benutztes Papiertaschentuch, an dem ihr Blick hängen blieb. Der Rand war mit bunten Luftballons bedruckt.

Wally war viel zu müde und viel zu beschwipst, um komplexe Zusammenhänge herzustellen, aber irgendetwas sagte ihr, dass sie eine wichtige Entdeckung gemacht hatte. Hilde würde alles darüber wissen wollen. Hilde würde den Fund inspizieren wollen, und sie, Wally, hatte dafür zu sorgen, dass die Fundstücke unversehrt bei ihr landeten.

Wally dachte eine Zeit lang darüber nach, wie das zu bewerkstelligen wäre, bis ihr ein Einfall kam. Umständlich band sie ihr Halstuch ab, wickelte die Blisterpackung und das Papiertaschentuch darin ein und stopfte das Päckchen gemeinsam mit dem Hasenohr in ihre Jackentasche. Dann wollte sie sich schleunigst auf den Weg nach Hause machen.

Die Suche nach dem Glitzerding hatte sie unter die größte der Fichten geführt, deren Wurzeln sich knorrig über den Boden wanden. Eine davon entzog sich dem Lichtkegel der Lampe, und prompt blieb Wally mit der Fußspitze daran hängen. Das eigene Gewicht katapultierte sie nach vorn und zerrte an ihrem Fuß, der sich nicht aus dem Wurzelgeflecht lösen wollte. Ihr Knöchel gab etwas wie ein Krächzen von sich, dann schoss ein scharfer Schmerz hinein.

Als sie mit einem platschenden Geräusch auf dem Bauch landete, wurde ihr schwarz vor Augen. Gleichzeitig zuckte ein Gedanke in ihrem Kopf auf, der sie begreifen ließ, dass sie in dieser Nacht sterben würde. Strenge Winter mochten passé sein, Nachtfröste waren es nicht. Kalt genug für den Erfrierungstod war es in diesen Januarnächten allemal.

Bevor Wally endgültig das Bewusstsein verlor, sagte sie sich noch voller Zufriedenheit, dass sie sich nicht allein gelassen fühlen musste beim Sterben. Die Hasenfamilie stand ihr bei, und die Himmelmutter wachte über sie.

8

Etliche Stunden zuvor in Künzing

Die Frau, die ihr Begleiter »Inge« genannt hatte, sah Thekla unverwandt an. Offensichtlich wartete sie auf eine Antwort.

Aber Thekla hatte Inges Auftauchen in der Haustür so überrascht, dass ihr die Frage nicht mehr gegenwärtig war.

»Sie sollten eine Vermisstenanzeige aufgeben«, sagte Inge.

Wally, erinnerte sich Thekla. Inge schien anzunehmen, dass Wally nicht wiederaufgetaucht war. »Wir haben sie gefunden«, beeilte sie sich zu versichern. »Aber … aber sie ist ziemlich verwirrt, sagt Sachen, die keinen Sinn ergeben.« Insgeheim bat sie Wally um Verzeihung dafür, dass sie ihr nun die Aussage des Sonderlings Xaver andichten musste, um Inge die Information zu entlocken, die sie brauchte. »Sie behauptet, gestern in Künzings Straßen einem römischen Legionär begegnet zu sein, der dann in diesem Haus hier verschwunden ist.«

Inge lachte so laut, dass Thekla zusammenzuckte, dann sagte sie: »Na, dann kommen Sie mal rein.«

Thekla wurde in den ersten Stock geführt, wo Inge anscheinend eine separate Wohnung im Haus ihrer Eltern hatte. Das Zimmer, das sie betraten, wirkte ordentlich und gemütlich.

Inge nötigte Thekla in einen Sessel am Fenster, ging in die angrenzende Küche und kam gleich darauf mit zwei dampfenden Bechern zurück. »Ich habe gerade Tee gekocht«, sagte sie, nahm auf dem Sofa Platz und trank einen Schluck. »Ihre Freundin hat recht«, sagte sie dann. »Gestern ist in Künzing tatsächlich ein römischer Legionär – ein Centurio, genauer gesagt – unterwegs gewesen.«

Thekla bemühte sich um eine angemessen verdutzte Miene.

Inge schmunzelte. »Ich fürchte, ich muss ein wenig ausholen, damit Sie verstehen, warum.«

Seit einigen Jahren gab es im Ort eine Laienspielgruppe, die regelmäßig in der Region auftrat. Franz Heuerspeck leitete den Verein, führte Regie und organisierte die Auftritte. Vergangenes Jahr stand die Truppe mit einer Komödie aus dem alten Rom auf der Bühne.

»Wenn's nach dem Franz ginge«, sagte Inge, »gäb's nur Cäsar und Kleopatra, Spartakus oder Kampf um Troja. Dabei ist es völlig egal, ob wir ein antikes oder ein modernes Stück spielen. Im Grunde geht es ja immer um dasselbe: Liebschaften, Hinterfotzigkeiten, Zank und Streit.«

Es hatten eine Menge Statisten mitgewirkt, sogar der Xaver (er hatte prall mit Schaumstoff gefüllte Säcke vor die Kulisse eines Getreidespeichers tragen dürfen). Halb Künzing, halb Hubelweinting und etliche Bewohner aus weiter entfernt liegenden Dörfern waren dabei gewesen. Die Hauptrollen wurden jedoch wie immer vom harten Kern der Laienspielgruppe besetzt: Franz Heuerspeck, Inge Weber, Rolf Schreiner …

Thekla ließ die Namen achtlos an sich vorüberziehen, bis einer fiel, den sie kannte: »… Elmar Mock.«

Elmar Mock. So hieß der Makler, der für sie und Heinrich tätig war. Bestimmt kein Allerweltsname, deshalb war Thekla ziemlich sicher, dass sie sich nicht irrte. Da Heinrich sich jedoch um so gut wie alles kümmerte, was mit dem Hausverkauf und dem Neubau zusammenhing, hatte sie den Makler nie persönlich kennengelernt. Handelte es sich bei Laienspieler und Makler um ein und dieselbe Person?

Bevor sie Inge danach fragen konnte, war die schon fortgefahren mit ihrem Bericht: Der Theaterverein besaß einen ansehnlichen Fundus an Requisiten, Kostümen und Kulissen. Die Mitglieder fertigten so gut wie alles selbst an und überboten sich gegenseitig darin, die ganze Ausstaffierung so preisgünstig wie nur möglich zu fabrizieren.

»Obwohl sie fast nichts gekostet haben«, sagte Inge, »sind die Kostüme für die Legionäre wirklich toll geworden.«

Während der Proben und auch später bei den Aufführungen hatte man ständig darüber gewitzelt, dass das Wahrzeichen des Museums, auf das die Direktorin so stolz war, auf einmal einen Haufen Doppelgänger habe – und so kam es bei der Zehnjahresfeier des Vereins zu der Wette.

Alle waren angeheitert, manche sturzbetrunken. Mock behauptete, Frau Dr. Bosch-Salman würde es überhaupt nicht merken, wenn man ihre Centurio-Figur am Treppenaufgang durch einen Schauspieler der Theatergruppe ersetzen würde. Inge stimmte ihm zu. Rolf und ein paar andere hielten dagegen.

Die Wette galt. Sie konnten nicht mehr zurück. Auch am nächsten Tag nicht, als sie wieder nüchtern waren. Irgendwie mussten sie die Sache durchziehen. Aber als es an die Planung ging, wurde ihnen klar, dass man die Wachsfigur abtransportieren müsste, wenn man sie durch einen Schauspieler ersetzen wollte. Das konnten sie nicht wagen. Darum entschieden sie sich letztendlich für das, was Mock die »Softvariante« nannte: Nicht im Museum, aber direkt daneben, in der Kirchenallee, würde ein als Legionär zurechtgemachter Pantomime auftreten. Da sie alle die Rolle gern übernommen hätten, beschloss man, das Los entscheiden zu lassen. Streichhölzer wurden gezogen. Inge erwischte das ohne Kopf.

Thekla nahm einen bedächtigen Schluck von ihrem Tee. Die Geschichte hörte sich einleuchtend an, simpel und logisch. Sie erklärte den Pantomimen auf dem Podest und erhellte, warum er in diesem Haus, in der Kastellstraße Nummer 7, verschwunden war. Das Dunkel um denjenigen, der offenbar im Museum gewesen und später zum Tunnel gelaufen war, wo er sein Kostüm abgelegt hatte, lichtete sich allerdings nicht. Sie fragte Inge nach einem zweiten Centurio-Darsteller.

Die machte ein verdattertes Gesicht. »Ein zweiter? Da war keiner außer mir. Wer soll sich denn noch verkleidet haben? Und warum überhaupt?«

Genau das, dachte Thekla, würden wir ja gern wissen. Sie schaute Inge skeptisch an, doch die gab den Blick offen zurück.

Wenn sie mir was vormacht, sinnierte Thekla, kann sie statt in einer Laienspielgruppe am Wiener Burgtheater auftreten.

Wie auch immer, mehr war hier wohl nicht zu holen. Der andere Centurio blieb ein Phantom, und wenn sie nicht noch gespürt hätte, wo sie tags zuvor von seiner Faust getroffen worden war, dann hätte sie sich vielleicht gefragt, ob er von Anfang an eines gewesen war.

Thekla schreckte aus ihren Gedanken auf, als Inge ihr eine Zeitschrift reichte. »Unser Gemeindeanzeiger. Sehen Sie sich Seite zwei an, da sind wir alle abgebildet.«

Thekla schlug das Heft auf. Das Foto nahm die ganze Seite ein. Im Vordergrund standen die Hauptakteure in ihren Kostümen. Thekla erkannte Heuerspeck, Inge und Rolf, den jungen Mann, mit dem sie gestern zweimal zusammengetroffen waren. Einmal vor dem Museum und später an Heuerspecks Weiher. In der zweiten Reihe, halb von Heuerspeck verdeckt, stand ein kräftiger Kerl als Centurio verkleidet, der Thekla bekannt vorkam, den sie jedoch im Moment nicht einordnen konnte.

»Laienspielgruppe führt ›Ave Cäsar‹ auf«, titelte der zugehörige Artikel. Thekla überflog ihn. Seltsam, dachte sie, während sie las. Man sollte doch meinen, so ein Aufsatz in der Gemeindezeitung würde Lobeshymnen singen. Doch manche Passagen hörten sich geradezu bissig an.

Ihr Blick suchte nach dem Verfasser. Ganz unten fand sie ihn: »Flora Obermeier«.

»Flora Obermeier?« Thekla realisierte gar nicht, dass sie laut gesprochen hatte.

Inge zog ein Gesicht. »Man merkt's dem Artikel gleich an, dass sie nicht gut auf uns zu sprechen ist, oder? Sie hat bei uns mitmachen wollen, aber Flora ist keine, mit der man auskommen kann. Franz hat sie abgewiesen, obwohl sie mit allen Mitteln ...« Es war ihr offenbar peinlich, weiterzusprechen. Als Thekla begreifend nickte, fügte sie hinzu: »Damit hat sie aber bei Franz endgültig ausgesch... ausgespielt.«

»Die Herausgeber der Gemeindezeitung dagegen haben Flora Obermeier anscheinend engagiert«, sagte Thekla.

Inge machte eine wegwerfende Handbewegung. »Ich will gar nicht wissen, wie das gelaufen ist.«

Flora Obermeier. Laut Alis Auskünften boshaft, missgünstig, verschlagen. Derart verschlagen anscheinend, dass sie es fertigbrachte, Leuten wie dieser Dicken aus dem Museum den Engel vorzuspielen oder den Redakteur einer Zeitung zu umgarnen, wenn sie sich einen Vorteil davon erhoffte. Flora Obermeier. Voller Hass auf Anne Ungerer und vermittels Werner Obermeier in der Lage, ihr eine Giftpille unterzujubeln – mit oder ohne sein Wissen.

Die Gelegenheit, mehr über sie zu erfahren, durfte Thekla sich nicht entgehen lassen. »Hat sie Familie?«

Inge hob die Schultern. »Zwei Kinder, Zwillinge. Der Vater der beiden hat's nicht lang mit ihr ausgehalten, ist irgendwann von der Bildfläche verschwunden. Scheint sich auch um die Unterhaltszahlungen zu drücken. Flora lebt von Hartz IV.«

»Und wohnt in Künzing«, sagte Thekla, um sich zu vergewissern.

Inge schüttelte den Kopf. »Hubelweinting. Das liegt aber ganz in der Nähe. Zehn Minuten mit dem Rad.«

Eine Weile blieb es still, weil Thekla darüber nachdenken musste, was in Bezug auf Flora noch von Bedeutung sein konnte. Letztlich fragte sie: »Seit wann wohnt sie denn in der Gemeinde?«

»Seit sie die Zwillinge hat«, erwiderte Inge. »Vorher scheint sie ziemlich herumgekommen zu sein. Großstädte. München. Stuttgart. Was weiß ich. Ihr Vater meidet das Thema. Es heißt, sie hätte außer den Zwillingen noch einen erwachsenen Sohn. Mag sein, aber hier hat ihn bisher niemand zu Gesicht bekommen.«

Thekla leerte ihren Teebecher und dachte an das, was sie nach dem Mord im Museum in der Kirchenallee mitbekommen hatte. Flora – nun bestand kein Zweifel mehr, dass sie es gewesen war – hatte sich auffallend für die Videobänder interessiert. Wegen eines Artikels für die Gemeindezeitung? Oder aus einem anderen Grund?

Bevor sie sich in ihren Gedanken verlor, stellte sie den Becher auf den Tisch und stand auf. Sie hatte Inge Weber genug behelligt. Es wäre aufdringlich gewesen, das Gespräch noch länger auszudehnen.

Gerade als sie sich für den Tee bedanken und verabschieden konnte, klingelte es an der Haustür.

»Bin gleich wieder da«, sagte Inge und lief hinaus.

Bereits wenige Augenblicke später kam sie in Begleitung des Joggers vom Vortag zurück.

»Rolf Schreiner«, stellte sie ihn vor. »Sie haben sich ja schon kennengelernt. Rolf ist übrigens einer unserer besten Darsteller.«

Thekla reichte ihm die Hand. »Wir sind wohl inzwischen schon gute Bekannte, und natürlich habe ich nicht vergessen, dass Sie sich gestern Nachmittag vor dem Museum um Frau Maibier gekümmert haben.«

Rolf hatte einen kräftigen Händedruck. »Nur eine halbe Minute, bis Ihre Freundin mit dem Auto gekommen ist.«

»Trotzdem danke«, sagte Thekla. »Ich hätte sie nicht allein lassen können. Wally hat gestern eine Menge mitgemacht.«

Inge lächelte nachsichtig. »Und das scheint sie ganz schön durcheinandergebracht zu haben.« An Rolf gewandt fügte sie hinzu: »Frau Maibier hat gleich zwei Centurios gesehen. Einmal mich, als ich heimgegangen bin, und … Wo ist ihr eigentlich der andere untergekommen?«

Statt einer Antwort machte Thekla eine unbestimmte Geste.

Rolf grinste. »Zwei, aha. Da hat sie wohl ein bisschen tief ins Glas geschaut, oder hat sie öfters solche …?« Er ließ das Ende des Satzes in der Luft hängen.«

Thekla sah ihn aus schmalen Augen an. Das hatte Wally nicht verdient. Sie musste verteidigt werden. »Ich glaube auch, dass zwei zugange waren. Einer war der Pantomime, der andere muss im Museum gewesen sein.«

Rolf lachte. »Klar, der aus Wachs.«

»Einer aus Fleisch und Blut«, sagte Thekla entschieden.

»Bestimmt nicht.« Rolf schüttelte den Kopf. »Und wenn, dann wäre er nicht nur Frau Maibier aufgefallen.«

»Nicht, wenn er sich dort gut auskennt und weiß, wie man sich verhalten muss, um, wie man so sagt, mit dem Umfeld zu verschmelzen. Außerdem war es gestern recht voll im Museum. Soviel ich mitbekommen habe, ist abgesehen von der Leiterin, die sich um eine Schulklasse kümmern musste, nur eine einzige Mitarbeiterin da gewesen, und die musste wohl oder übel an der Kasse bleiben. Wem also sollte …« Thekla unterbrach sich. Wie kam sie eigentlich dazu, hier Plädoyers zu halten?

Rolf hatte ohnehin schon beide Hände gehoben, um zu zeigen, dass er kapitulierte.

»Der zweite«, legte Thekla dann doch noch nach, »muss auch ein Mitglied der Theatergruppe gewesen sein. Wer sonst käme an die Kostüme und Requisiten im Fundus?«

»Da kommt auch nicht jeder von uns Darstellern ran«, entgegnete Rolf. »Die Sachen sind im Keller von Heuerspecks Haus eingelagert. Nur Franz und Inge haben einen Schlüssel, und Werner Obermeier, weil der immer die Kulissen ausbessert.«

Werner Obermeier war also nicht nur Mitglied bei den Vilshofener Senioren, sondern auch in der Theatergruppe Künzing. Zumindest half er im Fundus aus und hatte deshalb Zugang. Flora wäre es wohl ein Leichtes gewesen, sich den Schlüssel – heimlich oder nicht – bei ihm zu beschaffen.

Mit den Obermeiers würden sie sich noch mal gründlich beschäftigen müssen. Wen hatte Rolf noch genannt? Heuerspeck. Ja, natürlich, der Leiter der Laienspielgruppe, in dessen Haus der Fundus untergebracht war, musste einen Schlüssel haben. Heuerspeck saß quasi an der Quelle.

Heuerspeck, der Münzkenner, der sich gestern zur Tatzeit im Museum aufgehalten hatte; der als einer der Ersten bei der Leiche gewesen war; dessen Haus am Bahndamm stand; in dessen Schuppen Hildes Bericht nach ein Legionärskostüm verbrannt worden war.

Plötzlich merkte Thekla, dass sie, Inge und Rolf schon eine ganze Weile schweigend dastanden und dass die beiden jungen Leute sie etwas konsterniert ansahen.

Thekla versuchte sich an einem Lächeln und nickte ihnen freundlich zu. »Ich will Sie nicht länger aufhalten. Bestimmt haben Sie beide was Hübsches vor.« Damit verabschiedete sie sich. Es war höchste Zeit zu gehen. Heinrich würde schon auf sie warten.

Als Thekla das Backstuben-Bistro Riesinger betrat, sah sie ihn an einem Tisch in einer Nische sitzen – zusammen mit dem Mafioso.

Beide Männer erhoben sich, sobald sie Thekla herankommen sahen.

»Herr Mock«, stellte Heinrich den Mafioso vor. »Du erinnerst dich doch an den Namen?«

Thekla nickte. Und ob sie sich erinnerte. Ihr wurde auch klar, dass Mock der kräftige Kerl auf dem Gruppenfoto im Gemeindeblatt war, den sie zuvor nicht erkannt hatte.

»Herr Mock betreut unser Bauvorhaben«, fügte Heinrich trotz ihres Nickens hinzu.

Mock streckte Thekla die Hand hin. »Freut mich sehr, Sie endlich kennenzulernen.« Wie zur Bekräftigung lachte er ein tiefes »Hoho«. Der Ton klang hohl und irgendwie erzwungen.

Thekla suchte seinen Blick und fand, was sie erwartet hatte. In Mocks Augen lag kein bisschen Heiterkeit. Damit hatte sie gerechnet. Dennoch erschreckte sie, was sie sah. Sein Blick war beklagenswert leer, fast wie der eines Blinden.

Was war der Grund für seine spürbare Hoffnungslosigkeit? Hatte er sich einen Mord aufs Gewissen geladen?

»Seit wie vielen Wochen stehen wir nun schon in Kontakt?«, sagte Mock gerade und gab sich selbst die Antwort. »Seit mindestens sechs, hoho. Und jetzt erst lerne ich Sie persönlich kennen, Frau Stein. Nein, so was, hoho.«

Thekla wünschte, er würde dieses Hoho sein lassen. Es klang geradezu bedrohlich.

Heinrich rückte einen Stuhl für sie zurecht. Sie und die beiden Herren setzten sich.

Bevor Heinrich wieder auf das Bauprojekt zu sprechen kommen konnte, sagte Thekla zu Mock: »Ich habe von dem Spaß gehört, den Sie sich mit der Museumsdirektorin erlaubt haben. Ihr mitten im Quintana-Museum einen zweiten Centurio unterzujubeln …« Sie drohte ihm scherzhaft mit dem Finger.

Mock richtete seinen leeren Blick auf sie und fand keine Worte.

Thekla wartete gespannt. Würde er auf den Bluff hereinfallen? Würde er sich eine Blöße geben, falls er derjenige gewesen war, der als falscher Centurio im Museum Paul Krug aufgelauert hatte?

Unversehens begann Mocks maskenhaftes Gesicht alle möglichen menschlichen Regungen widerzuspiegeln: Überraschung, Verlegenheit, Wachsamkeit, Anspannung …

Nach einer Weile sagte er: »Sie meinen wohl Inges kleine Centurio-Pantomime. Die fand aber draußen auf der Kirchenallee statt. Kleiner Scherz, hohoho.«

Der Bursche war gewieft.

Das muss man in seiner Branche wohl sein, dachte Thekla, wobei ihr klar wurde, dass sie es, was Abgebrühtheit und Gerissenheit betraf, mit einem wie Mock nicht im Geringsten aufnehmen konnte.

Es blieb also nur der direkte Weg. Sie musste Tacheles mit ihm reden.

»Ich meine den Centurio, der auf den Videobändern der Überwachungsanlage des Quintana-Museums zu sehen ist«, sagte sie.

Mock machte eine abrupte Bewegung, die er damit zu kaschieren versuchte, dass er nach seiner Kaffeetasse griff.

Die ist leer, mein Junge, dachte Thekla.

Mock schien es im selben Augenblick zu bemerken, denn er hob sie nicht hoch, sondern rückte sie bloß zurecht. »Hohoho. Natürlich zeigen die Videobänder einen Centurio.

Den aus Wachs und Kunststoff nämlich. Der steht oben am Treppenaufgang und ist quasi das Wahrzeichen des Quintana-Museums.«

Thekla wollte gerade sagen, dass Wachsfiguren wohl kaum auf Wanderschaft zu gehen pflegten, verzichtete jedoch darauf.

Sie ließ zu, dass Heinrich die entstandene Gesprächspause nutzte, um zum Thema Hausbau zurückzukehren.

»Wie gesagt«, antwortete Mock auf seine Frage, »die Bodenplatte wird bis morgen Abend komplett betoniert sein. Die Fertigteile fürs Haus können wir leider erst bestellen, wenn die ersten beiden Raten bezahlt sind.«

Heinrich stieß einen unwilligen Laut aus. »Wenn wir damit warten, bis die Bankbürgschaft ausgestellt ist, kommen wir ganz schön in Verzug.«

Mock nickte. »Sie haben recht. Man weiß ja, wie die Banken sind, überheblich, umständlich, spielen nach ihren eigenen Regeln. Trotzdem rate ich, abzuwarten.«

Heinrichs Stimme nahm einen scharfen Ton an. »Durchaus anständig von Ihnen, uns Zurückhaltung zu empfehlen, das wirft aber kein gutes Licht auf die Firma, die Sie uns vermittelt haben. Man beginnt, ernsthaft an ihrer Bonität zu zweifeln. Eine solvente Firma …«

Thekla legte ihm die Hand auf den Arm. Wenn es so weiterging, würde sie wie Wally zur Himmelmutter beten müssen. Und nicht nur zu ihr. Sie würde sämtliche Heiligen anflehen müssen, Heinrich die Gesundheit zu erhalten, die er sich mit diesem Bauvorhaben zu ruinieren drohte.

Zugegeben, sie unterlagen einem straffen Zeitplan, weil sie sich verpflichtet hatten, das Haus in Moosbach Ende September zu räumen. Der Termin konnte jedoch nur dann eingehalten werden, wenn ein Rädchen ins andere griff. Anfangs schien alles wie am Schnürchen zu gehen. Doch bald hatten die Schwierigkeiten angefangen.

Würde Heinrich all die Missgeschicke, die während der Bauphase noch zu erwarten waren, verkraften? Würde er die zusätzliche Belastung der Mordermittlung aushalten?

Thekla wagte es zu bezweifeln.

Sie hörte dem Gespräch am Tisch wieder zu, als Mock sagte: »Vertrauen Sie mir. Die Baufirma, die ich Ihnen vermittelt habe, steht solide da, trotzdem gehen wir auf Nummer sicher. Es ist ja noch reichlich Zeit. Bevor Sie das alte räumen müssen, ist das neue Häuschen fertig. Das verspreche ich Ihnen.« Er warf einen Blick auf seine Armbanduhr. »Aber jetzt müssen Sie mich entschuldigen. Ich habe in einer Viertelstunde einen Termin in Vilshofen.« Er griff nach seiner Aktentasche. »Dort auf einer Anhöhe steht ein Objekt, um das ich mich kümmern muss.«

Die Worte waren aus Theklas Mund, bevor sie darüber nachdenken konnte. »Sie reden von Anne Ungerers Haus.«

Mock sah sie verdattert an, fing sich jedoch schnell und nickte. »Anne Ungerers Villa, richtig.«

»Sie haben den Auftrag, einen Käufer dafür zu finden?«, fragte Thekla.

Mock wirkte sichtlich niedergeschlagen, fast verzweifelt, als er antwortete: »Darüber kann ich nicht sprechen.«

Thekla runzelte die Stirn. »Beichtgeheimnis? Arztgeheimnis? Bankgeheimnis? Nichts davon dürfte zutreffen.«

»Betriebsgeheimnis«, sagte Mock und ging mit einem kurzen Gruß davon.

Thekla schaute ihm gedankenvoll nach.

»Milchkaffee?«, fragte Heinrich, wobei er sich erhob.

Thekla nickte. Sie hatte wieder nicht daran gedacht, dass man sich hier selbst versorgen musste.

Als er mit einer großen, bauchigen Tasse zurückkam, fragte sie ihn nach Wu und Anne Ungerer.

»Wann haben die zwei denn geheiratet?«

Heinrich wirkte erstaunt, antwortete jedoch ohne Zögern. »Spät. Sie sind beide schon über vierzig gewesen.«

Was der Grund dafür sein mag, dass sie keine Kinder hatten, dachte Thekla. »Und vorher?«

»Vorher?«

»Vor seiner Heirat mit Anne. Hat Wu die ganzen Jahre allein gelebt?«

Heinrich nickte gedankenvoll. »Was natürlich nicht heißt, dass …«

»… er keine Affären hatte«, half ihm Thekla.

»Es waren viel zu viele«, sagte Heinrich.

Thekla spürte, dass er etwas zurückhielt. Was wollte er vor ihr verheimlichen? Hatte es mit dem Versanden der Freundschaft zwischen ihm und Wu zu tun? Wann noch mal war damit Schluss gewesen? Bald nach Wus Hochzeit, hatte Heinrich erzählt. Weil nichts mehr so gewesen sei wie zuvor. Wegen Anne.

Wegen Anne! Heinrich hatte sie für sich haben wollen.

Sie warf ihm einen prüfenden Blick zu.

Erneut nickte er. »Ich weiß, was du denkst, und du liegst richtig. Ich habe Anne sehr gerngehabt. Aber die Verbindung zu Wu ist nicht deshalb abgerissen, weil ich sie ihm nicht gegönnt hätte. Ich hätte mit beiden befreundet sein können. Aber ich konnte Anne nicht ins Gesicht lügen.«

Thekla brauchte eine Weile, bis sie dahinterkam, was er damit meinte. »Wu hatte auch nach der Heirat noch Affären.«

Heinrich machte eine Geste, als wollte er sich gegen falsche Anschuldigungen verwahren. »Wie er sich in späteren Jahren verhalten hat, kann ich nicht sagen. Alles, was ich weiß, ist, dass er eine Beziehung mit einer viel jüngeren Frau und ein Kind mit ihr hatte. Anne sollte davon nichts erfahren, und das hat sie vermutlich auch nicht. Ich gehe davon aus, dass Wu irgendwann Schluss gemacht und die Mutter des Kindes großzügig abgefunden hat.«

»Hast du sie mal kennengelernt?«

Heinrich verneinte. »Wu ist dermaßen diskret gewesen, von ihm hätten sich sämtliche Politiker, die über ihre Frauengeschichten stolpern, eine dicke Scheibe abschneiden können.«

»Weißt du, wie sie geheißen hat?«, fragte Thekla.

»Er hat sie ›Blümchen‹ genannt«, antwortete Heinrich. »Und jetzt lass uns nach Hause fahren.«

Thekla freute sich darauf, endlich heimzukommen.

Sie würde die Beine hochlegen und den Katalog mit den Gartenhäuschen durchblättern. Heinrich hatte sie schon vor Tagen darum gebeten, weil er auf dem neuen Grundstück so bald wie möglich eines aufstellen wollte.

Als sie den Lehnstuhl zurechtrückte, einen Schemel für die Füße davorstellte und nach dem Katalog griff, glaubte sie noch, dass sie zu sitzen käme. Doch ehe sie sich niederlassen konnte, klingelte das Telefon.

»Morgen vierzehn Uhr, Lagebesprechung in meiner Wohnung«, bellte Hilde.

In Thekla regte sich Widerspenstigkeit.

Was dachte Hilde sich eigentlich? Kommandieren zu dürfen wie ein Feldherr?

Doch bevor sie sich zur Wehr setzen konnte, sprach Hilde bereits weiter. »Wir müssen dringendst die Informationen austauschen, die sich jede von uns inzwischen verschafft hat. Du bist heute Nachmittag im Haus Nummer 7 gewesen, Wally hat mit den Schulkindern geredet. Und zuvor …« Sie ließ offen, was zuvor geschehen war, erklärte stattdessen: »Wie gesagt, wir haben eine Menge zu besprechen, müssen alle Bruchstücke, die wir in der Hand haben, sortieren und zusammenfügen. Du hast doch was, oder?«

Thekla bejahte zögernd. Eigentlich hatte sie sogar ein paar recht interessante Neuigkeiten zu bieten.

»Na also«, erwiderte Hilde. »Ich bin gespannt, was herauskommt, wenn wir alles in einen Topf werfen.«

9

Freitag, der 23. Januar, nachmittags in Hildes Wohnung in Granzbach

Hilde hatte Kaffee gekocht und beim Bäcker nebenan Mandelgebäck gekauft.

Thekla erschrak, als sie Wally klein und bleich in der Sofaecke sitzen sah. »Was ist denn passiert?«

Hilde wandte sich ihr mit strenger Miene zu. »Wally hat gewissenhaft recherchiert und wäre fast erfroren dabei.«

Erfroren? Wieso? Wegen Sepp Maibiers Gefühlskälte?

Thekla kam ein irres Lachen an, das ihr jedoch gleich wieder verging, als sie einen neuerlichen Blick auf Wally warf. Die Ärmste sah wirklich zum Erbarmen aus. Wie ein platt gefahrenes Krötchen. Thekla trat ans Sofa und nahm ihre Hand.

»Erzähl, was dir zugestoßen ist.«

Mit Hildes Unterstützung (offenbar kannte sie die ganze Geschichte bereits) berichtete Wally von dem Einbruch, bei dem ihre mit dem Blut des Opfers beschmutzte Kleidung gestohlen worden war, und davon, dass es der Einbrecher wohl auf das Armband abgesehen hatte, das sie am Tatort gefunden und in ihre Hosentasche gesteckt hatte.

Als Nächstes erfuhr Thekla von Wallys Stippvisite bei der Schulklasse und bekam das Foto zu sehen, das der Junge von dem ominösen Centurio im Museum gemacht hatte.

Schließlich kamen Hilde und Wally auf Wallys Besuch bei einer Nachbarin zu sprechen, die den Einbrecher angeblich beobachtet hatte.

Wally ließ sich eine Weile über ihre Hasenfamilie aus Steingut aus, die den Weg des Einbrechers markierte, bis ihr Hilde das Wort abschnitt. »Wally hat die Stelle entdeckt, wo der Kerl gewartet haben muss, bis die Luft rein war. Er hat zwei hübsche Andenken hinterlassen.« Sie zählte an den Fingern auf: »Papiertaschentuch mit einschlägig bekanntem Muster am Rand, Blisterpackung eines Medikaments – Magnesiumdragees, genau gesagt.« Sie lachte kurz auf. »Er muss sein Versteck für gut getarnt gehalten haben, wenn er es gewagt hat, seinen ganzen Müll dort zu hinterlassen.« Mit einem beifälligen Nicken in Wallys Richtung fügte sie hinzu: »Wally hat alles vorbildlich gesichert. Aber als sie sich auf den Weg ins Haus machen wollte, ist sie gestolpert, hat sich am Kopf eine Beule geschlagen und den Knöchel gestaucht.«

Erst jetzt bemerkte Thekla, dass Wallys Bein hinter dem Couchtisch auf einem Hocker ruhte. Der hochgerutschte Hosensaum ließ um den Knöchel eine elastische Binde erkennen.

»Unsere arme Wally muss ohnmächtig geworden sein«, fuhr Hilde fort. »Sie hätte erfrieren können – wir haben heute Nacht vier Grad minus gehabt –, wenn ihr Mann sie nicht aufgespürt hätte.«

»Sepp Maibier hat sich auf die Suche nach ihr gemacht?«, rutschte es Thekla heraus. Sie biss sich auf die Zunge. Das war gemein. Man konnte Wallys Mann ja viel nachsagen: Ruppigkeit, Weibergeschichten, Herrschsucht. Aber er sorgte immer dafür, dass es Wally an nichts fehlte. Und er legte Wert darauf, stets zu wissen, wo sie war. So lästig dieses Kontrolliertwerden auch oft sein mochte, ab und zu hatte es sich schon als Vorteil erwiesen.

»Sepp hat mir ein heißes Bad eingelassen«, sagte Wally.

Schwang da etwa ein gewisser Stolz mit in ihrer Stimme?

»Und er hat mir den Knöchel verbunden.«

»Glücklicherweise ist er nicht auf die Idee gekommen, Wallys Taschen zu durchsuchen«, sagte Hilde. »Sonst wären die schönen Beweisstücke in der Abfalltonne gelandet. Oder schlimmer noch, im Kaminfeuer.«

Sie griff nach einem Päckchen und hielt es Thekla hin. »Hier drin sind Blutproben von Wallys Schuh und das blutige Papiertaschentuch von vorgestern. Ich meine, wir sollten

Melissa bitten, einen Vergleich zu machen. Sie ist uns den Gefallen schuldig. Rufst du sie an, fragst sie und bringst dann die Sendung zur Post, oder soll ich das tun?«

Thekla widerstrebte es, das Päckchen entgegenzunehmen. Wieso sollte ihnen Melissa einen Gefallen schuldig sein? Sie hatte sie seinerzeit nie um Ermittlungen gebeten. Und was sie letztlich an den Tag gebracht hatten, hätte Melissa vermutlich lieber nicht erfahren.

Hilde schien ihr anzusehen, was sie dachte. »Der Vergleich ist wichtig. Wir haben das doch schon beredet. Wenn die Blutgruppe – besser noch die DNS – von den Proben auf Wallys Schuh mit der auf dem Taschentuch übereinstimmt, dann wissen wir, dass der Pantomime Krugs Mörder war.«

Thekla hielt diese Schlussfolgerung für ziemlich gewagt und hätte gern berichtet, was sie über die Sache erfahren hatte, kam jedoch nicht zu Wort, denn Hilde sprach bereits weiter.

»Wenn die Proben aber nicht übereinstimmen, dann könnte uns die auf dem Taschentuch trotzdem Aufschluss geben. Dann zum Beispiel, wenn sich eine *teilweise* Übereinstimmung feststellen ließe, denn die würde besagen, dass das Opfer und der Pantomime verwandt sind, was wiederum unsere Erbschleichertheorie bestätigen würde.«

Thekla versuchte gar nicht erst, Hildes Kombinationen ernsthaft nachzuvollziehen. Sie hielt das Ganze für verstiegen. Spinnerei. Nicht wert, darüber zu diskutieren. Sie brachte ein knappes Nicken zustande und verstaute das Päckchen in ihrer Tasche. Hilde verbiss sich wieder einmal in nutzlose Aktionen. Da hieß es kühlen Kopf bewahren. Sie würde den Anruf bei Melissa weit hinausschieben. Sehr weit. So weit, bis er sich irgendwann erübrigte.

Falls Hilde noch etwas zum Thema DNS-Vergleich zu sagen gehabt hätte, wurde sie durch ein Klopfen an der Wohnungstür davon abgehalten. Während sie aus dem Zimmer eilte, rief sie über die Schulter zurück: »Das muss Ali sein. Er weiß schon weitgehend Bescheid.«

Die beiden standen also laufend in Kontakt. Kam Ali mit Neuigkeiten?

Thekla streifte der Gedanke, ob er der Grund dafür war, dass sie sich in Hildes Wohnung trafen, und nicht wie sonst üblich in einem Café. Womöglich war es ihm peinlich, in der Öffentlichkeit mit drei alten Damen, einen – nein, zwei Mordfälle zu diskutieren.

Während Hilde Kaffee einschenkte und Mandelgebäck verteilte, erzählte Thekla von ihrem Gespräch mit Inge und von ihrem Zusammentreffen mit Mock.

Ali schien hungrig zu sein. Er vertilgte einiges an Gebäck und spülte mit etlichen Tassen Kaffee nach.

Als er die irritierten Blicke bemerkte, die Hilde, Thekla und Wally sich nicht verkneifen konnten, machte er eine um Nachsicht suchende Geste. »Heute ging es in aller Früh schon los mit den Debatten. Karl-Turm, dritter Lift am Bahnhof, Handtaschenboxen am Stadtplatz und so weiter und so fort. Nicht einmal zu meiner Neun-Uhr-Brezen bin ich gekommen, geschweige denn zu einem Mittagessen.« Er bediente sich erneut.

»Inge – wie heißt sie eigentlich weiter? – ist also der Pantomime in der Kirchenallee gewesen«, sagte Hilde.

»Weber«, antwortete Thekla trocken. »Was sie mir erzählt hat, klang glaubwürdig und ist ja in gewisser Weise von Mock bestätigt worden.«

»Was noch lange nicht heißt, dass sie den Mord im Museum nicht begangen hat, bevor sie draußen auf das Podest gestiegen ist«, wandte Hilde ein.

»Aber sie ist danach direkt nach Hause gegangen«, hielt Thekla entgegen. »Kann uns also im Tunnel nicht angegriffen und dann das Centurio-Kostüm verbrannt haben.«

Hilde lachte spöttisch. »Für ihr Alibi hat sie aber einen sehr problematischen Zeugen.«

»Wenn Inge Weber ihr Kostüm nicht verbrannt hat, müsste sie es ja noch haben«, sagte Ali.

»Nicht schlecht, Ali«, lobte ihn Hilde. »Wirklich nicht schlecht. Wir werden die Weber danach fragen und sehen, wie sie reagiert.« Sie schaute gebieterisch in die Runde, als wollte sie vermelden: Damit ist Inge Weber abgehakt, und wir kommen zum nächsten Verdächtigen. Tatsächlich sagte sie: »Flora Obermeier. Sie rückt immer mehr in den Vordergrund. Wir werden ihr einen Besuch abstatten müssen.«

Ali schwenkte abwehrend seine Kuchengabel. »Dazu müsstet ihr an die Ostsee fahren. Flora ist mit ihren Zwillingen heute früh nach Usedom abgereist. Mutter-Kind-Kur. Ihr Vater hat es mir erzählt. Mit dem bin ich gestern zufällig zusammengetroffen, als er die Fahrkarten für sie abgeholt hat.«

»Verdammt«, rief Hilde aufgebracht. »Verdammt und zugenäht. Sie hat Reißaus genommen, wetten?«

»Scheint so«, erwiderte Thekla. »Aber dann hätte sie schon vor langer Zeit alles akkurat planen müssen. Eine Mutter-Kind-Kur kriegt man nicht von heute auf morgen genehmigt.«

Ali hatte seinen Teller leer gegessen. Sichtlich ungern legte er die Kuchengabel weg. »Ich will euch ja nicht kritisieren, aber mir kommt es vor, als ob es euch ein wenig aus der Spur getragen hätte. Täusche ich mich, oder ermittelt ihr vorrangig wegen dem Mord an Annes Neffen?«

Thekla musste sich das Lachen verbeißen, aber Hilde antwortete streng: »Was redest du denn da? Dir muss doch klar sein, dass alles zusammenhängt. Was wir über den Mörder von Paul Krug herauskriegen, hilft uns im Fall Anne Ungerer und umgekehrt.«

Ali wirkte nachgerade eingeschüchtert und nickte beflissen. Dann fragte er höflich: »Gibt es schon genug Erkenntnisse, auf die sich eine vernünftige Theorie stützen ließe?« Erwartungsvoll schaute er von Thekla zu Hilde und letztendlich zu Wally, auf Antwort hoffte er jedoch vergeblich.

»Thekla muss uns eine Zusammenfassung geben«, sagte Hilde nach einer Weile. »Sie kann das am besten.« Sie neigte sich ihr zu. »Das hast du doch früher ein paarmal gemacht.

Weißt du noch? Du hast aus den Ermittlungsergebnissen ein solides Gebäude gebaut.«

»Oh ja«, ließ sich Wally vernehmen. »Das kannst du gut, Thekla.«

Möglich, dachte Thekla. Möglich, dass ich ganz gut darin bin, Puzzles zusammenzusetzen, was allerdings nicht viel nützt, solange mir die nötigen Teile fehlen.

Laut sagte sie: »Worauf soll das Gebäude denn stehen? Uns fehlen stabile Steine für einen Sockel. Zum Beispiel wissen wir immer noch nicht, ob Anne Ungerer ermordet wurde oder ob sie eines natürlichen Todes gestorben ist.«

»Ich wette –«, begann Hilde, aber Ali schnitt ihr das Wort ab.

»Wir tun einfach so, als wüssten wir, dass Anne ermordet worden ist, darauf bauen wir.«

Thekla verkniff es sich zu unterstreichen, auf welch wackligen Füßen ihr Gebäude stehen würde. Stattdessen begann sie bedächtig: »Wenn wir also davon ausgehen, dass Anne Ungerer ermordet worden ist, stellt sich die Frage: Warum?« Nach einer kleinen Pause fuhr sie fort: »Es gibt zwei Anhaltspunkte für ein mögliches Motiv.« Sie schaute in die Runde, sah jedoch nur fragende Mienen. Daraufhin berührte sie ihren linken Daumen. »Zum einen Neid und Rachsucht.« Sie klopfte an die Spitze ihres Zeigefingers. »Zum andern Habgier. Jemand will an Wus Vermögen.«

»Jemand, der darauf spekuliert, dass die Erbschaft irgendwann an ihn fallen wird«, warf Hilde ein.

Wally riss entsetzt die Augen auf. »Du meinst wirklich, es müssen noch mehr Menschen sterben?«

»Je nachdem, wann er an der Reihe ist«, erwiderte Hilde trocken.

Thekla hob die Hand, um auf sich aufmerksam zu machen. »Wir müssen unbedingt herausfinden, wem Paul Krugs Erbe zufällt. Das hat jetzt Vorrang, denn …«

Hilde nickte und führte den Satz zu Ende. »… Krugs Erbe könnte entweder unser Mörder sein oder in Lebensgefahr schweben.«

»Es darf nicht noch einen Mord geben«, meldete sich Wally mit erschrockener Krötenmiene. »Das müssen wir unbedingt verhindern.«

Hilde warf ihr einen gereizten Blick zu. »Und wie, wenn wir nicht wissen, wer Paul Krug beerbt?«

In diesem Moment bemerkte Thekla ein leichtes Schmunzeln um Alis Lippen. Sie sah ihn stirnrunzelnd an.

Das Schmunzeln intensivierte sich. »Ich hab da was.«

»Du weißt, wer Krugs Erbe ist?«, rief Hilde aufgeregt. »Du hast ein paar Beziehungen spielen lassen?«

Ali schüttelte den Kopf. »Weder noch. Ehrlich gesagt bin ich nur ganz zufällig über eine Information gestolpert, die aber mit der Erbsache zusammenzuhängen scheint.«

Er setzte sich zurecht, genoss sichtlich die Spannung, die sich in den Gesichtern um ihn herum abzeichnete. »Gestern Nachmittag in Regensburg – Lehrgang Digitalfunk, hab ich's erwähnt? – bin ich mit Konrad Escher zusammengetroffen. In der Pause haben wir miteinander Kaffee getrunken und uns ein bisschen unterhalten. Konrad und ich kennen uns seit vielen Jahren. Ich werde nie vergessen, wie aufgeregt er gewesen ist, als seine Tochter …«

Ali unterbrach sich, weil Hilde ein leises Schnauben von sich gab. »Schon gut, ich komm ja gleich zur Sache. Konrad hat mir erzählt, dass seine Tochter in Vilshofen ein Haus kaufen will, weil ihr Mann dort bei einer Mineralölfirma arbeitet.«

Hilde schnaubte erneut. Ali warf ihr einen strengen Blick zu.

»Am gestrigen Vormittag, sagt Konrad, hat seine Tochter im Internet ein sensationelles Objekt entdeckt. Leider zu kostspielig für ihren Geldbeutel. Aber angesehen hat sie es sich trotzdem. Das Haus liegt auf einer Anhöhe im Süden von Vilshofen mit Blick übers Donautal.«

»Anne Ungerers Villa«, platzte Hilde heraus.

Thekla fuhr sich mit der flachen Hand über die Stirn. Wenn das alles war, was Ali ihnen liefern konnte …

»Wer steht denn hinter dem Angebot?«, rief Hilde aufgeregt. »Wer bietet Anne Ungerers Haus im Internet an?«

Ali setzte sich in Pose. »Eine Firma namens ›Mock-Immobilien‹.«

Thekla verkniff sich einen Laut der Enttäuschung. Auch das war keine Überraschung und besagte nicht viel. Mock vermittelte Immobilien. Er kaufte und verkaufte nicht auf eigene Rechnung. Und er hatte offenbar nicht die Absicht, seine Auftraggeber zu nennen.

Genau in diesem Augenblick sagte Hilde: »Mock ist unser Mann.«

Thekla wollte ihr widersprechen, aber Hilde hinderte sie daran. »Und wisst ihr, warum?«

Niemand antwortete.

»Weil Anne Ungerers Haus viel zu schnell auf dem Markt war, als dass Mock-Immobilien den Auftrag von einem Kunden bekommen haben könnte. Keine vierundzwanzig Stunden nach Krugs Tod hat Mock schon Fotos gemacht, und kurz darauf stand das Objekt zum Verkauf.«

Thekla zog scharf die Luft ein. Hilde hatte recht. Nachdem sie und Heinrich den Makler mit dem Verkauf des Hauses in Moosbach beauftragt hatten, war gut eine Woche vergangen, bis das Angebot auf den einschlägigen Internetseiten erschienen war. Arbeitete Mock in diesem Fall doch in die eigene Tasche? Andererseits …

»Es könnte sein«, sagte sie laut, »dass Mock sehr wohl im Auftrag eines Kunden handelt. Unser Mörder wusste ja, dass er erben würde, sobald Paul Krug weg war. Er hätte Mock also schon früher mit dem Verkauf beauftragen können.«

Hilde hob spöttisch eine Augenbraue. »Damit hätte er den Mord ja quasi angekündigt. Niemand ist so blöd, ein solches Risiko einzugehen.«

Ali und auch Wally stimmten ihr zu.

Thekla ließ den Kopf hängen. Heinrich und sie hatten sich in die Hände eines Mörders begeben.

»Mach weiter, Thekla«, zerrte Hildes Stimme sie aus ihren düsteren Gedanken. »Du musst Mock in unsere Konstruktion einbauen. Ich wette, er passt wie dafür gemacht.«

Thekla riss sich zusammen. »Mock«, krächzte sie und verstummte wieder.

Ali half ihr. »Gehen wir also davon aus, dass dieser Mock zwei Morde begangen hat, um an Annes Erbe zu kommen. Wie könnte er zu Werke gegangen sein?«

Theklas Denkfähigkeit kehrte langsam zurück. »Was den ersten betrifft, haben wir überhaupt keine Ahnung.«

»Egal«, warf Hilde ein. »Wie steht's mit dem zweiten?«

Nicht viel besser, dachte Thekla. »Wenn Mock Krugs Mörder ist, hätte er zur Tatzeit im Museum sein müssen. Hat ihn dort jemand gesehen? Nicht dass ich wüsste.«

Hilde lächelte mokant. »Glaubst du nicht auch, dass jetzt die römische Komödie ins Spiel kommen sollte?«

Einen Augenblick lang wusste Thekla nicht, was sie damit meinte. Dann ging ihr ein Licht auf. Der zweite Centurio, natürlich. Sie hatte ja selbst schon daran gedacht und versucht, Mock auf den Zahn zu fühlen. Warum war sie auf einmal so vernagelt? »Mock musste zwei Dinge gewusst haben: dass Paul Krug sich im Museum aufhalten und Inge zur selben Zeit ihre Pantomime aufführen würde. Er könnte sich ein Centurio-Kostüm aus dem Fundus geholt und diese ganze Maskerade aufgeführt haben, was allerdings ziemlich abenteuerlich und riskant gewesen wäre.«

»Aber wieso denn?«, wandte Hilde ein. »Besser hätte er sich die Umstände gar nicht zunutze machen können. Wegen der Schulklasse waren die Angestellten im Museum beschäftigt. Außerdem war da die Wachsfigur, das Wahrzeichen vom Quintana-Museum, die doch allgegenwärtig ist, auch wenn sie in Wirklichkeit immer auf ihrem Platz oben an der Treppe steht. Draußen stand Inge auf dem Podest als zusätzliche Tarnung. Die Maskerade hat Mock erlaubt, so gut wie unbemerkt zu bleiben, vor allem aber – unerkannt.«

Thekla musste zugeben, dass Hildes Argumentation nicht ganz von der Hand zu weisen war. Sie hatte allerdings noch etwas dazu anzumerken: »Mock müsste sich im Museum sehr gut auskennen. Vor allem müsste er wissen, wie man es vermeiden kann, von einer Kamera erfasst zu werden, während man einen Mord begeht. Das ist dem Täter ja recht gut gelungen.«

»Stimmt«, pflichtete Hilde ihr bei. »Wir müssen davon ausgehen, dass er sich auskennt.«

Thekla stöhnte auf. »Ein extrem wackeliges Gebäude, das wir da bauen. Es strotzt vor Flickwerk, Provisorien und …«

Hilde setzte eine unnachgiebige Miene auf und hob die Hand, um sie zu bremsen. »So ist das halt, wenn man nichts Besseres hat.« Ihr Ausdruck wurde freundlicher. »Wir müssen einfach noch hart daran arbeiten, unser Gebäude zu stabilisieren, müssen einen Beweis dafür finden, dass Mock Inges Doppelgänger war.«

»Aber das kann doch gar nicht sein«, meldete sich Wally zu Wort.«

Hilde sah sie an, als hätte sie gequakt. »Und warum bitte nicht, meine Dame?«

Wally machte ein Gesicht wie eine verschreckte Kröte, sagte jedoch tapfer: »Der Mock ist doch viel zu kräftig, als dass er niemandem auffallen würde.«

Hildes Kopf zuckte hoch. Sie starrte Wally einen Moment lang an, dann holte sie ihr Tablet aus der Handtasche.

»Verdammt. Verdammt und zugenäht, wo ist denn das Foto?« Sie tippte auf dem Display herum, wischte mit dem Finger darüber – von links nach rechts, von oben nach unten. »Herrschaftszeiten. Ah, da ist er ja.« Sie legte das Tablet in die Mitte des Tisches, sodass alle das Bild darauf betrachten konnten.

Unscharf, dachte Thekla. Viel zu unscharf und leider aus dem falschen Winkel.

Das Foto zeigte den Centurio von der linken Seite, und ausgerechnet über die linke Schulter hatte er wie einen Vorhang den roten Militärmantel geschlagen, sodass nicht zu erkennen war, ob sich dahinter eine schlanke Gestalt verbarg oder ein vierschrötiger Kerl. Den Kopf hielt er abgewandt, nur sein Helm und ein Teil des Wangenschutzes waren zu sehen. Es ließ sich nicht sagen, ob der Helm groß war oder klein, breit oder schmal.

Der Hals, dachte Thekla. Mock hat ein Genick wie ein Ringer. Das muss doch zu erkennen sein. Ihre Augen tasteten den Nacken des Centurios ab, fanden jedoch nichts als gefältelten Stoff. Darunter konnte durchaus ein bulliges Genick stecken, ebenso gut aber auch eine dicke Daunenjacke, draußen war es schließlich kalt.

Hilde klopfte mit dem Fingernagel auf das Display, was ein enervierendes Geräusch erzeugte. »Das kann jeder sein, auch Mock.«

Dagegen war nichts zu sagen.

Es herrschte eine Weile Schweigen am Tisch, als müssten sie nach der Unterbrechung erst einmal ihre Gedanken sammeln.

Thekla ließ sich das Gespräch mit Inge noch einmal durch den Kopf gehen. Dabei fiel ihr ein, was Inge – nein, Rolf war es gewesen – am Schluss erwähnt hatte: Nur Inge, Obermeier und Heuerspeck besaßen einen Schlüssel zum Kostümfundus.

Sie warf einen neuerlichen Blick auf das Display, das inzwischen mit Hildes Fingerabdrücken übersät war. Flora Obermeier konnte sich durchaus unter dem gerafften Mantel und dem Helm verbergen, aber auch Franz Heuerspeck.

Flora konnte, falls sie rachsüchtig genug war, ein Motiv für den Mord an Anne Ungerer haben. Kaum aber für den an Paul Krug, wenn es nur um Rache ging. Den Schlüssel zum Fundus hätte sie sich zwar beschaffen können, aber nicht so leicht wie Heuerspeck, der ihn quasi in der Hosentasche trug. Allerdings war bei Heuerspeck überhaupt kein Motiv zu erkennen – außer er kam als Erbe in Frage.

Als die Stille lastend wurde, teilte sie den anderen ihre Gedanken mit.

Hilde schlug mit der flachen Hand auf den Tisch. »Richtig. Ich fahre auf der Stelle nach Künzing und statte Heuerspeck einen Besuch ab. Du fährst mit, Wally. Ich setz dich in Vilshofen ab, und du redest noch mal mit Annes Mitbewohnerinnen.

An Flora kommen wir ja im Moment nicht ran.« Sie wandte sich an Thekla. »Wenn Anne Ungerer keines natürlichen Todes gestorben ist, muss sie vergiftet worden sein, und zwar mit einem Präparat, das zu Herzversagen führt.«

Thekla nickte. »Davon haben wir ja schon gesprochen.«

»Denk nach«, verlangte Hilde. »Welches Gift kann ohne verdächtige Symptome einen plötzlichen Herztod auslösen, sodass der Notarzt sich täuschen lässt und auch derjenige, der später die Totenschau macht?«

Thekla rollte die Augen. »Ich bin doch keine Rechtsmedizinerin. Nicht mal approbierte Apothekerin. Ich bin bloß PTA mit gerade mal zweieinhalb Jahren Ausbildung. Was weiß man da schon über Giftstoffe und ihre Wirkung?«

Hilde sah sie scharf an. »*Man* weiß vermutlich nicht viel. Du schon. Du hast dich doch dein Leben lang für Pillen und Pülverchen interessiert. Also, welches Gift kommt in Frage?«

Thekla wusste, dass sie wieder nur Digitalis anführen konnte. Fingerhut, als Herzmittel bekannt und berüchtigt. Aber auch davon hatten sie bereits gesprochen. Sie hatten angenommen, dass ihr das Gift versteckt in einer Praline oder etwas Ähnlichem oder sogar durch eine Injektion zugeführt worden war.

Thekla ließ sich ein paar Präparate, an die sie sich erinnerte, durch den Kopf gehen, und dabei wurde ihr klar, dass es so wohl nicht abgelaufen sein konnte.

»Ich fürchte«, sagte sie erschrocken, »wir haben uns verrannt.«

»Will heißen?«, blaffte Hilde.

»Damit es nach einem natürlichen Tod aussah, hätte Anne das Digitaloid über längere Zeit einnehmen müssen. Aber warum hätte sie das tun sollen?«

Darauf hatte auch Hilde keine Antwort. Erneut wurde es still.

Wie, fragte sich Thekla, hätte jemand Anne Ungerer dazu bewegen können, ein starkes Herzmittel einzunehmen, das sie nicht benötigte?

Wenn überhaupt, dann mit Gewalt, war die einzige Erklärung.

Außer ... Thekla versuchte, die Gedankenfetzen sinnvoll aneinanderzufügen, die auf einmal in ihrem Kopf herumgeisterten: Wally nachts draußen in der Kälte. Die platt getrampelte Stelle unter der Fichte in Wallys Garten. Das Papiertaschentuch. Das Hasenohr. Die Blisterpackung.

Sie schloss die Augen und presste die Fingerknöchel darauf.

Die leere Blisterpackung, die Magnesiumdragees enthalten hatte. Magnesiumdragees, Ginsengkapseln, Knoblauchpillen. Darin konnte die Lösung liegen. Hatte Anne Ungerers Mitbewohnerin Wally gegenüber nicht betont, wie gesundheitsbewusst Anne lebte? Dass sie Vitamine einnahm, Mineralstoffe und Pflanzenauszüge. Nahrungsergänzungsmittel, wie solche Präparate genannt wurden.

Thekla ließ die Hände sinken und machte die Augen auf.

»Es sei denn«, sagte sie bedächtig, »jemand hätte Anne Ungerers harmlose Vitaminpillen gegen ein digitalishaltiges Mittel ausgetauscht.«

Hilde sprang so abrupt auf, dass die Kaffeekanne ins Wanken geriet. Ali griff danach und hielt sie fest.

Indessen packte Hilde Thekla bei den Schultern. »Das ist es! So muss es sich abgespielt haben. Mock hat ihr das Zeug untergejubelt.«

»Was aber bedeuten würde«, wandte Ali ein, »dass Mock und Anne gut miteinander bekannt gewesen sind.«

Ali hat recht, dachte Thekla. Wer auch immer den Austausch vorgenommen hat, musste nahe genug an Anne herankommen, und er musste ihre Gewohnheiten kennen. Kam Mock dafür in Betracht? Oder Flora Obermeier? Oder dieser Heuerspeck, der jederzeit Zugang zum Fundus hatte und in dessen Schuppen Hilde die verkohlten Reste des Legionärskostüms gefunden hatte?

Hilde schien sich ähnliche Fragen gestellt zu haben und wusste sogar schon, wer sie beantworten würde. »Ist dir klar, was für eine wichtige Mission du zu erfüllen hast, Wally?«

Wally machte ein ratloses Krötengesicht.

»Anne Ungerers Mitbewohnerinnen werden dir sagen können, ob Mock in Frage kommt«, erklärte ihr Hilde. Als darauf noch immer keine Reaktion kam, sagte sie in belehrendem Ton: »Du fragst die beiden, ob ihnen der Name etwas sagt; wenn nicht, beschreibst du den Kerl und fragst, ob sie ihn mal mit Anne zusammen gesehen haben. Außerdem erkundigst du dich, ob Anne mit Heuerspeck bekannt war und ob sie mehr als zufälligen Kontakt mit Flora Obermeier hatte.«

Wally nickte folgsam und wollte sich zur Stärkung für das Bevorstehende ein Gebäckstück nehmen.

Aber Hilde zog ihr den Teller weg. »Höchste Zeit, die Sache in Angriff zu nehmen.« Hastig begann sie, den Tisch abzuräumen. »In fünf Minuten fahren wir los. Du kannst dein Auto im Hof stehen lassen. Wir wollen ja niemanden gefährden. Und mir macht der Umweg über Vilshofen nichts aus.«

Thekla hatte sich erhoben, um Hilde zur Hand zu gehen.

Als Wally mit fester Stimme sagte: »Ich fahre selbst«, ließ sie sich verdattert auf ihren Stuhl zurückfallen. Seit wann schlug Wally eine Gelegenheit, chauffiert zu werden, aus?

Hilde hielt mitten in der Bewegung inne. »Du willst allein bis nach Vilshofen fahren? Und das mit dem verstauchten Knöchel?«

Wally nickte entschlossen.

Hilde sah sie argwöhnisch an. »Darf man fragen, warum?«

Es war deutlich zu sehen, dass Wally lieber nicht darauf geantwortet hätte.

Aber Hilde ließ nicht locker. »Herrgott noch mal, warum, Wally?«

Wally schluckte. »Weil direkt auf dem Weg nach Vilshofen die Marianen-Kapelle liegt.«

In Hildes Stimme lag ein Anflug von Drohung, als sie das Wort »Marianen-Kapelle« wiederholte. »Und da willst du hin? Wozu, verdammt?«

Als Wally daraufhin schweigend den Kopf hängen ließ, mischte Thekla sich ein. »Wie du recht gut weißt, Hilde, hat

Wally einen hervorragenden Draht zur *Himmelmutter*. Ein paar Fürbitten können doch unserer Sache nur nützen.«

Hilde wandte sich ihr mit zusammengezogenen Brauen zu. »Beten kann Wally auch in der Scheuerbacher Kirche. Oder in der Granzbacher. Oder hier bei uns im Bestattungsinstitut. Rudolf hat erst kürzlich einen Trauerraum eingerichtet. Für alle Konfessionen geeignet.« Ruckartig drehte sie sich wieder zu Wally um. »Also, was genau willst du dort?«

Wally rutschte auf der Sitzfläche ihres Stuhls herum, bis Hildes Blick sie festnagelte. »In der Marianen-Kapelle hat sich kürzlich ein göttliches Wunder ereignet. Ein richtiges, echtes Wunder. Der Pfarrer hat es offiziell bestätigt. Und an Orten, wo ein Wunder geschehen ist, ist Gottes Allmacht …« Hildes abfälliges Schnauben ließ sie verstummen.

»Da hat also jemand ein Wunder gebastelt. Wer das wohl gewesen ist? Wie sieht dieses Wunder denn aus?«

Wallys Gesicht verklärte sich, alles Krötenähnliche verschwand. »Auf dem Altartisch ist ein Kreuz erschienen.«

Hilde runzelte die Stirn. »Die Illusion eines Kreuzes?«

»Nein«, antwortete Wally fest. »Ein echtes. Buche gebeizt, der Herrgott handgeschnitzt.«

Hilde zog spöttisch eine Augenbraue hoch. »Ein echtes. Umso besser. Jeder Kirchenbesucher kann es dort hingelegt haben.«

»Eben nicht«, entgegnete Wally entschieden. »Der Altarraum ist vergittert. Höchstens ein Mäuschen könnte da hinein, und den einzigen Schlüssel zur Gittertür hat der Pfarrer. Du darfst ruhig daran glauben, Hilde, dass in der Marianen-Kapelle wundertätige Mächte am Werk waren. Alle glauben daran und gehen hin, um zu beten, es gibt schon richtige Prozessionen.«

Thekla hörte mit wachsendem Schrecken zu. Alle Farbe wich aus ihrem Gesicht. Sie begann zu hecheln.

Hilde fuhr zu ihr herum. »Was hast du denn? Wegen so einem Hokuspokus musst du doch nicht hyperventilieren. Dafür wird sich sicher bald eine vernünftige Erklärung finden.

Und falls nicht, kann es *dir* ja egal sein, wenn andere sich zum Affen machen.«

Thekla bemühte sich, ihren Atem unter Kontrolle zu bringen, der sich mehr und mehr beschleunigen wollte, letztendlich zu einer abnormal geringen CO_2-Konzentration im Blut führen und eine Konstriktion der Hirngefäße bewirken würde. Es gelang ihr nicht.

Hilde eilte hinaus und kam mit einer Plastiktüte zurück.

Thekla stülpte sie vor Mund und Nase, sog die verbrauchte Luft wieder ein, um etwas von dem übermäßig ausgestoßenen CO_2 zurückzugewinnen.

Allmählich beruhigte sich ihre Atmung wieder. Sie ließ die Plastiktüte sinken und lehnte sich zurück. Ali und Wally stießen gleichzeitig einen Seufzer der Erleichterung aus.

Hilde tippte mit ihrem knochigen Zeigefinger an Theklas Brustbein. »Wie kommt's, dass du auf dieses angebliche Wunder gar so theatralisch reagierst?«

Thekla tat einen letzten tiefen Atemzug, der sich ziemlich stotterig anhörte. »Weil ich dafür verantwortlich bin.«

Dafür erntete sie verdutzte Blicke. Dann begann Hilde schallend zu lachen. »Thekla, die Wundertätige. Willst du uns noch verraten, wie du das Kreuz auf den Altartisch gezaubert hast, bevor man dich heiligspricht?«

»Hilde«, setzte Wally zu einer ihrer ewigen Vorhaltungen Pietät und angemessene Ehrfurcht betreffend an, aber Hilde brachte sie mit einer Handbewegung zum Schweigen.

»Jetzt red schon, Thekla.«

Thekla gab ihr die Plastiktüte zurück. »Wie ihr recht gut wisst, muss ich vor unserem Umzug eine Menge aussortieren. Erstens haben wir ja im neuen Haus weniger Platz als jetzt, und zweitens sind Heinrich und ich übereingekommen, dass dort weniger herumstehen und weniger an den Wänden hängen soll. Man glaubt gar nicht, was sich alles ansammelt –«

»Thekla«, mahnte Hilde ungeduldig.

»Das meiste davon kommt auf den Müll«, fuhr Thekla fort. »Aber ein paar Dinge, Devotionalien beispielsweise … Man scheut sich, solche Gegenstände einfach wegzuwerfen.« Sie lächelte verständnisheischend. »Ich hatte das Kreuz in der Hand und wusste nicht, wohin damit.«

Hilde grinste. »Da hast du dir gedacht: am besten dorthin, wo es herkommt.«

»Ich hielt es für eine gute Idee, es in einer Kapelle zu deponieren«, gestand Thekla, »habe es in den Wagen gelegt und alles dem Zufall überlassen. Und der hat mich an der Marianen-Kapelle vorbeigeführt. Leider war das Gitter vor dem Altarraum versperrt. Deswegen habe ich versucht, das Kreuz durch die Stäbe zu schieben. Da hat sogar meine Hand durchgepasst, und mit einem Schlenker aus dem Handgelenk habe ich es ins Sanktuarium geschleudert.«

Hilde prustete. »Und es ist wundersamerweise auf dem Altartisch gelandet. Ach Thekla, das Ganze ist so unglaublich …« Jäh wurde sie ernst. »Man kann es dem Pfarrer nicht einmal verdenken, wenn er von einem Wunder spricht, und den Gläubigen erst recht nicht.« Sie tätschelte Wallys Arm. »Aber wir wissen es ja jetzt besser, nicht wahr, Wally? Wir müssen nun nicht mehr zu einer Kapelle pilgern, für die Thekla – auf etwas unkonventionelle Weise zugegeben – ihr kostbares Kreuz aus Buchenholz gespendet hat.«

Wally saß da wie eine sehr, sehr traurige Kröte.

Ali legte ihr den Arm um die Schultern. »Kopf hoch, Wally. Wie das Kreuz auf den Altartisch kam, ist und bleibt ein Wunder.«

10

Kurze Zeit später auf dem Weg nach Vilshofen und Künzing

Als Hilde die Anschlussstelle Deggendorf-Mitte passierte, war Wally eingeschlafen. Durch Alis Worte einigermaßen getröstet, hatte sie zwar ihr Gleichgewicht wiedergewonnen, aber die Ereignisse der vergangenen Tage schienen nicht spurlos an ihr vorübergegangen zu sein. Hilde überkam ein fast schmerzendes Mitgefühl für Wally, das sie selbst überraschte. Wann hatte sie je für jemanden so empfunden? Sie bemühte sich, die Gemütsbewegung abzuschütteln.

Man darf nicht in Versuchung geraten, Wally zu hätscheln, sagte sie sich und dachte daran, was ihr Vater zeitlebens gepredigt hatte: »Einstecken und Austeilen. So läuft das. Wer das nicht kann, geht unter.«

Er hatte recht. Vater hatte vollkommen recht. Wally war das beste Beispiel dafür. Sie war ihrem Mann auf Gedeih und Verderb ausgeliefert, weil sie nie gelernt hatte, sich zur Wehr zu setzen.

Daraufhin ließ Hilde die Erinnerung an ihren Vater wieder in den Untiefen des Bewusstseins versinken und richtete ihre Gedanken auf den Mörder, hinter dem sie her waren. Lagen sie mit Mock richtig? Was hatte es mit der Mail auf sich, die er an Heinrich Held geschickt hatte? War Theklas Mann in die Sache verwickelt? War er womöglich der Drahtzieher hinter Mock? Von der Hand zu weisen war das nicht. Heinrich hatte Anne gekannt, war in früheren Jahren Wus bester Freund gewesen – und was noch?

Hilde hatte es sich versagt, Mocks Mail an Heinrich in Theklas Beisein zur Sprache zu bringen. Was hätte das genutzt? Falls Heinrich irgendwie in der Sache drinsteckte, wäre Thekla die Letzte, die das würde wahrhaben wollen.

Hilde ließ die Ausfahrt Hengersberg/Osterhofen unbeachtet, die sie zur B 8 und dort weiter nach Künzing geführt hätte, bedrängte einen Pkw, bis er die Überholspur freigab, und drückte erbost auf die Hupe, als ein Lkw vor ihr ausscheren wollte.

»So weit kommt's noch, dass ihr auch noch die linke Spur blockiert. Das wirst du schön bleiben lassen, verdammt noch mal.« Der Lkw-Fahrer sah kopfschüttelnd zu ihr hinüber, als sie an ihm vorbeifuhr. Sie zeigte ihm den Mittelfinger.

An der Anschlussstelle Vilshofen/Garham verließ Hilde die Autobahn. Als sie hinter Solla zu schnell in eine Kurve fuhr, wachte Wally auf.

»Wir sind bald da«, teilte sie ihr mit. »Wo willst du aussteigen?«

Wally rieb sich die Augen, dann schaute sie benommen aus dem Fenster. Hilde ließ ihr Zeit, sich zu orientieren. Als jedoch die Donaubrücke in Sicht kam und Wally noch immer nicht geantwortet hatte, sagte sie streng: »Wo du aussteigen willst, habe ich gefragt.«

Wally atmete geräuschvoll aus. »Gleich hinter der Brücke, falls du da anhalten kannst.«

Selbstverständlich konnte Hilde da anhalten. Was hinderte sie daran? Die Verkehrsteilnehmer hinter ihr mussten eben warten, bis sie wieder weiterfahren würde.

Wally beeilte sich, aus dem Wagen zu kommen. Als sie hastig die Tür zuschlagen wollte, rief Hilde ihr noch zu: »Mach dein Handy an, hörst du. Ich ruf dich an, wenn ich in Künzing fertig bin, damit du weißt, wann ich dich wieder abholen komme.«

Als der Fahrer des Wagens, der wegen Hildes Zwischenstopp gezwungen gewesen war, ebenfalls anzuhalten, ein dezentes Hupsignal hören ließ, hob sie erneut den Mittelfinger. Dann fuhr sie los, blinkte kurz und drängelte sich in den zähfließenden Verkehr auf der B 8. Für das kurze Stück zurück lohnte es sich nicht, noch mal auf die Autobahn zu fahren, was ohnehin ein Umweg gewesen wäre, weil sowohl Vilshofen als auch Künzing südlich davon lagen.

Nach einigen Kilometern passierte Hilde ein Schild, das auf die Marianen-Kapelle hinwies. Etliche Autos bogen dorthin ab.

»Wenn ihr wüsstet.« Sie lachte laut. »Wenn ihr wüsstet, wie Wunder zustande kommen.«

Knapp zwanzig Minuten später erreichte sie Künzing und stieß ein »Herrgott noch mal« aus, weil sie am Zebrastreifen vor dem Museum wegen einer Fußgängerin anhalten musste.

Hilde hatte vorgehabt, ein paar Meter weiter vorn in die Schulstraße abzubiegen, die sie zu Heuerspecks Haus führen würde. Als sie jedoch sah, wer da vor ihr die Straße kreuzte, bog sie in den Parkplatz des Museums ein und stellte den Wagen dort ab.

Sie trat Frau Dr. Bosch-Salman am Eingang in den Weg, grüßte knapp und wollte ohne lange Umschweife auf Mock zu sprechen kommen, aber Frau Dr. Bosch-Salman war schneller.

»Wie geht es Ihrer Freundin? Hat sie sich von dem Schrecken einigermaßen erholt?«

Wenn Hilde etwas aus tiefster Seele hasste, dann war das Small Talk, und dazu zählte sie auch Fragen nach dem Befinden von wem auch immer – ihr eigenes inbegriffen.

»Ja, ja«, antwortete sie geistesabwesend.

Elvira Bosch-Salman stieß einen Seufzer aus. »Unser Museum hat leider traurige Berühmtheit erlangt.«

Ha, dachte Hilde, ein besseres Stichwort hättest du gar nicht liefern können, meine Liebe.

Sie legte alle Freundlichkeit, die sie aufbringen konnte, in ihre Stimme und antwortete: »Nicht nur. Denken Sie doch an das Theaterstück der Laienspielgruppe.«

Die Miene der Museumsleiterin hellte sich auf. »Es war so eine schöne Zeit, als sie das Stück einstudiert haben. Und als es dann zur Aufführung –«

Hilde hatte nicht die Geduld, sie ausreden zu lassen. »Sie haben sicherlich eine Menge zum Gelingen beigetragen.«

Elvira Bosch-Salman lächelte bescheiden. »Wir haben sogar einen Workshop veranstaltet. Damit wollten wir den Akteuren ein Gefühl für die damalige Zeit vermitteln. Sie sollten so viel wie möglich über den Alltag in einem römischen Kastell im Grenzgebiet des Reiches erfahren, etwas über die Gepflogenheiten lernen, über –«

Erneut fiel Hilde ihr ins Wort. »Und alle haben sich dafür interessiert?«

»Sehr«, antwortete Elvira Bosch-Salman stolz. »Wir mussten den Workshop auf mehr als die doppelte Stundenzahl ausdehnen, weil das Interesse so stark war.«

»Vor allem seitens der Hauptdarsteller, nehme ich an«, sagte Hilde mit Bedacht.

Diesmal beschränkte sich die Museumsleiterin auf ein Nicken.

Verdammt. Ein Kunstgriff musste her. »Dem Vernehmen nach scheint Elmar Mock sich am stärksten engagiert zu haben.«

»Er hatte ja auch die wichtigste Rolle in dem Stück. Er spielte den Centurio, der –«

Da Hilde befürchtete, die Museumsleiterin würde nun des Langen und des Breiten den Inhalt des Stückes zum Besten geben, sagte sie schnell: »Ich kann mir recht gut vorstellen, wie Mock mit Haut und Haar in seine Rolle als Römerhauptmann geschlüpft ist. Es würde mich kein bisschen wundern, wenn er seine komplette Freizeit hier im Museum verbracht hätte.«

Elvira Bosch-Salman schmunzelte. »So weit ist es tatsächlich gekommen. Aber nicht nur wegen seiner Rolle im Stück.«

Hilde hob abwartend eine Augenbraue. Verdammt, lass dir doch nicht alles aus der Nase ziehen.

»Nun ja«, fuhr Elvira Bosch-Salman nach kurzem Zögern fort, es ist – es war ja kein Geheimnis. Elmar Mock hatte sich mit der Studentin angefreundet, die in den Semesterferien bei uns ausgeholfen hat.«

Ha, dachte Hilde. Jetzt hab ich dich, Mock. Du hattest was mit der kleinen Studentin, bist ständig hier rumgelungert, und wenn gerade nichts los war, habt ihr euch die toten Winkel der Videokameras zum Poussieren ausgesucht. Du kennst das

Museum wie deine Westentasche, Mock. Und im Kostüm eines Centurios bist du quasi zu Hause.

Elvira Bosch-Salman wirkte wie vor den Kopf geschlagen, als Hilde mit einer schroffen Handbewegung zur Eingangstür hin sagte: »Sie werden sicherlich erwartet. Auf Wiedersehen.« Damit eilte sie davon.

Auf dem Weg zu ihrem Wagen machte Hilde plötzlich kehrt, ging zur Straße zurück und überquerte sie auf dem Zebrastreifen.

Warum nicht mal ein Stück zu Fuß laufen?, sagte sie sich.

Der Weg an der Grundschule und den drei »Asterix der Gallier«-Legionären vorbei, über die Kastellstraße und geradeaus weiter zum Bahngleis war nicht besonders weit. Das Auto konnte durchaus auf dem Parkplatz beim Museum stehen bleiben.

Als sie sich Heuerspecks Haus näherte, bemerkte sie, dass ein schwarzer Wagen in der Zufahrt stand. Mock? Wie hatte Wally sein Auto beschrieben? »Groß, schwarz, glänzend.« Mock also.

Hilde blieb stehen und fragte sich, ob sie ihn stellen, ob sie versuchen sollte, ihn in die Enge zu treiben.

Sie malte sich gerade aus, wie er ihr die beiden Morde gestehen würde, kleinlaut und geschlagen, weil von drei ältlichen Damen schachmatt gesetzt, als sich die Haustür öffnete und Mock in Begleitung von zwei Männern erschien. Der eine war der Hausherr, Heuerspeck, und auch der andere war kein Unbekannter.

Rolf Schreiner redete intensiv auf Mock ein.

Hilde duckte sich schnell hinter einen am Straßenrand parkenden Kleintransporter.

»Wir müssen mit den Proben beginnen, auch wenn dir nicht danach ist«, sagte Rolf aufgebracht. »Reiß dich gefälligst zusammen. Davon, dass du uns die Theatersaison versaust, wird Paul nicht wieder lebendig.«

Hilde entfuhr ein Überraschungslaut. Die drei Männer hoben die Köpfe.

Hilde gefror zu einer Statue. Im nächsten Moment setzten die Männer ihre Unterhaltung fort.

»Rolf hat recht«, sagte Heuerspeck. »Du musst weitermachen, auch in deinem eigenen Interesse.«

Daraufhin ließ Mock den Anflug eines Nickens erkennen, wandte sich ab und stieg in seinen Wagen.

Hilde musste tatenlos zusehen, wie er davonfuhr. Die Gelegenheit, ihn ins Verhör zu nehmen, war vorüber.

Dann würde sie eben die anderen zwei …

Erschrocken stellte sie fest, dass sie sich bereits in Bewegung gesetzt hatten und eilig die Kastellstraße hinunterstrebten.

Sie sprachen miteinander, der Wind trug ein paar Satzfetzen zu ihr herüber.

»Inge … Kostüm nicht zurückgebracht …«

»Wozu denn noch?«

»Weißt du, was ich glaube …«

Hilde hätte einen Spurt hinlegen müssen, um die beiden einzuholen, wonach sie aber so außer Atem gewesen wäre, dass sie kein Wort herausgebracht hätte. Also abwarten. Vielleicht kam Heuerspeck ja bald zurück. Bis dahin konnte sie sich ein wenig auf seinem Grundstück umsehen.

Hilde ging an der Westseite des Anwesens entlang bis zum Bahndamm und folgte dann dem Weg, der zum Teich führte.

Das Gewässer lag still und leicht grünlich schimmernd da. Sie starrte eine Weile versonnen darauf, dann wandte sie sich ab und hielt forsch aufs Haus zu, das ihr nun die Rückseite präsentierte.

»Der Theaterfundus befindet sich im Keller«, murmelte sie vor sich hin. »Und ich will einen Besen fressen, wenn es zum Keller nicht einen Zugang vom Garten aus gibt.«

Sie brauchte nicht lange zu suchen. Neben einem Spalierbaum führten vier Stufen abwärts zu einer Tür ins Untergeschoss.

Hilde stieg sie hinunter, legte die Hand auf die Klinke und hoffte.

Abgesperrt.

Wäre wohl auch zu einfach gewesen.

Missmutig versetzte sie der aus groben Brettern zusammengezimmerten Tür einen Tritt. Ein kleiner Spalt tat sich auf, der sich sofort wieder schloss.

Altersschwach.

Was, wenn man mit voller Wucht zutrat?

Sie versuchte es.

Die Tür sprang auf.

Bevor sie eintrat, überzeugte sich Hilde mit einem kurzen Blick, dass sie so gut wie keinen Schaden angerichtet hatte. Das Schloss war aufgesprengt, na und?

Drinnen war es dämmrig, und nachdem die Tür mit einem dumpfen Knall zugefallen war, dunkel.

Hilde tastete nach dem Lichtschalter (der doch verdammt noch mal vorhanden sein musste), fand und betätigte ihn. Eine trübe Kellerlampe erhellte einen Gang, von dem auf der einen Seite mehrere Türen abgingen.

Die erste führte in ein Treppenhaus, die zweite in einen Hobbyraum mit Tischtennisplatte und Heimtrainer, die dritte gab den Blick auf eine Gebirgskulisse aus Pappmaché frei.

Durch diese trat Hilde ein, schloss sie hinter sich, machte auch hier das Licht an und schaute. Es gab reihenweise offenbar selbst gebastelte Kulissen, die rundherum an den Wänden lehnten. Dazwischen und davor befanden sich Kisten mit Requisiten und etliche Kleiderständer.

Hilde drehte sich ein-, zweimal im Kreis und fragte sich, was sie sich eigentlich von ihrem Eindringen hier versprochen hatte.

Einen Blick hinter die Bühne?

Den hatte sie ja nun.

Neben ihr hingen rote Umhänge in der Art, wie der Centurio im Museum Quintana einen trug, an Haken an der Wand. Auf einem Bord darüber lagen Helme, Helmbüsche und ein Gewirr aus Lederbändern. Die Unterkleider aus Ölpapier und die Schuppenpanzer aus Aluminiumplättchen steckten in einer

Korbtruhe. Die Wurfspeere standen aufrecht in einem alten Weinfass.

Hilde beäugte sie nachdenklich.

Es handelte sich um einfache Holzstangen, manche alt, als hätten sie die vergangenen Jahrzehnte in einem Schuppen verbracht, manche neu, dunkel gebeizt. Bei allen war vorn eine Speerspitze aus Stahl aufgesetzt, die wie ein herzförmiges Blatt aus dem sich verjüngenden Schaft wuchs. Hilde fuhr mit dem Finger über eine von ihnen und war erstaunt, wie scharfkantig sie sich anfühlte.

Einwandfrei als Mordwaffe tauglich.

Wie konnte man zulassen, dass bei einer Theateraufführung derart gefährliche Waffen Verwendung fanden? Wo hatte die Laienspielgruppe diese Dinger überhaupt her?

Internet war die naheliegende Antwort. Von Internetshops konnte man so gut wie alles beziehen. Hilde erinnerte sich, im Netz einmal eine entsprechende Anzeige gesehen zu haben. »Ritterladen – Battle Merchant – Lanzen und Speere online bestellen«.

Aber warum hatte man nicht weniger gefährliche Speerspitzen gewählt oder die vorhandenen rund gefeilt?

Darauf gab es ein paar einleuchtende Antworten, zum Beispiel die, dass es in dem Stück vermutlich eine Wettkampfszene gab, die nur dann glaubhaft wirkte, wenn die Wurfspieße in dem Ziel stecken blieben, auf das sie geschleudert wurden.

Hilde nahm einen Speer heraus und wog ihn in der Hand. Er war leichter, als sie gedacht hatte. Sie konnte sich tatsächlich vorstellen, ihn eine schöne Strecke weit zu schleudern.

Aber auf solche Weise war der Mord an Paul Krug nicht begangen worden.

Der Mörder hatte – wenn nicht vielleicht doch etwas anderes – eine lose Speerspitze benutzt.

Hilde musterte die Stelle, an der Holz und Stahl miteinander verbunden waren. Die Stange steckte fest im Rohr des Schafts, der zwei Schlitze aufwies, durch die man Befestigungsschrauben ins Holz drehen konnte.

Aus einem Impuls heraus nahm sie einen Wurfspeer nach dem anderen in die Hand und überprüfte die Verschraubung. Beim vorletzten wurde sie fündig. Die Speerspitze saß locker. Sie zog sie ab und drehte sie vor ihren Augen hin und her. Dabei fiel ihr auf, dass sich die Deckenlampe darin spiegelte. Mit einem Blick auf die anderen Wurfspieße stellte sie fest, dass deren Spitzen blind und fleckig waren.

Ihr Atem beschleunigte sich. War sie auf die Mordwaffe gestoßen? War diese Speerspitze voller Blut gewesen, hatte der Mörder sie gesäubert und dahin zurückgebracht, wo man den Wald vor Bäumen nicht sehen würde? Wenn ja, dann müsste es noch immer möglich sein, Blutspuren daran zu finden.

Sie wollte schon ihre Lesebrille aufsetzen, überlegte es sich jedoch anders und steckte die Speerspitze in die Jackentasche. Damit würde sie sich lieber zu Hause beschäftigen, wo sie eine helle Lampe hatte, eine Lupe und eine Pinzette.

Außerdem wurde es allmählich Zeit, von hier zu verschwinden.

Wie um Abschied zu nehmen, drehte sie sich noch mal im Kreis.

Dabei blieb ihr Blick an einem kleinen Tischchen hängen, auf dem ein Schnellhefter lag. Sie machte einen Schritt darauf zu, griff danach und schlug ihn auf.

Die einzelnen Seiten zeigten sich in Spalten unterteilt, und schnell wurde ihr klar, was die Eintragungen darin bedeuteten.

Offenbar war es üblich, Kostüme und Requisiten aus dem Theaterfundus für alle möglichen Veranstaltungen zu verleihen. Im Februar des vergangenen Jahres fanden sich die meisten Einträge.

Natürlich, dachte sie. Im Fasching ist Hochsaison für einen Kostümverleih.

Sie blätterte einige Seiten vor, bis sie zu den jüngsten Eintragungen kam. »19.1. Inge Weber, Umhang, Schuppenpanzer, Unterzeug, Helm, Beinschutz, Pilum«.

Heuerspeck, der die Liste vermutlich führte, nahm es offenbar sehr genau. Bei den vorhergehenden Eintragungen war jeweils auch ein Rückgabedatum vermerkt. Bei dieser hier nicht. Bei der nächsten und letzten wiederum schon.

Hilde sog scharf die Luft ein, als sie las, dass am selben Tag eine zweite Legionärsgarnitur ausgegeben worden waren war. Ihr Blick sprang zu der Spalte mit den Angaben über den Ausleiher. Sie rechnete fest damit, dort den Namen Elmar Mock zu finden.

Doch so war es nicht. Noch bevor ihr klar wurde, welcher Name tatsächlich da stand, spürte sie hinter sich einen Luftzug, der sie herumwirbeln ließ. Im nächsten Augenblick traf sie etwas Hartes an der Schläfe.

Hilde sackte zusammen.

Sie erwachte auf dem Rücken liegend mit schmerzenden Gliedern und einem sandigen Gefühl im Mund. Als sie schlucken wollte, spürte sie den Knebel.

Entsetzt riss sie die Augen auf – starrte in völliges Dunkel.

Es fehlte nicht viel, und Hilde hätte allen Ernstes Wallys Himmelmutter angerufen. Sie beherrschte sich jedoch und machte eine ruckartige Bewegung, um sich aufzusetzen. Im nächsten Moment fiel sie wieder auf den kalten Beton zurück.

Sie würde sich abstützen müssen, um in eine sitzende Position zu gelangen. Ihre Arme befanden sich jedoch – fest auf den Boden gepresst – unter ihrem Körper.

Als sie versuchte, sie freizubekommen, musste sie erkennen, dass ihre Handgelenke zusammengebunden waren. Sie bewegte die Beine und stellte fest, was zu befürchten gewesen war. Ihre Knöchel waren ebenfalls aneinandergeschnürt, allerdings nicht so eng wie die Hände.

Üble Sache. Aber der Teufel sollte sie holen, wenn sie klein beigab.

Sie stellte die Beine auf und rutschte rückwärts, bis sie an eine Mauer stieß. Daran schob sie sich hoch, bis sie – mit dem Rücken an groben Putz gelehnt – aufrecht saß.

Inzwischen hatten sich ihre Augen so weit an die Dunkelheit gewöhnt, dass sie schwache Umrisse erkennen konnte:

vier Wände und eine niedrige Decke, an deren Rand ein schmaler Lichtstreifen einfiel. Nun nahm sie auch den Geruch wahr, der in ihrem Verlies dominierte. Es roch nach uraltem Mief, ein wenig metallisch, ein wenig beißend, was Hilde an ihre Kinderzeit erinnerte, als die Wäsche noch mit der Hand gewaschen und der Waschkessel mit Holz und Kohle geheizt worden war. Kohlenstaub. Ja, das war es.

Sie befand sich in einem ehemaligen Kohlenkeller. Der Lichtstreifen an der Decke rührte von der Kohlenklappe her, die nicht dicht genug versiegelt worden war.

Heuerspecks Haus schien alt genug, um einen Kohlenkeller zu besitzen, den man offenbar sich selbst überlassen hatte, als er nicht mehr gebraucht wurde. Und da war sie jetzt eingeschlossen, in einem Raum, den wohl niemals jemand betrat.

Sie fragte sich, was der Mistkerl, der sie hierhergebracht hatte, beabsichtigte. Darauf fanden sich zwei Antworten: Entweder er plante, sie irgendwann nachts wegzuschaffen, wenn alles schlief und keiner ihn bei seinem Tun überraschen konnte. Oder er wollte sie hier vermodern lassen.

Letztere Möglichkeit hielt Hilde für wenig wahrscheinlich, denn innerhalb weniger Tage würde ihre Leiche anfangen zu riechen. Mit der Zeit würde sie einen derart scheußlichen Gestank verströmen, dass man das Unterste zuoberst kehren würde, um der Sache auf den Grund zu gehen.

Der Schweinehund würde also in einigen Stunden zurückkehren, um sie abzumurksen und dann verschwinden zu lassen.

Das gedachte sie jedoch nicht abzuwarten.

Sie verdrehte ihre Handgelenke, so gut es ging, und begann, die Fessel zu befingern. Was sie fühlte, ließ ihren Mut sinken.

Kabelbinder.

Jedes Kind wusste heutzutage, dass Kabelbinder praktisch nicht durchzuscheuern waren.

Minutenlang versuchte sie, durch Strecken, Drehen und Winden ihre Hände aus der Fessel zu befreien, musste jedoch aufgeben, als sie merkte, dass sie sich damit nur die Haut aufscheuerte. Zudem war es nötig, eine Weile stillzuhalten, weil sie durch die Anstrengung in Atemnot geraten war.

Langsam, befahl sie sich. Atme langsam und gleichmäßig durch die Nase, sonst erstickst du an dem Knebel.

Was hat mir der Halunke eigentlich ins Maul gesteckt?, fragte sie sich im nächsten Moment und schielte an sich hinunter.

Aus ihrem Mund ragte eine Knospe aus Tüll.

Hilde starrte eine Weile darauf, bis ihr einfiel, dass sie im Theaterfundus Tutus gesehen hatte. Daraus bestand also ihr Knebel. Aber warum fühlte er sich so sandig an? Die Antwort darauf brachte sie zum Würgen. Er musste einen Fetzen Tüll mit Dreck und Sand und Kohlenstaub gefüllt, ihn zu einem Säckchen zusammengedreht und ihr in den Mund gestopft haben.

Hilde schloss die Augen und konzentrierte sich. Sie musste gegen das Würgen ankämpfen, und sie musste ihren Atem unter Kontrolle bringen.

Nachdem ihr beides einigermaßen gelungen war, machte sie die Augen wieder auf und beugte sich nach vorn, um die Fessel an ihren Fußknöcheln zu begutachten.

Knallrote Kabelbinder, die jedoch locker genug saßen, dass sie wahrscheinlich – mit einiger Mühe – zuerst einen, dann den anderen Fuß befreien könnte. Um das zu bewerkstelligen, müsste sie allerdings ihre Schuhe loswerden – Stiefeletten, die mit einem Reißverschluss geschlossen waren.

Hilde lehnte sich zurück, ließ den Kopf an die Mauer in ihrem Rücken sinken und machte die Augen wieder zu.

Aus eigener Kraft würde sie nicht entkommen können.

Bestand irgendeine Hoffnung, dass ihr jemand zu Hilfe käme, bevor man ihr den Garaus machte?

Ja, und diese Hoffnung hieß Wally.

Wally würde sich wohl bereits wundern, warum Hilde sich noch nicht gemeldet hatte. Sie würde bei ihr auf dem Mobiltelefon anrufen, aber niemanden erreichen, denn Hildes

Handy lag vermutlich inzwischen auf dem Grund des Teiches oder schwamm die Donau hinunter.

Also würde Wally die Hände ringen, die Himmelmutter bestürmen und ratlos auf der Stelle treten. Aber dann würde sie sich sicherlich mit Thekla in Verbindung setzen. Thekla würde sich zusammenreimen können, was passiert war, und Ali verständigen.

Auf Hildes Gesicht erschien ein geradezu verklärtes Lächeln, als sie sich ausmalte, wie Ali seine Kollegen von der Feuerwehr alarmieren würde, wie sie das Haus stürmen und wie Kreisbrandinspektor Erwin Wurzer, der damals im Spraydosenfall ihr rettender Engel gewesen war, die Tür zu ihrem Verlies aufbrechen würde.

In einer Aura aus Licht und Wärme würden Erwin und Ali hereinschweben, würden sie sanft hochheben …

Hilde nickte ein.

11

Zur selben Zeit in Vilshofen

Heute musste Wally nicht wie bei ihrem ersten Besuch zuerst einen Stadtplan zurate ziehen und sich anhand des Zusammenflusses von Vils und Donau orientieren, sondern konnte zielstrebig die Anhöhe hinaufmarschieren, auf deren Kuppe Anne Ungerers Haus lag. Sie hatte allerdings nicht damit gerechnet, dass ihr der verstauchte Knöchel beim Gehen derartige Schwierigkeiten bereiten würde. In Ruhestellung hatte er überhaupt nicht mehr wehgetan.

Wally benötigte eine gute halbe Stunde für den Weg. Genauso lang wie tags zuvor, obwohl sie diesmal nur die Hälfte der Strecke zurückzulegen hatte.

War sie tatsächlich erst gestern hier gewesen? Hatte sie gestern erst den vermeintlichen Mafioso beobachtet, der sich als Makler entpuppte und nun Hildes Hauptverdächtiger war? Würde er noch heute als Mörder überführt werden? Oder war Mock harmlos und Heuerspeck schuldig? Oder Flora Obermeier, die sich aus dem Staub gemacht hatte? Oder diese Inge, die sich am Mordtag als Centurio verkleidet hatte?

Wally schüttelte sich, um sich von solch fruchtlosen Gedanken zu befreien, und drückte auf den Klingelknopf an der Gartenpforte.

Elsa Walden öffnete und begrüßte sie mit einem Lächeln. »Wie nett, dass Sie noch mal vorbeischauen. Treten Sie nur herein. Der Tee ist gerade frisch aufgebrüht, als hätte ich geahnt, dass Sie kommen.«

Wally folgte ihrer Gastgeberin in das elegante Wohnzimmer und nahm mit einem Seufzer des Behagens in dem Sessel Platz, in dem sie auch das letzte Mal gesessen hatte. »Wie schön Sie es hier haben.«

Elsa Walden nickte beipflichtend. »Es würde mir schwerfallen, fortzugehen.«

Wally nahm die Teetasse sowie einen Teller mit Gebäck entgegen und fragte mitfühlend: »Kann es sein, dass Sie das müssen? Jetzt, wo Annes Neffe tot ist und man nicht weiß …?«

Elsa Walden hob die Schultern, und Wally schien es, als ob sie sich keine großen Sorgen deswegen machte.

Während sie ein Biskuitplätzchen knabberte, wälzte sie die Frage, warum Frau Walden so gelassen reagierte.

Plötzlich kam ihr die Erleuchtung. »Anne hat Sie in ihrem Testament bedacht.«

Elsa Walden lächelte. »Nicht direkt. Aber es gibt eine Klausel darin. Falls Paul Krug kinderlos stirbt, fällt uns – sagen wir, ein Vermächtnis zu.«

»Ihnen und Frau Hesse«, glaubte Wally präzisieren zu dürfen. Sie schaute sich um, als müsste Irma Hesse sich im Raum befinden, aber außer ihr und Elsa Walden war niemand zugegen. »Wo ist denn Ihre Mitbewohnerin?«

Elsa Waldens Miene drückte Bedauern aus. »Die Ärmste liegt im Krankenhaus. Sie hat sich schon gestern so schlecht gefühlt, dass sie nur schnell an der Tür geklingelt hat, um mir die Zeitung zu geben, anstatt zu uns hereinzukommen. Sie wollte lieber gleich in ihr Zimmer und sich hinlegen.«

Wally nickte. Damit war geklärt, was sie gestern irritiert hatte. »Geht es ihr mittlerweile besser?«

Elsa Walden strich mit einer resignierten Geste übers Tischtuch. »Ach, wissen Sie, die gute Irma ist seit vielen Jahren herzkrank, und in der letzten Zeit hat sich ihr Leiden drastisch verschlimmert. Die Aufregung um Annes Tod mag ihren Teil dazu beigetragen haben.«

Wally nickte beipflichtend. Ihr Schwiegervater war herzleidend gewesen, und Sepp hatte immer gesagt: »Stress ist das pure Gift für ihn.« Sie nahm sich einen weiteren Keks, biss ein kleines Stück davon ab und kaute darauf herum, während sie einen Gedanken zu verscheuchen versuchte, der hartnäckig behauptete, es sei doch merkwürdig, dass Anne Ungerer, die allen Auskünften zufolge nie an einschlägigen Symptomen gelitten hatte, an Herzversagen gestorben war, während ihre Mitbewohnerin anscheinend zeitlebens gegen solche Symptome behandelt werden musste.

Wally aß den Keks auf, trank einen Schluck Tee und sah Frau Walden zu, wie sie zwei winzige Süßstoffplättchen aus einem Pillendöschen fischte und in ihre Tasse fallen ließ. Dabei fiel ihr ein, weshalb sie hier war.

Thekla hatte die Theorie vertreten, dass Mock Anne Ungerer getötet hatte, indem er harmlose Vitaminpillen mit einem stark wirkenden Medikament vertauschte. Thekla hatte von Herzrhythmusstörungen und Digitalispräparaten gesprochen. Und Wally hatte den Auftrag, Elsa Walden zu fragen, ob Mock Anne Ungerer gut genug gekannt hatte, um an ihr Pillendöschen zu gelangen.

Was ihm aber nur dann etwas genutzt hätte, wenn er im Besitz eines geeigneten Herzmittels gewesen wäre. Das man aber nur dann verschrieben bekam, wenn man an Herzrhythmusstörungen litt. So wie Annes Mitbewohnerin Irma Hesse. Wenn man allerdings hier im Haus ein und aus ging, konnte man sich vielleicht an deren Medizinschrank bedienen und Anne die Arznei unterschieben.

Wally wollte das alles nun auf der Stelle klären, sah auf, öffnete den Mund und schloss ihn sofort wieder.

Weshalb wirkte Elsa Waldens Blick auf einmal wie der einer lauernden Katze?

»Wollten Sie etwas sagen, meine Liebe?« Auf dem Gesicht ihrer Gastgeberin lag ein freundliches Lächeln, aber Wally hätte schwören mögen, dass in ihren Augen Argwohn flackerte.

Warum? Wally hatte Mock ja noch gar nicht erwähnt, und von der Arznei hatte sie erst recht nicht gesprochen.

Ahnte Elsa Walden, weshalb sie zu Besuch gekommen war?

Und wenn, musste Anne Ungerers Mitbewohnerin nicht am meisten an einer Aufklärung des Falles gelegen sein?

Wally spielte mit dem Gedanken, ihr Theklas Theorie darzulegen und sie zu fragen, was sie davon hielt.

»Was wollten Sie denn sagen?«, fragte Elsa Walden nachdrücklich. In ihrer Stimme lag ein knisternder Ton, der Wally an das Geräusch erinnerte, das zu hören gewesen war, als sie vergangenen Abend die Blisterverpackung in ihr Halstuch gewickelt hatte.

Die Worte kamen ohne weiteres Zutun aus ihrem Mund. »Hat Anne regelmäßig Magnesiumdragees eingenommen?«

Elsa Waldens heftige Reaktion überraschte sie. »Ja, warum denn nicht? Habe ich Ihnen nicht gestern schon erzählt, dass sie ein fürchterlicher Gesundheitsapostel gewesen ist? Jede Woche hat sie neue Wundermittel ausprobiert. Biotische Substanzen. Bio dies und Bio das.«

Wally kam plötzlich ein umstürzlerischer Gedanke, der sie sagen ließ: »Könnte es nicht sein, dass Anne versehentlich …« Sie wagte nicht weiterzusprechen, als sie bemerkte, wie Elsa Waldens Augen schmal wurden. Doch die Idee ließ sie nicht mehr los. Ganz im Gegenteil, sie nahm geradezu erdrückende Gestalt an. War es nicht naheliegend, dass Anne Ungerer statt eines ihrer Vitamin- oder Mineralienpräparate Irma Hesses Herzmittel eingenommen hatte? Würde das nicht sowohl Annes Tod als auch die Verschlechterung von Irmas Zustand erklären?

Wally musste ein paarmal vor sich hin nicken, weil ihr dieses Resultat so ungeheuer logisch erschien.

Vielleicht, überlegte sie weiter, ließe es sich sogar beweisen. Dann nämlich, wenn man im Krankenhaus feststellen kann, ob bei Irma Hesse die Arznei eine Zeit lang ausgesetzt worden ist. Und Irma wird sich wahrscheinlich am ehesten vorstellen können, wie die Verwechslung zustande gekommen sein mag.

Wenn es denn eine war! Wally glaubte ganz deutlich Theklas Stimme in ihrem Kopf zu hören. *Wenn es denn eine Verwechslung war!*

Und was hätte Hilde dazu zu sagen? *Die Sache stinkt zum Himmel! Sie stinkt ganz gewaltig zum Himmel! FRAG JETZT ENDLICH NACH MOCK!*

Wally schreckte auf, als Elsa Walden sich erhob. »Ich hole uns noch eine Kanne Tee.«

Als sie den Raum verlassen hatte, stand Wally ebenfalls auf, um ein wenig auf und ab zu gehen. Sie musste aufhören, sich in Spekulationen zu verlieren. Etwas Bewegung würde ihr dabei helfen.

Sie verließ die Fensternische mit dem Intarsientisch und den beiden Clubsesseln, wo Elsa Walden den Tee serviert hatte, umrundete eine chinesische Bodenvase mit täuschend echten Kunstblumen, fuhr im Vorbeigehen mit der Hand über die spiegelnde Oberfläche einer schweren Kommode und kehrte nach wenigen Schritten neugierig zu dem Möbelstück zurück.

Elsa Walden schien vor ihrem überraschenden Besuch mit dem Austauschen von Fotografien beschäftigt gewesen zu sein, denn am Rand der Kommode lagen verkehrt herum einige Silberrahmen.

Mechanisch nahm Wally einen nach dem andern und stellte sie auf. Hauptsächlich waren Menschen abgebildet, die sie nicht kannte.

Auf allen Fotos aber war auch Elsa Walden zu sehen, mal jünger, mal älter. Keines zeigte Anne Ungerer, keines einen Mann im Alter ihres ermordeten Neffen.

Als Wally gerade das letzte Bild aufstellen wollte, stutzte sie. Darauf befand sich jemand, dem sie in den vergangenen Tagen ein paarmal über den Weg gelaufen war. Aber was machte er mit Elsa Walden zusammen in einem Cabrio?

»Ah, Sie sehen sich die Bilder an. Ich wollte sie vorhin umgruppieren«, kam Elsa Waldens Stimme aus der anderen Ecke des Raumes. Sie hatte eine Teekanne in der Hand, aus der sie Wallys Tasse füllte.

»Ich wusste gar nicht, dass Sie …« Wally dachte einen Augenblick nach, aber der Name wollte ihr nicht einfallen, weshalb sie fortfuhr: »… den jungen Mann hier kennen.« Sie ging mit dem Bild zum Teetisch zurück, um es Elsa Walden zu zeigen.

Die nahm es ihr aus der Hand und reichte ihr dafür die frisch gefüllte Teetasse. »Trinken Sie, solange das Aroma noch perfekt ist.«

Wally tat ihr den Gefallen, setzte sich und trank in kleinen Schlucken. Sie fand, dass der Tee etwas bitter schmeckte. Aber vermutlich gehörte das zu einem perfekten Aroma.

Elsa Walden hatte ebenfalls wieder Platz genommen und betrachtete das Foto mit sichtlichem Gefallen. »Was für ein hübscher Kerl aus ihm geworden ist.«

Dem konnte Wally nur beipflichten, kam jedoch noch immer nicht auf den Namen.

»Das ist mein Enkel, müssen Sie wissen«, sagte Elsa Walden.

Das Wort »Enkel« drang zwar durch Wallys Ohren in ihr Hirn, ergab aber keinen Sinn.

»Enkel«. Das Wort wurde von Sekunde zu Sekunde nebulöser, bis es sich vollends auflöste. Auch Elsa Waldens Gesicht begann nun zu verschwimmen, und der Raum um Wally herum fing an zu schwanken.

Die leere Teetasse, die sie noch in der Hand gehalten hatte, zersplitterte auf dem Boden.

12

Später in Moosbach, Künzing und Vilshofen

Thekla hatte sich schleunigst aus Hildes Wohnung davongemacht, bevor die sich noch irgendeinen Auftrag für sie einfallen lassen konnte.

Sobald Hilde und Wally zurück waren, stand sowieso eine neuerliche Zusammenkunft an. Hilde würde nun nicht mehr lockerlassen, keine Sekunde. Ob Mock tatsächlich der Mörder war? Womöglich brachten sie und Wally die Antwort darauf schon mit.

Den restlichen Nachmittag über beschäftigte sich Thekla damit, Kleidung auszusortieren, Geschirr zu verpacken und Rechnungen abzulegen. Gegen sieben kam Heinrich nach Hause (er hatte es sich nicht nehmen lassen, in drei verschiedenen Fachmärkten die Preise für Laminat zu vergleichen), und kurz darauf setzten sie sich an den Abendbrottisch. Weil es wegen des Neubaus eine Menge zu besprechen und zu entscheiden gab, merkte Thekla gar nicht, wie die Zeit verging.

»Nach zehn schon«, sagte sie mit einem erstaunten Blick auf die Uhr, als das Klingeln des Telefons ihre Debatte über das Für und Wider von Außenrollos unterbrach. Eilig erhob sie sich, um dranzugehen, weil sie fest damit rechnete, dass der Anruf von Hilde kam.

Die Stimme, die so laut in ihr Ohr brüllte, dass sie den Hörer ein Stück weit weghalten musste, war jedoch männlich.

»Himmeldonnerwetter, wo ist sie denn heute wieder? Gestern liegt sie halb erfroren im Garten, und wo ist sie heut zu finden, Zefix?«

Es dauerte einige Augenblicke, bis Thekla klar wurde, wer da bei ihr anrief.

Sepp Maibier. Und aus dem, was er da von sich gab, musste man schließen, dass Wally nicht nach Hause gekommen war.

»Sie wird noch mit Hilde zusammen sein«, sagte Thekla, löste damit jedoch nur eine neuerliche Tirade aus.

»Und warum gehen die nicht ans Telefon? Wo sind die denn? In einem Stollen, wo es keinen Handyempfang gibt?«

Thekla wurde mit einem Mal bang. Hilde und Wally hätten tatsächlich längst zurück sein müssen. Sie konnten zwar durch irgendetwas aufgehalten worden sein, aber was immer das auch war, es sollte sie nicht daran hindern, sich zu melden.

Sepp hatte wieder zu toben begonnen. Erst verfluchte er Wally, dann Hilde, dann sich selbst. »… weil ich viel zu gutmütig …«

Thekla hörte nicht mehr hin. Sie musste Maibier schleunigst loswerden. Sie musste ihn irgendwie beruhigen, damit sie darüber nachdenken konnte, was jetzt zu geschehen hatte.

Letztendlich versprach sie, Hilde und Wally umgehend aufzutreiben und dann wieder von sich hören zu lassen. Damit legte sie auf. Ihre Hand blieb verloren auf dem Hörer liegen.

»Ist was passiert?«, fragte Heinrich. »Hilde? Wally? Nicht zurück von der Fahrt?«

Über das Treffen am Nachmittag und was sich dabei ergeben hatte, war er bereits unterrichtet. Heinrich hatte Thekla darin zugestimmt, dass die Hinweise zu dürftig waren, um einen Verdacht gegen wen auch immer zu erhärten. Allerdings hatte er zugeben müssen, dass Mock zumindest suspekt erschien, wenn man in Betracht zog, dass er keine vierundzwanzig Stunden nach Krugs Tod schon Fotos von Anne Ungerers Haus gemacht hatte und das Objekt kurz darauf zum Verkauf stand.

»Wally ist nicht heimgekommen«, bestätigte Thekla. »Das bedeutet, auch Hilde kann nicht zu Hause sein.« Sie hatte inzwischen entschieden, was zu tun war. »Wir fahren als Erstes nach Künzing zu Heuerspeck. Er wird uns zumindest sagen können, wann Hilde bei ihm gewesen ist.«

Heinrich legte ihr den Arm um die Taille, zwang sie, ihm zuzuhören. »Aber nicht allein. Wer weiß, was passiert ist.«

Thekla nickte. »Ich ruf Ali an.«

Sie trafen sich in Künzing vor Heuerspecks Haus, klingelten Sturm, doch niemand öffnete.

Ali schlug vor, sich auf dem Gelände umzusehen, aber Thekla widerstrebte es, wertvolle Zeit zu vergeuden. »Vielleicht haben wir ja da, wo Wally hinwollte, mehr Glück.«

Sowohl Heinrich als auch Ali hatten nichts dagegen einzuwenden, es bei Anne Ungerers Mitbewohnerinnen zu versuchen.

Einmütig entschieden sie, Heinrichs Wagen stehen zu lassen, stiegen in Alis Auto und machten sich auf den Weg nach Vilshofen.

Als sie auf Höhe von Hubelweinting kamen, sah Thekla, dass an der Abzweigung zur Marianen-Kapelle ein großer dunkler Wagen parkte. Die Heckklappe stand offen, und ein vierschrötiger Mann mühte sich damit ab, einen sichtlich schweren Packen aus dem Kofferraum zu hieven.

»Halt an, Ali!« Theklas Stimme überschlug sich. »Halt an. Das ist Mock. Er …« Sie wagte nicht auszusprechen, was die Szene zu offenbaren schien.

Ali trat so hart auf die Bremse, dass der Sicherheitsgurt Thekla schmerzhaft in den Hals schnitt. Sie tastete nach der Entriegelung, während sie beobachtete, wie Mock den Packen losließ, sich umdrehte und – weil vom Scheinwerferlicht geblendet – mit den Händen die Augen beschattete.

Eine Sekunde später waren Ali und Heinrich an seiner Seite, ergriffen ihn und drehten ihm die Arme auf den Rücken.

Mock wehrte sich nicht, starrte die beiden nur erschrocken an und begann zu stammeln. »Was …? Wie …? Warum …?« Irgendwie schien er nicht zu wissen, welche Frage einer Situation wie dieser angemessen war.

Thekla war inzwischen aus dem Wagen gestiegen und schob sich nun an den drei Männern vorbei, bis sie unter der offenen Heckklappe des Wagens stand, aus dem ein gutes Drittel des Packens ragte. Sie sog scharf die Luft ein, als sie ihren grausigen Verdacht bewahrheitet sah. Es handelte sich um eine menschliche Gestalt, komplett in eine Decke eingeschlagen, reglos, steif wie ein Brett. Die Starre irritierte Thekla. Konnte – es fiel ihr leichter, den medizinischen Ausdruck zu denken – Rigor mortis derart ausgeprägt sein? Behutsam schlug sie die oberen Enden der Decke auseinander und blickte in ein ihr völlig unbekanntes Gesicht. Es dauerte eine Weile, bis ihr klar wurde, dass es das aus Holz geschnitzte Gesicht einer Frau mit Schleier war.

»Eine Madonnenstatue«, keuchte Ali hinter ihr. Er gab Mock einen Stoß, dass er taumelte. »Was hatten Sie damit vor? Wo ist Hilde? Wo ist Wally?«

Mock stützte sich am Rand des Kofferraums ab und atmete durch. »Ich weiß wirklich nicht, von wem Sie reden.«

»Herr Mock«, mischte sich Heinrich mit gefasster Stimme ein, »wir suchen zwei Freundinnen von uns, die seit heute Nachmittag verschwunden sind. Als wir Sie hier im Dunkeln mit dem Packen hantieren sahen, dachten wir …« Er sparte sich den Rest.

Mocks Gesichtsausdruck wechselte von erschrocken zu verdattert, dann zu verwirrt und schließlich zu begreifend. »Sie dachten, *ich* hätte die Damen entführt?«

Seine Stimme klang so ungläubig und vorwurfsvoll, dass Thekla Gewissensbisse bekam, die sie jedoch sofort unterdrückte.

»Die Situation sprach ja wohl für sich«, sagte sie nüchtern.

Mock nickte, sichtlich noch immer überfordert von der Situation. »Sie sehen doch, ich habe eine Marienstatue transportiert.«

Als es daraufhin still blieb, strich er fast zärtlich über den Kopf der Marienfigur. »Paul hat sie vor ein paar Jahren aus Tschechien mitgebracht. Er hing sehr daran. ›Sie ist nicht nur wunderschön, sondern auch wirklich wertvoll‹, hat er oft gesagt. Ich habe lange darüber nachgedacht, was mit ihr geschehen soll, wenn ich die Wohnung räume. Behalten wollte ich sie nicht. Das hätte ich nicht ertragen. Als ich gestern von dem Wunder in der Marianen-Kapelle gehört habe, dachte ich, es würde Paul gefallen, ein weiteres hinzuzufügen. Deshalb bin ich hier.« Nach einem Augenblick des Schweigens fügte er hinzu: »Was hat Sie auf den Gedanken gebracht, ich wäre dabei, die Leichen Ihrer Freundinnen zu entsorgen?«

Thekla wollte mit einer Erklärung beginnen, aber Heinrich hielt sie auf. »Wir sollten uns in den Wagen setzen, wo es wärmer ist, anstatt auf der Straße herumzustehen.«

Wenige Minuten später wusste Mock, dass man ihn verdächtigt hatte, Anne Ungerer vergiftet und Paul Krug erstochen zu haben. Er kannte die Indizien, die zu diesem Verdacht geführt hatten, und war darüber aufgeklärt, dass Wally am Nachmittag hätte herausfinden sollen, ob er nahe genug an Anne Ungerer hatte herankommen können, um ihre Vitaminpillen gegen ein Herzglykosid auszuwechseln; außerdem dass Hilde zu Heuerspeck wollte, um zu ermitteln, wie er, Mock, an den Schlüssel zum Theaterfundus gekommen sein könnte.

Als Thekla ihre Ausführungen beendete, hatte Mock Tränen in den Augen. Er zog ein Taschentuch heraus, wischte sich ein paarmal übers Gesicht, dann sagte er mit fester Stimme: »Ich habe Anne nicht ermordet. Und Paul erst recht nicht.« Nach einer kurzen Pause fuhr er fort: »Aber Sie haben recht. Die Indizien sprechen für sich. Deshalb werde ich Ihnen wohl einiges erläutern müssen.«

Er hob das Kinn ein wenig an, was ihm ein beinahe kämpferisches Aussehen gab. »Paul und ich sind ein Paar gewesen. Seit Jahren hatten wir in Passau eine gemeinsame Wohnung. Unser großer Wunsch war ein Kind. Unmöglich war das nicht. Im Moment ist die Rechtslage so, dass der eine Partner ein Kind adoptieren und der andere ein eingeschränktes Sorgerecht ausüben kann.« Erneut benutzte er das Taschentuch, weil ihm wieder Tränen in die Augen getreten waren. »Aber glauben Sie nicht, dass es einfach ist. Abgesehen von allen möglichen Hürden, die zu überwinden sind, braucht man eine Menge Geld, das wir nicht hatten.«

»Wussten Ihre Freunde von der Theatergruppe davon?«, fragte Thekla in die entstandene Pause.

Mock nickte. »Ja, natürlich. Sie haben sogar versucht, uns

zu unterstützen. ›Warum probiert ihr es nicht als Regenbogenfamilie?‹, hat einer gesagt.« Er schien zu bemerken, dass die andern nicht wussten, wovon er sprach. »In sogenannten Regenbogenfamilien stammt das Kind aus einer heterosexuellen Beziehung eines der Partner.« Er senkte den Blick, als schämte er sich. »Jemand hat Inge ins Spiel gebracht. Wir verstehen uns ausnehmend gut.«

»Wie hat sie reagiert?«, fragte Thekla.

Auf Mocks Gesicht erschien ein winziges Lächeln. »Sie hat sich die Sache tatsächlich durch den Kopf gehen lassen.« Das Lächeln verschwand, als er hinzufügte: »Aber Rolf ist fast ausgeflippt.«

»Rolf Schreiner?«, fragte Thekla verblüfft.

Mock bejahte. »Er und Inge sind eine Zeit lang zusammen gewesen. Aber irgendwie scheint sich die Beziehung abgekühlt zu haben.«

Thekla brauchte einen Moment, bis sie wieder bei der Sache war, während Mock fortfuhr.

»Vor ein paar Wochen hat Paul mit seiner Tante über unseren Kinderwunsch gesprochen. Sie wusste zwar von seiner Beziehung zu mir, aber wir haben uns ihr gegenüber sehr diskret verhalten.« Mit deutlicher Betonung fügte er hinzu: »Ich habe sie nie persönlich kennengelernt, nie ihr Haus betreten.« Er lächelte wehmütig. »Erstaunlicherweise hat sie ihm sofort finanzielle Hilfe zugesagt. Sie glauben nicht, wie glücklich wir waren. Unser Traum konnte wahr werden.« Das Lächeln verblasste. »Sie sehen, weder Paul noch ich hätten den geringsten Grund gehabt, seine Tante umzubringen. Als wir von ihrem Tod erfahren haben – selbstverständlich sind wir von einem natürlichen ausgegangen –, waren wir zutiefst erschüttert.« Mocks Mundwinkel bebten leise. »Wir fanden es ja selbst ein wenig pietätlos, aber Paul war der Erbe, und wir konnten es uns nicht leisten, Zeit zu vertun. Es gibt da Altersgrenzen …« Er verstummte.

»Sie haben sich entschlossen, das Haus schleunigst zu verkaufen.«

Mock bejahte. »Wir hätten da sowieso nie einziehen können. Wir als Homo-Paar.« Er verzog den Mund. »Und ausgerechnet Vilshofen.«

Thekla wusste, was er meinte. Sie dachte an den politischen Aschermittwoch, die Parolen, die man dort zu hören bekam. »Jetzt verkaufen Sie natürlich erst recht.« Auf Mocks fragenden Blick hin fügte sie hinzu: »Sie beerben doch Paul und damit auch Anne Ungerer, oder?«

»Ich glaube nicht«, erwiderte Mock.

Drei verblüffte Gesichter bewogen ihn fortzufahren: »Die Erbschaftsgeschichte ist kompliziert. Der einfache Teil ist, dass Paul sein Vermögen – auch dasjenige, das ihm von seiner Tante zugefallen ist – komplett an seine Kinder vererbt hätte. Aber er hatte ja keine. Deshalb kommt der schwierige Teil zum Tragen: Pauls eigenes Vermögen und das von Anne ererbte müssen getrennt behandelt werden. Hinsichtlich Annes Hinterlassenschaft sind Klauseln zu berücksichtigen.« Mock zuckte die Schultern. »Eigentlich bin ich ganz froh darüber. Ich fühle mich sowieso nicht berechtigt, sie zu beerben.«

Obwohl sie sich in Alis Wagen zurückgezogen hatten, war es während Mocks Bericht empfindlich kalt geworden. Thekla fröstelte, und als ihr langsam aufging, dass sich der Verdacht gegen Mock soeben in Luft aufgelöst hatte, musste sie einen Schauder unterdrücken. Was jetzt?

Ali dachte offenbar zielgerichteter. »Wir sollten keine Zeit mehr vertun und Frau Walden nach Wally fragen.«

»Ich komme mit«, sagte Mock.

Als niemand Einwände erhob, sprang er aus dem Wagen, schob die Marienstatue in den Kofferraum seines Autos zurück, schloss ab und wollte sich wieder neben Ali auf den Beifahrersitz setzen, doch dann überlegte er es sich offenbar anders. »Ich fahre hinter euch her.«

Ali nickte und startete den Wagen. Schweigend folgte er den Anweisungen des Navi.

Anne Ungerers Haus lag im Dunkeln, aber Thekla schwor sich, nicht wieder abzuziehen, bevor Frau Walden ihnen gesagt hatte, ob und wie lange Wally bei ihr zu Besuch gewesen war.

Sie drückte energisch auf den Klingelknopf.

Ali scheute sich offenbar nicht, Aufsehen zu erregen, denn er rief laut Frau Waldens Namen.

Nach einiger Zeit ertönte ein Summen. Das Gartentor sprang auf.

Hastig liefen sie, mit Thekla an der Spitze, über die Zufahrt auf den Hauseingang zu. Als sie an der Tür ankamen, wurde sie gerade geöffnet.

Thekla drängte sich hinein. »Die späte Störung tut mir wirklich leid. Aber wir müssen das Verschwinden einer Freundin klären. Wally Maibier. Sie müsste heute Nachmittag hier gewesen sein.«

Die ältere Frau, die aufgemacht hatte, warf einen Blick auf die drei Männer, die hinter Thekla erschienen waren, und wich erschrocken zurück.

Ali, Heinrich und Mock nutzten das aus und betraten das Haus.

Mock schloss die Tür hinter sich. Als er sich zu Frau Walden umwandte, runzelte er irritiert die Stirn. Sie sah ihn voller Argwohn an.

Thekla hatte Elsa Walden noch nie zuvor gesehen, wusste nicht, ob sie normalerweise offen und freundlich wirkte oder eher verschlossen und misstrauisch. Dennoch hätte sie schwören mögen, dass die Frau etwas vor ihnen verbergen wollte.

»Ist Frau Maibier hier gewesen?«, fragte sie herausfordernd.

Elsa Walden schüttelte zuerst den Kopf, dann nickte sie. »Ja, ja. Aber gar nicht lang. Sie ist gleich wieder gegangen. Sie hat es recht eilig gehabt.«

Theklas Blick war über die Einrichtung der Diele gewandert. Erlesene Möbel, ein teurer Teppich. Ein Schirmständer im Designerlook, in dem ein bunt geblümter Schirm steckte.

Ihre Augen wurden schmal. »So eilig, dass sie ihren Schirm vergaß, obwohl es geregnet hat?«

Elsa Walden warf einen entsetzten Blick auf den Schirm, was Thekla veranlasste, sie am Arm zu packen. »Wo ist Wally?«

Als darauf keine Reaktion kam, begann sie, die Frau zu schütteln. »Wo ist sie?«

Elsa Walden versteifte sich. »Lassen Sie mich los. Ich habe keine Ahnung, wo sich Ihre Freundin herumtreibt. Sie ist kurz hier gewesen, und als sie wieder gegangen ist, hat sie den Schirm eben vergessen.«

Thekla war sich sicher, dass die Frau log. Aber wie konnte man herausfinden, was tatsächlich geschehen war?

»Wir durchkämmen das Haus«, entschied Ali.

Elsa Walden drehte sich ruckartig um, schloss die Tür, die von der Diele in die Wohnräume führte, und klammerte sich an den Türgriff. »Das werde ich nicht zulassen.«

Mock ging mit schweren Schritten auf sie zu. »Doch, das werden Sie.«

Als er ihre Hände wegziehen wollte, kickte sie mit der Schuhspitze hart an sein Schienbein. Er zuckte zurück, beugte sich dann jedoch sofort wieder vor, legte beide Arme um sie und presste ihr die Oberarme an den Körper. Nach wenigen Sekunden erschlaffte sie.

»Sucht ihr drei nach Frau Maibier«, sagte er über die Schulter. »Ich kümmere mich um die Walden.«

Heinrich entdeckte Wally in einem Laken verschnürt im Wäschekeller. Sie lebte, war jedoch ohne Bewusstsein.

Ali rief den Krankenwagen und die Polizei.

Thekla packte ihn am Ärmel. »Was ist mit Hilde? Sollen wir hier herumsitzen, bis der Polizeiapparat in Gang kommt?«

Ali schien unschlüssig. Wieder übernahm Mock die Regie. »Seht noch mal bei Heuerspeck nach. Da wollte Frau Westhöll doch hin. Ich bleibe hier, bewache die Walden und gebe alle Informationen, die wir haben, an die Polizei weiter.«

Noch bevor er ausgeredet hatte, stürmte Ali schon aus der Tür. Thekla und Heinrich hasteten hinter ihm her.

13

Zur selben Zeit in Künzing

Als Hilde aufwachte, war es vollkommen dunkel. Sogar der schwache Lichtschein, der durch die Ritzen der schlecht versiegelten Kohlenklappe gefallen war, war verschwunden.

Sie fragte sich, wie spät es sein mochte. Als sie in Heuerspecks Anwesen eingedrungen war – so gegen halb fünf musste das gewesen sein –, war die Abenddämmerung bereits weit fortgeschritten gewesen. An der Hausmauer hatte eine Außenleuchte gebrannt, deren Licht offenbar in ihr Verlies gefallen war. Inzwischen war die Lampe wohl ausgeschaltet worden. Warum? Weil die Hausbewohner zu Bett gegangen waren?

Hildes Augen weiteten sich entsetzt. Wally, Thekla, Ali. Sie wussten doch, wo sie hingewollt hatte. Sie hätten längst hier sein müssen.

Nackte Angst ergriff von ihr Besitz. Die Freunde hatten sie nicht gefunden. Zu viel Zeit war vergangen, als dass sie noch auf ihr Kommen hoffen konnte.

Der, mit dessen Erscheinen sie jetzt rechnen musste, war Paul Krugs Mörder. Er würde nicht zögern, sie um die Ecke zu bringen und zu entsorgen. Hatte er vor, ihre Leiche auf den Bahngleisen zu deponieren? Gut möglich. Der nächste Güterzug würde nicht viel von ihr übrig lassen. Man würde nicht mehr feststellen können, wie sie tatsächlich zu Tode gekommen war, und im Polizeibericht würde »Unfall« stehen. Waren schreckliche Unfälle nicht gang und gäbe?

Aus Hildes Augen begannen Tränen zu quellen. Da lehnte sie nun gefesselt an einer schmutzigen Mauer in einem alten Kohlenkeller und wartete hilflos darauf, abgemurkst zu werden.

Sie schluckte schwer.

Mechanisch bewegte sie sich hin und her, rutschte vor und

zurück, zog abwechselnd die Schultern hoch, um die Steifheit aus ihren Gelenken zu vertreiben. Als sie sich aus der Hüfte nach rechts beugte, verspürte sie einen Stich an der Unterseite des Oberschenkels.

Hockte sie auf einer Glasscherbe? Hätte die sich nicht in ihre Pobacke bohren müssen? Die Beine waren ja angewinkelt. Der Oberschenkel hatte den Boden gar nicht berührt.

Hilde wiederholte die Bewegung ein paarmal und gelangte dabei zu dem Schluss, dass dieses Ding, das sie bei jedem Seitwärtsschwenk pikte, in ihrer Jacke stecken musste. Was hatte sie bloß eingesteckt? Wann hatte sie etwas eingesteckt? Wo hatte sie das getan?

Die Erinnerung kam, als sie die Nachforschungen in Heuerspecks Keller an sich vorüberziehen ließ.

Sie hatte die lose Speerspitze von dem verdächtigen Wurfspieß in der Hand gehabt, wollte sie gerade genauer inspizieren, hatte es sich dann aber anders überlegt und das Ding eingeschoben.

Eine Speerspitze. Handlich und messerscharf. Geschärft genug, um Kabelbinder zu durchtrennen.

Zumindest konnte man es versuchen.

Mit vielen Verrenkungen und Verwindungen gelang es ihr, das rechte Seitenteil der Jacke hinter ihren Rücken zu praktizieren. Am Handgelenk konnte sie bereits die Klinge spüren, die sich mittlerweile durch den Stoff gebohrt hatte.

Umso besser. Jetzt musste sie nur noch den Kabelbinder an Ort und Stelle bringen. Auch das gelang. Aber als sie anfing, ihn an der Klinge hin- und herzubewegen, rutschte er ab. Die Speerspitze drang ihr tief ins Fleisch.

Weiter, befahl sie sich, weiter. Ein Schnitt in den Handballen ist nichts, gar nichts gegen das, was dich erwartet, wenn du nicht freikommst.

Hildes Hände waren blutüberströmt, als der Kabelbinder endlich nachgab. Sie achtete jedoch nicht darauf, knetete nur die

Finger, bis sie nicht mehr ganz so taub und imstande waren, den Knebel zu fassen zu kriegen und ihn sich aus dem Mund zu reißen. Sie atmete ein paarmal tief durch, bevor sie nach der Speerspitze griff. Die hatte sich allerdings in etlichen Stofflagen verhakt, sodass es eine Zeit lang dauerte, bis Hilde sie aus der Jackentasche ziehen konnte. Nachdem sie sie endlich freibekommen hatte, durchtrennte sie die Fessel an ihren Knöcheln.

Und jetzt nichts wie weg hier.

Als Hilde aufzustehen versuchte, entwich ihr ein Ächzen. Ihre Gelenke schienen eingerostet, ihre Muskeln ausgelaugt. Mühsam kam sie auf die Beine, musste erst einige Rumpfbeugen machen, bevor sie sich in Bewegung setzen konnte.

Vorsichtig tastete sie sich an der Mauer entlang, bis sie einen etwa fünf Zentimeter breiten kühl-glatten Längsstreifen fühlte, was nur bedeuten konnte, dass sie den Türstock erreicht hatte. Eine Handspanne weiter musste sich die Klinke befinden, die ihr die Tür in die Freiheit öffnen würde.

Hilde fand sie, drückte sie hinunter, aber die Tür in die Freiheit war versperrt.

Aus und vorbei.

Erschöpft sackte sie in sich zusammen. Sie hob nicht einmal den Kopf, als draußen Schritte laut wurden. Ein Schlüssel knirschte im Schloss, die Tür sprang auf, und das grelle Licht einer starken Lampe blendete sie.

In einem letzten Akt der Rebellion richtete sie sich noch mal auf. Sie wollte ihrem Mörder ins Auge sehen.

Rolf Schreiner verzog spöttisch das Gesicht. »Der kleine Ausflug, den Sie vorhatten, wird nicht stattfinden.«

Rolf Schreiner, wieso eigentlich er? Der Gedanke kam ihr erst jetzt, als der Kerl vor ihr stand. Rolf Schreiner. Sie hatten ihn nie verdächtigt. Selbst als sie seinen Namen in Heuerspecks Ausleihliste sah, hatte sie den vermeintlich netten jungen Mann nicht als Mörder gesehen.

Sie hätte eine ganze Menge Fragen an ihn gehabt. Doch statt auch nur eine einzige davon zu stellen, machte sie den Mund auf und begann lauthals um Hilfe zu schreien.

Schreiner packte sie an den Haaren, riss ihren Kopf zurück, griff ihr an den Hals. Reflexartig schoss Hildes linke Hand, die noch immer die Speerspitze umklammert hielt, nach vorn. Die scharfe Spitze drang Schreiner seitlich in den Bauch. Er zuckte zurück, der Griff um Hildes Hals lockerte sich. Ohne darüber nachzudenken, senkte sie den Kopf und biss zu.

Schreiner stieß ein Röhren aus, das an den Wänden widerhallte, und stürzte sich auf sie. Hilde spürte die Wucht des Aufpralls kommen, erwartete das Brechen ihrer Rippen, den letzten Schlag ihres Herzens, die Schwärze des Todes.

Doch die Erschütterung blieb aus. Stattdessen brach ein Getöse los, das ihr Hirn verstopfte, als hätte man einen Zentner Watte hineingepresst.

Sie kniff die Augen zu und drückte die Handflächen gegen die Schläfen. Allmählich gelang es ihr, einzelne Geräusche zu unterscheiden.

Fußgetrampel. Ein dumpfer Schlag. Ein heiserer Aufschrei. Stimmen.

Theklas Stimme?

Alis Stimme?

Wahrhaftig?

Hilde wagte kaum zu atmen, als sie sanft berührt und vorsichtig umfasst wurde. Zögernd schaute sie hoch und fand Alis besorgten Blick. Thekla lugte ihm ängstlich über die Schulter. Ein paar Schritte hinter den beiden hatte Erwin Wurzer einen etwas lädierten Rolf Schreiner im Schwitzkasten.

»Wurde aber auch Zeit«, sagte Hilde.

14

Gleichzeitig in Vilshofen

Wally erwachte davon, dass ihr jemand kaltes Wasser ins Gesicht klatschte. Das war schrecklich unangenehm und brachte sie in die Wirklichkeit zurück, dabei wollte sie viel lieber weiterschlafen, den schönen Traum, den sie gerade geträumt hatte, zu Ende träumen.

»Frau Maibier, Wally, sind Sie wach? Sie müssen aufwachen. Reden Sie mit mir, bitte.«

Das war die Stimme eines Mannes, aber nicht die von Sepp. Der hätte sie auch nicht »Frau Maibier« genannt und »bitte« gesagt. Es war auch nicht Alis Stimme – schade. Aber auch der hätte sie nicht gesiezt. Wessen Stimme war es dann? Wally kam sie nicht im Mindesten bekannt vor. Wenn sie wissen wollte, wem sie gehörte, musste sie die Augen öffnen. Nachdem eine weitere kalte Dusche erfolgt war, tat sie es.

Vor ihr stand der Mafioso, der ein ohnehin triefendes Handtuch in eine Schüssel tauchte. Als er sah, dass Wally ihn anschaute, lächelte er erleichtert.

»Da sind Sie ja wieder. Ich habe den Notarzt schon gerufen.«

»Braucht sie nicht«, kam eine weibliche Stimme von irgendwo hinter ihm. »Das waren bloß K.-o.-Tropfen.«

Diese Stimme kannte Wally, obwohl sie viel härter klang, als sie sie in Erinnerung hatte. Die Stimme gehörte Elsa Walden.

Wally richtete sich auf dem Sofa, auf dem sie lag, ein wenig auf, um nachzusehen, wo Elsa Walden sich befand und warum sie nicht näher kam.

Als sie den Grund dafür erkannte, sog sie erschrocken die Luft ein. Elsa Walden hockte verschnürt wie ein Heuballen auf einem harten Stuhl, samt dem sie auch noch am Heizkörper festgebunden war.

Der Mafioso musste sie gefesselt haben!

Wallys Blick kehrte zu ihm zurück, registrierte erneut sein erleichtertes Lächeln. Da fiel ihr ein, dass er ja gar kein Mafioso war, sondern ein Immobilienmakler. Aber wohl trotzdem ein Verbrecher.

»Sie haben Anne Ungerer auf dem Gewissen«, brach es aus ihr hervor. Als ihr klar wurde, was sie gesagt hatte, hätte sie sich ohrfeigen können. Wie konnte sie so dumm sein? Ihre Anschuldigung würde ihn in Rage bringen, und er würde …

Was tatsächlich geschah, verblüffte sie. Von dem Stuhl an der Heizung kam ein hässliches Lachen.

Wally sah wieder hin und fragte sich, ob der Nichtmafioso ein Zauberer war und Elsa Walden in eine Hexe verwandelt hatte, denn sie wirkte auf einmal ganz anders, als Wally sie in Erinnerung hatte – irgendwie dämonisch.

Der Nichtmafioso hatte indessen ein frisches Handtuch genommen und trocknete damit Wallys Gesicht. Dabei sprach er sanft auf sie ein.

»Mein Name ist Mock. Elmar Mock. Ich bin mit Ihren Freunden hergekommen. Wir haben nach Ihnen gesucht. Nachdem wir Sie gefunden hatten, sind die anderen nach Künzing gefahren, um Frau Westhöll ausfindig zu machen.« Er legte das Handtuch weg, rückte sich einen Sessel ans Sofa, ließ sich darauf nieder und nahm Wallys Hand. »Ich habe Anne Ungerer nicht auf dem Gewissen, glauben Sie mir. Annes Mörderin sitzt dahinten.«

Elsa Walden? Wally schüttelte den Kopf. Die war doch immer so nett zu ihr gewesen, so fürsorglich. Obwohl …

Irgendetwas wollte sich in Wallys Hirn einen Weg bahnen, kam aber nicht zum Zug, weil sich Elsa Walden wieder vernehmen ließ.

»Das wirst du nie beweisen können, Schweinchen Dick.«

Wally schluckte. Schweinchen Dick. Das würde er sich nicht gefallen lassen. Er würde …

Aber Mock lachte bloß. »Ja, so haben Sie mich immer genannt damals.«

»Ich hab dich sofort erkannt«, sagte Elsa Walden boshaft. »Du bist immer noch so fett wie als Kind.«

Mock sah sie abwägend an. »Ich muss zugeben, dass es eine ganze Weile gedauert hat, bis mir klar geworden ist, wer da im Haus von Anne Ungerer wohnt. Inzwischen ist mir einiges eingefallen, das viel dazu beitragen kann, Sie hinter Gitter zu bringen.«

Wally hatte es gar nicht bemerkt, aber offenbar hatte sie einen Laut ausgestoßen oder gehustet oder gestöhnt, jedenfalls wandte Mock sich ihr zu.

»Die Familien Walden, Ungerer und Mock stammen aus einem kleinen Ort nicht weit von Passau. Ich bin mit Elsa Waldens Tochter Iris zusammen in die Schule gegangen«, erklärte er. »Die Ungerers haben in einem Häuschen auf einer Anhöhe ein Stück außerhalb vom Dorf gewohnt. Alte Leute mit einem längst erwachsenen Sohn, der in München lebte, aber regelmäßig zu Besuch kam. Wolfgang Ungerer.« Er drehte sich wieder zu Elsa Walden um. »Es stimmt also, was die Leute damals geredet haben? Dass Iris von Wolfgang schwanger war? Sie gerade mal sechzehn, er fast dreißig Jahre älter?«

Elsa Walden presste die Lippen aufeinander und gab keinen Ton von sich.

»Sie müssen nicht antworten«, sagte Mock. »Das lässt sich bestimmt herausfinden.« Er dachte eine Zeit lang nach, dann fügte er hinzu: »Ich wette, ihr habt ihn ordentlich dafür bluten lassen.«

»Wäre ja noch schöner gewesen, wenn er keinen Unterhalt bezahlt hätte, so viel Geld, wie der Drecksack gescheffelt hat …«

Sie verstummte und wirkte wütend. Sie hat sich verplappert, dachte Wally. Elsa Walden ist nicht die nette Frau, für die ich sie gehalten habe. Herr Mock musste sie gar nicht verzaubern. Sie war schon immer eine Hexe.

Wally hatte sich redlich Mühe gegeben, dem Gespräch zu folgen, und wollte das auch weiterhin tun. Sie ahnte, dass es wichtig war, nichts zu verpassen.

»Aber egal, wie viel ihr Wolfgang Ungerer aus der Tasche gezogen habt, es hat euch nicht gereicht. Ihr habt alles haben wollen. Sie und Ihre Tochter.«

»Iris ist tot«, kam es dumpf vom Heizkörper her.

Mock runzelte die Stirn, wirkte verwirrt.

Wally, die wieder mit aller Konzentration zugehört hatte, durchzuckte eine Erinnerung. »Aber da ist ja noch das Kind von Iris«, sagte sie langsam. Ja, so musste es sein. »Ihr Enkelsohn, Frau Walden.« Endlich wusste Wally wieder, wie der Name des jungen Mannes lautete, dessen Bild sie im Wohnzimmer gesehen hatte. »Rolf Schreiner.«

Mock wurde blass. »Rolf Schreiner …«, wiederholte er mit brüchiger Stimme.

Wally konnte sehen, wie er darum kämpfte, zu erfassen, dass sein Kollege aus der Theatergruppe Elsa Waldens Enkel war, der Sohn von Iris Walden und Wolfgang Ungerer.

Aber warum heißt er dann Schreiner?, ging es Wally durch den Kopf.

Nach einer Weile sagte Mock matt: »Rolf war es also, der die Informationen über Paul und mich geliefert hat.«

Erneut verstummte er, und Wally glaubte schon, Trauer, Enttäuschung und Hoffnungslosigkeit hätten ihn übermannt. Mock tat ihr so leid, dass ihr die Tränen in die Augen traten.

Plötzlich spürte sie seinen Blick auf sich, und nachdem sie die Tränen fortgewischt hatte, konnte sie sehen, wie entschlossen dieser Blick war.

Mock hatte sich wieder gefangen.

»Frau Maibier hat zu viel herausgefunden«, sagte er hart. »Deshalb musste sie außer Gefecht gesetzt werden. Später sollte sie wohl dann endgültig zum Schweigen gebracht werden.«

»Blödsinn«, giftete Elsa Walden. »Was soll die dumme Kuh denn herausgefunden haben?«

»Dass Sie Anne Ungerer das Herzmittel von Irma Hesse untergeschoben haben«, sagte Wally sachlich. »Liegt die Ärmste jetzt deswegen im Krankenhaus, weil sie statt dem

Medikament bloß noch Traubenzucker bekommen hat? Wenn sie stirbt, haben Sie auch Irma auf dem Gewissen.«

»Die kommt schon durch«, schnappte Elsa Walden. »Unkraut …« Sie klappte hastig den Mund zu.

Mock ließ ihr keine Zeit, sich zu sammeln. »Was wolltet ihr mit Frau Maibier tun? Sie in der Donau versenken? Hättet ihr euch einen dritten Mord aufs Gewissen geladen?«

Wally rang nach Luft, als stünde ihr das Wasser bereits bis zum Hals.

»Was sollte mein Enkel für einen Grund –«, begann Elsa Walden.

»Das Testament«, unterbrach Mock sie. »Ich kenne es, Frau Walden. Ebenso gut wie Sie.« Er wandte sich wieder an Wally. »Wahrscheinlich ist Anne Ungerer nie klar geworden, dass Wolfgang seinen Sohn – falls sie überhaupt wusste, dass es ihn gibt – im Testament berücksichtigt hat. Sie war natürlich Universalerbin. Aber damit endet die Verfügung nicht. Darüber hinaus war bestimmt, dass die Hinterlassenschaft nach Annes Tod auf ihren Neffen Paul übergehen sollte und weiter auf dessen Kinder. Sollte Paul jedoch kinderlos sterben, würde alles an Wolfgangs Familie fallen. Vermutlich hat Anne sich nie darüber Gedanken gemacht, wer da als Erbe in Frage käme. Und Sie, Frau Walden, sind nach Wolfgangs Tod nur zu ihr ins Haus gezogen, um Ihrem Enkel dieses Erbe zu sichern, und zwar so früh wie möglich.«

»Beinahe wäre es zu spät gewesen.«

Mock sah Elsa Walden scharf an, dann lachte er bitter auf. »Ah, wegen der geplanten Adoption. Ich verstehe. Damit wäre Rolf ein für alle Mal aus dem Rennen gewesen. Deshalb musste Paul schnell sterben.«

Elsa Walden gab einen hässlichen Laut von sich.

»Aber Sie haben Paul nicht selbst getötet. Der Täter muss sich ja im Quintana-Museum gut ausgekannt haben. Woher hat Rolf eigentlich gewusst, dass er Paul dort erwischen würde?«

Elsa Walden schwieg, aber Mock beantwortete die Frage

selbst: »Paul hat mir das Gemeindeblatt gezeigt, da war angekündigt, dass eine Abordnung vom niederbayerischen Lehrerverband das Museum besichtigen würde. Sogar Namen waren genannt. So wird Rolf es erfahren haben.«

Elsa Walden versuchte, ihn anzuspucken, traf aber nicht. »Dreckskerl. Schweinehund. Wir hätten dich –«

»Ich denke, das reicht jetzt«, hörte Wally eine fremde Stimme sagen. Als sie aufblickte, sah sie zwei uniformierte Polizisten in der Tür stehen.

Epilog

»Darf ich dir ein Stück Kuchen bringen, Wally?«, fragte Ali, während er sich bereits erhob, um zur Theke zu gehen.

Sie saßen an einem Ecktisch im Backstuben-Bistro Riesinger in Künzing. Thekla, Hilde, Wally, Ali, Mock und Heinrich. Sie hatten das Lokal nicht deshalb gewählt, weil sie auf einmal ein Faible für Selbstbedienung hatten, sondern weil hier alles angefangen hatte.

Ali stellte eine Speerspitze vor Wally hin. Im Schokoguss glänzten drei rosa Herzen aus Marzipan.

Wally kicherte, löste eines heraus und steckte es sich in den Mund.

»Was ich nicht begreife, ist, warum Anne keine Symptome bekommen hat, nachdem Elsa Walden angefangen hatte, ihr das Herzmittel zu verabreichen«, meinte Thekla nachdenklich.

»Hatte sie ja«, erwiderte Mock. »Paul hat ein paar Tage vor ihrem Tod erwähnt, dass Anne zum Arzt wollte. Sie hat über Unwohlsein geklagt und darüber, dass sie alles gelbstichig sieht.«

»Verstehe«, sagte Thekla. »Der Arzt hat auf dem Terminplan gesehen, weshalb ihn Anne konsultieren wollte, und hat die Symptome mit Herzrhythmusstörungen in Verbindung gebracht. Deshalb hatte man keinen Zweifel an einer natürlichen Todesursache.«

»Mir ist nicht klar«, sagte Hilde, »wie Rolf mit den Gegebenheiten im Quintana-Museum so vertraut sein konnte.«

Mock winkte ab. »Ganz einfach, die Elektrofirma, für die er manchmal arbeitet, hat im Museum Wartungsarbeiten durchgeführt.«

»Die Videobänder«, warf Thekla ein. »Schreiner hat sich damit ausgekannt, sonst wäre der Mord auf einem drauf gewesen.«

»Nur zu gut«, gab ihr Mock recht. »Außerdem hatte er sich

mit einer Studentin angefreundet, die manchmal an der Kasse aushilft.«

»Das hat man eigentlich Ihnen nachgesagt«, warf Hilde ein.

Mock wirkte einen Moment lang verwirrt, dann hellte sich seine Miene auf. »Ah, Sie meinen Sylvie. Sie studiert Archäologie und Geschichte und hat mitgeholfen, eine Ausstellung vorzubereiten. Ich habe ihr viel zu verdanken. Wenn sie nicht gewesen wäre, hätte ich in unserem Stück einen miesen Centurio abgegeben.«

»Wieso heißt er eigentlich Schreiner?«, fragte Thekla.

Es dauerte eine Weile, bis Mock begriff, was sie meinte. »Iris muss geheiratet und dafür gesorgt haben, dass Rolf als Kind dieser Ehe galt.«

»Und Sie haben Rolf nie mit Iris Walden beziehungsweise Schreiner in Verbindung gebracht?«, fragte Hilde.

»Wie denn?«, erwiderte Mock. »Meine Eltern leben seit vielen Jahren in einem Seniorenheim in Passau. Mit Iris bin ich nach dem Schulabschluss nicht mehr zusammengetroffen. Wer hätte mir etwas über sie und das Kind erzählen sollen?«

Es war kurze Zeit still am Tisch, bis Thekla sagte: »Was mich noch interessieren würde, ist, warum Sie den Verkauf von Annes Haus weiterbetrieben haben, nachdem Paul tot war.«

Mock sah sie gequält an. »Ich weiß es nicht. Ich glaube, ich hatte noch nicht realisiert, dass Paul nicht mehr da war, und so getan, als sei alles noch wie zuvor.«

Wally hatte ihren Teller leer gegessen, lehnte sich zurück und machte ein Gesicht wie eine erschöpfte Kröte. »Ich kann mir einfach nicht vorstellen, wie Rolf Schreiner es hingekriegt hat, die ganze Zeit als der nette Kerl zu erscheinen, der hilfsbereit ist und zupackend und es mit allen gut meint.«

»Ein hervorragender Schauspieler, ein prima Stratege«, ließ sich Ali hören.

»Und irgendwie muss er gemerkt haben, dass wir hinter ihm her waren. Vielleicht hat er gemeint, wir hätten einen Hinweis auf ihn«, sagte Hilde. »Dabei haben uns nur die Blutstropfen in der Kirchenallee auf seine Spur gebracht.«

»Die können aber gar nicht von ihm gewesen sein«, wandte Thekla ein. »Er war im Museum, hat als Centurio verkleidet die Tat begangen. Im anschließenden Durcheinander hat er sich verdrückt. Wohin?«

»Er hat sich mal dort, mal da aufgestellt, als wäre er eine Wachsfigur«, schlug Hilde vor.

»Möglich«, antwortete Thekla. »Aber bevor die Polizei eintraf, musste er aus dem Gebäude verschwinden.«

»Er hat sich einen leeren Büro- oder Werkraum gesucht, hat sich dort umgezogen und die Verkleidung in seinen Rucksack gepackt«, sagte Mock. »Dann ist er aus dem Fenster gestiegen.«

Vier Köpfe nickten.

»So könnte es sich abgespielt haben«, räumte Thekla ein. »Das erklärt aber nicht, weshalb er sich von uns ertappt glaubte. Wir waren ja alle drei noch im Museum, als er aus dem Fenster gestiegen sein muss.«

Darauf wusste keiner eine Antwort, bis Wally mit dünner Stimme sagte: »Wegen dem Helmbusch.«

Darauf folgte verdutztes Schweigen. Schließlich fragte Hilde beißend: »Was verdammt noch mal soll das denn heißen?«

Wally schluckte. »Als Rolf bei mir stehen geblieben ist, hat er den Rucksack abgestellt. Im Seitenfach hat etwas gesteckt, das ich für eine Bürste gehalten habe. Als er den Rucksack dann wieder aufgenommen hat und losgelaufen ist, ist die Bürste herausgefallen. Ich hab ihm noch zugerufen, aber er hat nicht drauf geachtet.«

»Was ist dann passiert?«, fragte Hilde ungeduldig.

»Ich bin in deinen Wagen gestiegen«, antwortete Wally.

»Mit dem Ding, das aus seinem Rucksack gefallen ist, meine ich«, rief Hilde gereizt.

»Ich habe es aufgehoben«, erklärte Wally. »Und in die große aufgesetzte Tasche meiner Jacke gesteckt.«

Das war es also gewesen, was Rolf Schreiner in Panik versetzt hatte. Der Helmbusch in Verbindung mit Wallys Aussage hätte ihn überführen können.

»Deshalb ist er bei euch eingebrochen«, sagte Thekla. »Er hat nach dem Helmbusch gesucht. Nicht nach dem Armband, das vermutlich doch eins der Kinder verloren hatte, und erst recht nicht nach deinen Sachen mit den Blutflecken. Das Blut hat ihn überhaupt nicht interessiert. Warum auch? Es war ja von Paul, und jeder wusste, dass du, Wally, über seine Leiche gestolpert bist. Schreiner hat deine Jacke und Hose wahrscheinlich nur deshalb mitgenommen, weil er den Helmbusch in der Außentasche gefunden hat und in aller Ruhe nachsehen wollte, ob irgendwo noch was steckt.«

»Kreuzkruzitürken«, sagte Hilde.

Wally machte sich ganz klein, als würden die einzelnen Silben sie wie Peitschenhiebe treffen.

Konnte man ihr zum Vorwurf machen, dass sie den Helmbusch nicht gleich als solchen erkannt und später vergessen hatte?

Nein, fand Thekla, und selbst Hilde schien zu diesem Ergebnis zu kommen. »Was mich total irritiert«, sagte sie, »sind die bunten Papiertaschentücher, die überall aufgetaucht sind. In der Kirchenallee, wo Inge als Pantomime aufgetreten ist, lag so eins, und später am Weiher hat sie auch eins benutzt. In dem Schuppen bei den verbrannten Sachen habe ich eins gefunden, und eins lag an der Stelle in Wallys Garten, wo Rolf auf freie Bahn ins Haus gewartet hat.«

Mock runzelte die Stirn. »Papiertaschentücher mit bunten Luftballons am Rand?«

Hilde bedachte ihn mit einem halb fragenden, halb argwöhnischen Blick.

»Die ganze Theatergruppe benutzt solche«, erklärte er daraufhin. »Sie stammen von einer früheren Aufführung. Heuerspeck hat die übrig gebliebenen Päckchen verteilt. Zum Wegwerfen zu schade, hat er gemeint, und vom Einlagern werden sie bloß feucht.«

Ali schaute angespannt in die Runde. »Jetzt haben wir schon eine ganze Menge Fragen geklärt, und trotzdem ergeben sich immer wieder neue. Ich zum Beispiel würde gern wissen, warum Rolf Schreiner das Kostüm nicht einfach in den Fundus zurückgelegt hat.«

»Er musste doch fürchten, dass wir ihn dabei erwischen«, erwiderte Thekla. »Konnte es einfach nicht mehr wagen, sofort zu Heuerspeck zu gehen und das Kostüm zurückzubringen. Hat es für schlauer gehalten, das Zeug im Tunnel zu verstecken, bis die Luft rein war.«

»Da drin ist die Luft aber erst so richtig dick geworden«, stellte Ali mit einer Grimasse fest.

»Komisch«, sagte Hilde in die entstandene Stille und erntete erwartungsvolle Blicke. »Heuerspeck müsste eigentlich aufgefallen sein, dass Rolf ein Centurio-Kostüm ausgeliehen und nicht zurückgebracht hat. Er führt nämlich eine Liste.«

Thekla lachte bitter auf. »Schreiner hat dasjenige zurückgebracht, das Inge sich für die Pantomime ausgeliehen hatte. Vorgestern Nachmittag ist er in ihrer Wohnung aufgetaucht und hat ihr vermutlich angeboten, ihr die Mühe abzunehmen.«

»Genau so muss es gewesen sein«, bestätigte Hilde, »denn Heuerspeck war der Meinung, dass das von Inge fehlt. Ich habe mitbekommen, wie er zu Rolf gesagt hat, er soll ihr ausrichten, dass sie es zurückbringen muss.«

Sie seufzte und fuhr sich mit der bandagierten Hand über die Stirn. »So vertrackt wie der hier ist bisher noch kein Fall gewesen. Oder werde ich alt?«

Ali legte ihr beschwichtigend die Hand auf den Arm. »Auf keinen Fall, meine Liebe.«

Heinrich sah auf seine Armbanduhr und hob die Brauen. »Zeit, nach Hause zu fahren. Ich habe Sepp Maibier in die Hand hinein versprochen, dass ich Wally pünktlich um sechs unversehrt zurückbringe.«

Hilde fasste ihn ins Auge. »Was hatte es eigentlich mit dieser E-Mail auf sich, die Herr Mock an dich geschickt hat?«

»E-Mail?« Heinrich schien keinen blassen Schimmer zu haben, wovon sie sprach.

Mock gab ein hohles »Hoho« von sich. »Um die zu lesen, hätten Sie nicht die leckere Sahneschnitte opfern müssen.«

Hilde ging nicht darauf ein. »Was bedeutet sie?«

»Ich habe Herrn Held geraten, von der Baufirma eine Bankbürgschaft zu verlangen, bevor er und Frau Stein Vorauszahlungen auf das Haus leisten«, erklärte Mock. »Der Seniorchef der TM-Bau ist unerwartet ausgeschieden, und die Söhne scheinen sich hinsichtlich der Nachfolge nicht recht einigen zu können. Man kann in solchen Fällen gar nicht vorsichtig genug sein.«

Hilde biss sich auf die Lippen, warf Heinrich einen schuldbewussten Blick zu.

Auf seinem Gesicht breitete sich ein wissendes Lächeln aus. Doch statt etwas dazu zu sagen, erhob er sich, machte eine kleine Verneigung vor Wally und bot ihr den Arm. Wally kicherte, stand auf und hakte sich ein.

Als Ali ebenfalls Anstalten machte, sich zu erheben, hielt Hilde ihn fest. »Habe ich es geträumt, oder hatte Wurzer den Rolf Schreiner gestern Nacht im Schwitzkasten?«

»Klar hatte er das«, erwiderte Ali. »Erwin konnte doch nicht zulassen, dass Schreiner dich plattmacht.«

»Aber woher hat Wurzer denn gewusst, wo er hinfahren muss?«

Ali neigte den Kopf an ihr Ohr und flüsterte ihr etwas zu.

»Telepathie«, rief Hilde laut. »Die spinnen, die Feuerwehrleute.«

Danksagung

Die Idee zu diesem Krimi verdanke ich einer Schulkameradin aus Internatszeiten, mit der ich vor einiger Zeit zufällig wieder in Kontakt gekommen bin.

Marianne Madl hat mich auf das Museum Quintana in Künzing aufmerksam gemacht und mir vorgeschlagen, einen meiner Krimis dort spielen zu lassen. Ich habe die Idee sehr gern aufgegriffen.

Da Marianne im Museum Führungen macht, hätte ich mir – abgesehen von der Museumsleiterin selbst – keine kompetentere Informantin wünschen können.

Ich danke Frau Dr. Bayer-Niemeier dafür, dass sie mir erlaubt hat, *ihr* Museum als Schauplatz zu nutzen.

Wie immer an dieser Stelle danke ich ganz besonders meiner Lektorin Stefanie Rahnfeld. Wir arbeiten nunmehr seit zehn Jahren fruchtbar zusammen.

Selbstverständlich danke ich ebenso dem übrigen Emons-Team und Herrn Dr. Matthias Auer von der Aulo Literaturagentur.

Jutta Mehler
SAURE MILCH
Broschur, 208 Seiten
ISBN 978-3-89705-688-6

»Jutta Mehler hat einen Volltreffer gelandet. Aus dem Leben gegriffen, bisweilen schreiend komisch sind ihre Beobachtungen und Detailschilderungen.« Deggendorfer Zeitung

»Ein ebenso spannend wie durchaus humorvoll geschriebener Krimi.« Bayern im Buch

Jutta Mehler
HONIGMILCH
Broschur, 208 Seiten
ISBN 978-3-89705-784-5

»Düsterer Wald, eine Frauenleiche und eine neugierige Hausfrau – mit Jutta Mehlers ›Honigmilch‹ um die Hobbyermittlerin Fanni Rot gibt es nun einen weiteren spannenden Krimi mit Lokalkolorit – nicht nur für Niederbayern lesenswert.« BR, Abendschau

»Ein munterer, rasanter, ironisch gefärbter Krimi.«
Passauer Neue Presse

www.emons-verlag.de

Jutta Mehler
MILCHSCHAUM
Broschur, 208 Seiten
ISBN 978-3-89705-803-3

»Eigenwillig, mit beachtlicher Menschenkenntnis und bayerischer Bodenhaftung löst die bayerische Miss Marple ihre Fälle im dörflichen Mikrokosmos. Ein großes Lesevergnügen.« Deggendorf aktuell

»Langsam, aber sicher wird die Bernrieder Romanautorin Jutta Mehler ihrer englischen Kollegin Agatha Christie immer ähnlicher.« Wochenblatt Zeitung

Jutta Mehler
MAGERMILCH
Broschur, 208 Seiten
ISBN 978-3-89705-898-9

»Jutta Mehler hat sich innerhalb weniger Jahre eine breite Leserschicht erschlossen. Mit Menschenkenntnis und Humor zeichnet sie ihre Figuren, und mit Ironie spinnt sie die Fäden der vertrackten Geschichte.« Bayerwald-Bote

www.emons-verlag.de

Jutta Mehler
MILCHRAHMSTRUDEL
Broschur, 208 Seiten
ISBN 978-3-89705-963-4

»Ein spannender Krimi mit einer eindrucksvollen Protagonistin, bezauberndem Lokalkolorit, trockenem Humor und nicht nur für Niederbayern lesenswert.« Buchjournal

»Wie stets in den Krimis der niederbayerischen Autorin kreist auch in Fannis fünftem Fall die Handlung um einen sozialen Brennpunkt. Spannend. Sehr gern empfohlen.« ekz

Jutta Mehler
ESELSMILCH
Broschur, 224 Seiten
ISBN 978-3-95451-006-1

»Hochspannend und schreiend komisch.« Radio Trausnitz

www.emons-verlag.de

Jutta Mehler
MILCHBART
Broschur, 192 Seiten
ISBN 978-3-95451-285-0

Als ob es nicht genug wäre, dass sich Fanni Rot nach einem knapp überlebten Mordanschlag in Marokko in psychologische Behandlung begeben muss. Zu allem Überfluss findet sie ihre Seelenklempnerin eines Morgens tot hinter dem Schreibtisch – ermordet. Ärgerlich auch: Als Täter kommen eigentlich nur zwei Personen in Frage: Fanni selbst und ein junger Mitpatient. Was bleibt den beiden anderes übrig, als mit vereinten Kräften zu ermitteln?

Jutta Mehler
WOLFSMILCH
Broschur, 208 Seiten
ISBN 978-3-95451-532-5

»Mit Gefühl, Humor und bayerischem Lokalkolorit erzählt die Autorin Jutta Mehler einen ungewöhnlichen Kriminalfall mit einer noch ungewöhnlicheren Ermittlerin.« Deggendorf aktuell

www.emons-verlag.de

Jutta Mehler
MILCHLINGE
Broschur, 208 Seiten
ISBN 978-3-95451-804-3

»Liebevoll gezeichnete Figuren, schräge Situationen und lockere Dialoge gespickt mit feinem Humor bestimmen die Handlung von ›Milchlinge‹.« Donaubote

»Jutta Mehler nimmt ihre Leser im Krimi ›Milchlinge‹ mit auf eine rasant-amüsante Mörderjagd durch ihre niederbayerische Heimat.« Oberbayerisches Volksblatt

Jutta Mehler
MORD UND MANDELBAISER
Broschur, 224 Seiten
ISBN 978-3-95451-168-6

»Mehlers neuster Coup. Verbrecherjagd statt Kaffeeklatsch. Humorvoll erzählt die Autorin von der Mörderjagd der drei rüstigen alten Damen zwischen Kaffeeklatsch und Likörchentrinken. Die drei liebevoll gezeichneten Figuren sind den Lesern schnell nahe, die kleinen Nickeligkeiten unter den Damen sind amüsant und lebensecht. Wie ihre Vorgängerromane liest sich auch ›Mord und Mandelbaiser‹ locker und leicht. Der Krimiplot ist stimmig konstruiert, rasant und spannend – ein echter Wohlfühl-Krimi! Auf eine Fortsetzung darf man gespannt sein.« Deggendorf aktuell

Jutta Mehler
MORD MIT STREUSEL
Broschur, 192 Seiten
ISBN 978-3-95451-396-3

Bei dem Versuch, eine Explosion vorzuführen, kommen zwei junge Feuerwehrleute der Deggendorfer Feuerwache ums Leben. Ein Unfall, meinen Polizei, Gutachter und Staatsanwalt. Ein Mord, glaubt der Kommandant. Und bittet das rüstige Rentnerinnen-Trio Thekla, Hilde und Wally um Hilfe. Doch die Ermittlungsarbeit der drei Damen erweist sich als lebensgefährlich …

Jutta Mehler
MORD MIT MARZIPAN
Broschur, 208 Seiten
ISBN 978-3-95451-664-3

Auf der Landesgartenschau wird eine junge Frau tot aufgefunden, die Polizei legt die Sache als Unfall zu den Akten. Nicht so die drei rüstigen Hobbydetektivinnen Thekla, Hilde und Wally, die sich mit ganz eigenem Elan in die Ermittlungen stürzen. Die Spur zum Täter führt über diverse Bauprojekte zurück zum Ausgangspunkt, der Gartenausstellung. Doch als den Freundinnen klar wird, wer der Mörder ist, ist es für eine von ihnen beinahe schon zu spät …

Jutta Mehler
MOLDAUKIND
Gebunden, 304 Seiten
ISBN 978-3-89705-452-3

»Ein äußerst lesenswertes und spannendes Stück Zeitgeschichte.«
Donau-Anzeiger

»Eine eindrucksvolle Familiensaga.« Süddeutsche Zeitung

Jutta Mehler
AM SEIDENEN FADEN
Gebunden, 240 Seiten
ISBN 978-3-89705-504-9

»Ein außergewöhnliches, mutmachendes Buch über eine intensive Mutter-Tochter-Geschichte.« Donau-Anzeiger

»Das Schicksal eines todkranken Teenagers, frei von Weinerlichkeit und voller Humor.« Buchmarkt

www.emons-verlag.de